火桂花

THE CASSIA TREE

曹文轩 著

北京大学出版社
PEKING UNIVERSITY PRESS

作者像

[英]张怀存 画

代序 文学：另一种造屋	1
火桂花	9
蓝花	44
穿堂风	59
月光里的铜板	114
麦子的嚎叫	129
娃娃们的起义	155
沈居德	182
枪魅	203
第十一根红布条	215
箍桶匠	225
灰娃的高地	241
十一月的雨滴	265
暮色笼罩下的祠堂	293
阿雏	304
妈妈是棵树	327
疲倦的小号	341
蔷薇谷	362

代序

文学：另一种造屋*

曹文轩

我为什么要——或者说我为什么喜欢写作？写作时，我感受到的状态，是一种什么样的状态？我一直在试图进行描述，但各种描述，都难以令我满意。后来，有一天，我终于找到了一个确切的、理想的表述：写作便是建造房屋。

是的，我之所以写作，是因为它满足了我造屋的欲望，满足了我接受屋子的庇荫而享受幸福和愉悦的欲求。

我在写作，无休止地写作；我在造屋，无休止地在造屋。

当我对此"劳作"细究，进行无穷追问时，我发现，其实每个人都有造屋的情结，区别也就是造屋的方式不一样罢了——我是在用文字造屋；造屋情结与生俱来，而此情结又来自人类最古老的欲望。

---

* 本文为作者在"国际安徒生奖"颁奖礼上的演讲文章。

记得小时候在田野上或在河边玩耍，常常会在一棵大树下，用泥巴、树枝和野草做一座小屋。有时，几个孩子一起做，忙忙碌碌，很像一个人家真的盖房子，有泥瓦工、木工，还有听使唤的杂工。一边盖，一边想象着这个屋子的用场。不是一个空屋，里面还会放上床、桌子、书柜等家什。谁谁谁睡在哪张床上，谁谁谁坐在桌子的哪一边，不停地说着。一座屋子里，有很多空间分割，各有各的功能。有时好商量，有时还会发生争执，最严重的是，可能有一个霸道的孩子因为自己的愿望未能得到满足，恼了，突然地一脚踩烂了马上就要竣工了的屋子。每逢这样的情况，其他孩子也许不理那个孩子了，还骂他几句很难听的；也许还会有一场激烈的打斗，直打得鼻青脸肿哇哇地哭。无论哪一方，都觉得事情很重大，仿佛那真是一座实实在在的屋子。无论是希望屋子好好地保留在树下的，还是肆意要摧毁屋子的，完全把这件事看成了大事。当然，很多时候是非常美好的情景。屋子盖起来了，大家在嘴里发出噼里啪啦一阵响，表示这是在放庆贺的爆竹。然后，就坐在或跪在小屋前，静静地看着它。终于要离去了，孩子们会走几步就回头看一眼，很依依不舍的样子。回到家，还会不时地惦记着它，有时就有一个孩子在过了一阵子后，又跑回来看看，仿佛一个人离开了他的家，到外面的世界去流浪了一些时候，现在又回来了，回到了他的屋子、他的家的面前。

我更喜欢独自一人盖屋子。

那时，我既是设计师，又是泥瓦工、木匠和听使唤的杂工。我对我发布命令："搬砖去！"于是，我答应了一声："哎！"就搬砖去——哪里有什么砖，只是虚拟的一个空空的动作。一边忙碌一边不住地在嘴里说着:"这里是门!""窗子要开得大大的!""这个房间是爸爸妈妈的,这个呢——小的,不,大的,是我的!我要睡一个大大的房间!窗子外面是一条大河!"……那时的田野上,也许就我一个人。那时,也许四周是滚滚的金色的麦浪,也许四周是正在扬花的一望无际的稻子。我很投入,很专注,除了这屋子,就什么也感觉不到了。那时,也许太阳正高高地悬挂在我的头上,也许都快落进西方大水尽头的芦苇丛中了——它很大很大,比挂在天空中央的太阳大好几倍。终于,那屋子落成了。那时,也许有一支野鸭的队伍从天空飞过,也许,天空光溜溜的,什么也没有,就是一派纯粹的蓝。我盘腿坐在我的屋子跟前,静静地看着它。那是我的作品,没有任何人参与的作品。我欣赏着它,这种欣赏与米开朗基罗完成教堂顶上的一幅流芳百世的作品之后的欣赏,其实并无两样。可惜的是,那时我还根本不知道这个意大利人——这个受雇于别人而作画的人,每完成一件作品,总会悄悄地在他的作品的一个不太会引起别人注意的地方,留下自己的名字。早知道这一点,我也会在我的屋子的墙上写上我的名字的。屋子,作品,伟大的作品,我完成的。此后,一连许多天,我都会不住地惦记着我的屋子,我的作品。我会常常去看它。说来也奇怪,那屋子建在一条田埂上,那田埂上会有去田间劳作的人不时地走过,但那屋子,却总是好好的还在那里,看来,所有见到的人,都在小心翼翼地保护着它。直到一天夜里或是一个下午,一场倾盆大雨将它冲刷得了无痕迹。

再后来就有了一种玩具——积木。

那时,除了积木,好像也没有什么其他的玩具了。一段时期,我对积木非常着迷——更准确地说，依然是对建造屋子着迷。我用这些大大小小、形状不一、颜色各异的积木，建造了一座又一座屋子。与在田野上用泥巴、树枝和野草盖屋子不同的是，我可以不停地盖，不停地推倒再盖——盖一座不一样的屋子。我很惊讶，那么多的木块，却居然能盖出那么多不一样的屋子来。除了按图纸上的样式盖，我还会别出心裁地利用这些木块的灵活性，盖出一座又一座图纸上并没有的屋子来。总有罢手的时候，那时，必定有一座我心中理想的屋子矗立在床边的桌子上。那座屋子，是谁也不能动的，只可以欣赏。它会一连好几天矗立在那里，就像现在看到的一座经典性的建筑。直到一只母鸡或是一只猫跳上桌子，毁掉了它。

现在我知道了，屋子，是一个小小的孩子就会有的意象，因为那是人类祖先遗存下的意象。这就是为什么第一堂美术课往往总是老师先在黑板上画上一个平行四边形，然后再用几条长长短短的、横着的竖着的直线画一座屋子的原因。

屋子就是家。

屋子的出现，是跟人类对家的认识联系在一起的。家就是庇护，就是温暖，就是灵魂的安置之地，就是生命延续的根本理由。其实，世界上发生的许许多多事情，都是和家有关的。幸福、苦难、拒绝、祈求、拼搏、隐退、牺牲、逃逸、战争与和平，所有这一切，都与家有关。成千上万的人呼啸而过，杀声震天，血染沙场，只是为了保卫家园。家是神圣不可侵犯的，这就像高高的槐树顶上的一个鸟窝不可侵犯一样。我至今还记得小时候看到的一个情景：一个喜鹊窝被人捅掉在了地上，无数的喜鹊飞来，不住地俯冲，不住地叫唤，一只只都显出不顾一切的样子，对靠近鸟窝的人居然敢突然劈杀下来，让在场的人不能不感到震惊。

家的意义是不可穷尽的。

当我终于长大时，儿时的造屋欲望却并没有消退——不仅没有消退，随着年龄的增长、对人生感悟的不断加深，而变本加厉。只不过材料变了，不再是泥巴、树枝和野草，也不再是积木，而是文字。

文字构建的屋子，是我的庇护所——精神上的庇护所。

无论是幸福还是痛苦，我都需要文字。无论是抒发，还是安抚，文字永远是我无法离开的。特别是当我在这个世界里碰得头破血流时，我就更需要它——由它建成的屋，我的家。虽有时简直就是铩羽而归，但毕竟我有可归的地方——文字屋。而此时，我会发现，那个由钢筋水泥筑成的物质之家，其实只能解决我的一部分问题，而不能解决我全部的问题。

还有，也许我如此喜欢写作——造屋，最重要的原因是它满足了我天生向往和渴求自由的欲望。

人类社会如果要得以正常运转，就必须讲义务和法则，就必须接受无数条条框框的限制。而义务、法则、条条框框却是和人的自由天性相悖的。越是精致、严密的社会，越要讲义务和法则。因此，现代文明并不能解决自由的问题。但自由的欲望，是天赋予的，那么它便是合理的，无可厚非的。对立将是永恒的。智慧的人类找到了许多平衡的办法，其中之一，就是写作。你可以调动文字的千军万马；你可以将文字视作葱茏草木，使荒漠不再；你可以将文字视作鸽群，放飞无边无际的天空。你需要田野，于是就有了田野；你需要谷仓，于是就有了谷仓。文字无所不能。

　　作为一种符号，文字本是一一对应这个世界的。有山，于是我们就有了"山"这个符号；有河，于是我们就有了"河"这个符号。但天长日久，许多符号所代表的对象已不复存在，但这些符号还在，我们依然一如往常地使用着。另外，我们对这个世界的叙述，常常是一种回忆性质的。我们在说"一棵绿色的小树苗"这句话时，并不是在用眼睛看着它、用手抓着它的情况下说的。事实上，我们在绝大部分情况下，是在用语言复述我们的身体早已离开的现场、早已离开的时间和空间。如果这样做是非法的，你就无权在从巴黎回到北京后，向你的友人叙说卢浮宫——除非你将卢浮宫背到北京。而这样要求显然是愚蠢的。还有，我们要看到语言的活性结构，一个"大"字，可以用它来形容一只与较小的蚂蚁相比而显得较大的蚂蚁——大蚂蚁，又可以用它来形容一座白云缭绕的山——大山。一个个独立的符号可以在一定的语法之下，进行无穷无尽的组合。所有这一切都在向我们诉说一个事实：语言早已离开现实，而成为一个独立的王国。这个王国的本性是自由，而这正契合了我们的自由欲望。这个王国自有它的契约，但我们却可以在这一契约之下，获得广阔的自由。写作，可以让我们灵魂得以自由翱翔；可以让我们的自由之精神，得以光芒四射；可以让我们向往自由的心灵得以安顿。

　　为自由而写作，而写作可以使你自由。因为屋子属于你，是你的空间。你可以在你构造的空间中让自己的心扉完全打开，让感情得以充分抒发，让你的创造力得以淋漓尽致地发挥。而且，造屋本身就会让你领略自由的快意。屋子坐落在何处，是何种风格的屋子，一切，有着无限的可能性。当屋子终于按照你的心思矗立在你的眼前时，你的快意一定是无边无际的。那时，你定会对自由顶礼膜拜。

造屋，自然又是一次审美的历程。屋子，是你美学的产物，又是你审美的对象。你面对着它——不仅是外部，还有内部，它的造型、它的结构、它的气韵、它与自然的完美合一，会使你自然而然地进入审美的状态。你在一次又一次的审美过程中又得以精神上的满足。

再后来，当我意识到了我所造的屋子不仅仅是属于我的，而且是属于任何一个愿意亲近它的孩子时，我完成了一次理念和境界的蜕变和升华。再写作，再造屋，许多时候我忘记了它们与我的个人关系，而只是在想着它们与孩子——成千上万的孩子的关系。我越来越明确自己的职责：我是在为孩子写作，在为孩子造屋。我开始变得认真、庄严，并感到神圣。我对每一座屋子的建造，处心积虑，严格到苛求。我必须为他们建造这世界上最好最经得起审美的屋子，虽然我知道难以做到，但我一直在尽心尽力地去做。

孩子正在成长过程中，他们需要屋子的庇护。当狂风暴雨袭击他们时，他们需要屋子。天寒地冻的冬季，这屋子里升着火炉。酷暑难熬的夏日，四面窗户开着，凉风习习。黑夜降临，当恐怖像雾在荒野中升腾时，屋子会让他们无所畏惧。这屋子里，不仅有温床、美食，还有许多好玩的开发心智的器物。有高高矮矮的书柜，屋子乃为书，而这些书为书中之书。它们会净化他们的灵魂，会教他们如何做人。它们犹如一艘船，渡他们去彼岸；它们犹如一盏灯，导他们去远方。

对于我而言，我最大的希望，也是最大的幸福，就是当他们长大离开这些屋子数年后，他们会不时地回忆起曾经温暖过庇护过他们的屋子，而那时，正老去的他们居然在回忆这些屋子时有了一种乡愁——对，乡愁那样的感觉。这在我看来，就是我写作——造屋的圆满。

生命不息，造屋不止。既是为我自己，更是为那些总让我牵挂、感到悲悯的孩子。

火桂花

HUO GUI HUA

一

雀芹家门前有一棵特别高大的桂花树。

村里的人有时看它一眼,不是在嘴里,就会在心里感叹:"就没有见过这么高大的桂花树!"

听老人们说,这棵桂花树已经活了二百多年了,是雀芹家祖上一代一代传下来的。二百多年间,这个家族子子孙孙,生生不息,现如今已有多少成员,都不一定能说出一个准数来。他们,有的远走高飞,甚至去了十万八千里的地方,也有在近处东一户西一户住着的。虽四处散落，但这个家族里头，总有一户人家还住在老地方，因为，有这样一棵桂花树。

现在，守护着这棵桂花树的是雀芹家。

风霜二百多年，这棵桂花树早已盘根错节，以一副苍劲的风采立足在那里。那树干粗硕敦实，枝枝杈杈，粗粗细细，曲曲折折，向四周扩张，枝条或向下，或向上，乍一看，都辨不清那一根根枝条的走向。冬天，枯叶落尽，树干树枝都呈现出黑褐色，天空之下，显出一副铁质的身子骨，依然是道风景。春风一来，一片片小小的叶子悄然长出，弱不禁风的样子，但随着风一日暖似一日，那些叶子越长越欢，不几天，就一片繁茂的景象。就这么长着长着，以为它就长这一树的叶子，就在人们看惯了这道风景时，夏天去了，秋天到了，八月，它开花了，小小的，金黄色的，十分稠密，一簇簇，成串成串的，立见一番壮观。路过的人，不分老少，都会被这满枝头的花吸引，停下脚步，仰头观望，久久不能离去。

那几天，这世上独一无二的花香，无形飘散，不仅使全村人闻到，还能飘出数里地去，闻到的人嗅嗅鼻子：这香好似桂花香。看看四周，却又不见一棵桂花树，疑惑不解。到了夜里，花儿受到水汽的浸染，香味越发的浓重，在月光下四处流淌，仿佛大地万物的沉睡，皆是因为这扑鼻而来的香气熏醉的。

但这桂花的生命，短得总是让人有点伤感：昨天还是鲜活鲜亮的样子，一夜之间就疲了，就衰了，一阵风来，纷纷飘落，如成千上万的小型蝴蝶——但这蝴蝶已失去飞行能力，摇摇摆摆地坠落在地上。不远处是条大河，遇上大风，这成千上万朵金黄色的花，飘落到了水面上,不一会儿,河上就漂满了。鸭子们在游动,花向两边分开,但鸭子游过去不久,又很均匀地聚拢到了一起,缓缓地向远处漂去。看着这番情景,总不免让人叹息。

桂花开放的那些日子,雀芹家的人就会时时关注着:花开三成了,花开五成了……

在雀芹家的人的心目中,他们是代这个源远流长的家族,也是代全村人守护这棵桂花树的。不错,桂花树是他们家的,但,他们从来也没有将它看成是一棵只属于他们家的桂花树。他们只是家族和村落托付的守护人。

每年,他们家把花收集起来,分送给全村各户人家,自家留下的很少,甚至一点也没有留下。得了桂花的人家,或拿它做了桂花糕,或拿它做了桂花茶,或拿它做了桂花酒,或拿它做了桂花卤。还有人家,拿它做了枕头,那枕头叫香枕。

这些桂花,不是那些自然飘落在地的桂花。那些花虽然还叫桂花,但已是一些死花。

这些桂花原本还在枝头,是被人用力摇落下来的,是活花。

八月里,总有一天是摇花的日子。

这个日子,是精心挑选的。那时,一树的桂花都开了,就像一首歌唱到了最高潮。

雀芹的爸爸仰脸仔细看那一树的花,心里明明已经很有把握了,还是叫来几个人一起帮着看。看来看去好一阵,雀芹的爸爸说:"可以摇花了?"那几个人都点点头:"可以摇花了。"

一年一度的摇花,不算是仪式,但却充满了仪式感。

上午，太阳刚刚升起的时候，一树的花都苏醒了，还带着夜露。一大早，雀芹帮着爸爸妈妈，已在桂花树下铺上十几张干干净净的席子。大人和小孩陆陆续续地向桂花树聚拢了过来。摇花的事，都交由村里天真无邪的孩子们来做，大人们则是站在外围观望，不住地鼓动孩子们用力、加油。

参加摇花的孩子们不是随随便便可以一脚踏上席子的，必须去河边，在石码头上坐下，用清澈的河水将脚仔细地洗干净——踏上席子的，必须是一双双干干净净的脚。若是有一个孩子对另一个孩子说："你的脚还没有洗干净呢。"被说的那个孩子，便会抬起脚去检查，发现自己的脚真的不是那么干净，要么退出摇花，要么就赶紧去河边再仔细地清洗。

时间一到，无数双小手抱住了桂花树，一个个倾伏着身子，高高地撅着屁股，随着雀芹爸爸的一声"摇"，一起用力摇动，只见花枝乱颤，那桂花如稠密的雨珠纷纷飘落下来，直落得树下的孩子一头一身，一个个成了金黄色的人。抖一抖身子，花又落到席子上。

"加油！""加油！"……大人们一边喊，一边做出摇树的动作。

摇动，一波又一波。总有花纷纷落下，仿佛那些花，是分拨的，一拨一拨的，后一拨与前一拨也就相隔几分钟，可那几分钟只要没有过去，这后一拨的花，纵然你把桂花树摇倒了，也不肯落下。

眼见着眼见着，席子被花覆盖了，看上去，没有席子，只有一地的花。

那花挤在一起，还在开放中，看上去，好像在微微动弹。

八月，摇花，是这个村庄的一个隆重而圣洁的节日……

二

摇花时，会有两个孩子不被邀请，一个是长腿二鬼，一个是婉灵。

长腿二鬼上身很短，两条腿出奇的长，一堆兄弟姐妹，他排行老二。他没有上学读书，整天在外面玩耍，人们总看见他在奔跑，很少看到他走路的样子。在田野上跑，在荒地里跑，在大堤上跑，在村巷里跑，双腿不住地撩动，跑得轻飘飘的，像股风。一会儿，忽地就没了人影，让看到的人生疑：刚才还见他跑来着，怎么一忽儿人就没了呢？就在人张望时，忽地，他或是从草丛中站了起来，或是从一条死巷里跑了出来，或是从一座大坟的后面爬到了高高的坟头上。常常地，让人不解：没有见到他跑进那片草丛里呀，他怎么忽地从那儿钻出来了呢？难道他是个鬼不成？动不动他就吓人一跳：你正往前走着呢，他忽地从墙的拐弯处探出一张脸来；一群人正在树下乘凉，他忽地从树上滑溜了下来⋯⋯

长腿二鬼本来是有名字的，叫魏浩然。但没有几个人记得他还有这样一个名字，都叫他长腿二鬼。

长腿二鬼一年四季，不分春夏秋冬，总戴一顶破草帽，而脚却永远是光着的。一双走了形的黑乎乎的光脚板，到处乱跑，往烂泥里踩，往狗屎上踩，一点儿也不在乎。

这双脚当然不能踏上桂花树下的席子。

婉灵和雀芹一个年纪：十三岁。她和雀芹是同学。但雀芹总是离婉灵远远的——全村的孩子，都离婉灵远远的。为什么会离婉灵远远的，孩子们既说得清楚，也说不清楚。一个离她远远的，就十个离她远远的；十个离她远远的，就一百个离她远远的。

婉灵的脸色，一年四季都是苍白的。她的头发有点儿发黄，并且有点儿稀少。走路时，她总低着头。除了与外婆说话，她很少与别人说话。她一个人去学校，一个人回家。前面走着她的同学，她从不追赶上去与他们结伴而行。课堂上，她默默地听课，默默地看书、做作业。仿佛，那路是她一个人的路，那学校是她一个人的学校。像其他孩子喜欢玩耍一样，她也喜欢玩耍，但，都是她独自一人玩耍。虽然是一个人的世界，也能玩耍得脸色红扑扑的，不见一丝苍白的痕迹。说她不喜欢和别人玩耍，可能不确切。其实她是喜欢和别人玩耍的，甚至说是很喜欢。可往往总是在走向他们的半路上，她停住了脚步。许多时候，她会一人坐在什么地方：自家的门槛上、大河边的树下、田野上的风车旁……她就那么坐着，双手托着下巴，一动也不动。那时，她的面孔微微上扬，好像在眺望远方。

与长腿二鬼相反，她是全村最爱干净的女孩。她的脸色虽然苍白，但却干净至极。她的衣服天天洗天天换，总看到衣服上那几道刚刚打开后的清晰折痕。外婆总是在给她做新鞋，任何时候，她脚上的鞋都没有灰尘，仿佛是刚刚穿上脚的新鞋。其他孩子，十个九个，手都是脏兮兮的，而她的手，一年四季，都那么的白净，好像天天都用清澈的泉水反复洗濯。

按理说，这样干净的女孩，是最应该让她参加摇花的。

但，几乎是全村的大人与小孩，都在远离她，仿佛她是一个不祥不洁之物。

她只有一个亲人：外婆。她没有爸爸，只知道他是一个流浪四方的马戏团里的。这个马戏团，在这个村庄滞留了三天之后，风一般刮走了，除了留下马呀、猴呀的排泄物以及一些破烂的鞋袜之外，就是留下了一粒种子。这粒种子，在妈妈的肚里长大，长成了一个日后叫婉灵的小女孩。"是马戏团那个长得最英俊的男子。"这只是村里人的一种猜测。婉灵脸色苍白，也许是妈妈自从有了她之后，就几乎没有出过门见过太阳的缘故。当婉灵的啼哭传出屋外，传到村庄里时，许多人都站到了村巷里，一边小声地议论着，一边往婉灵出生的屋子张望着。无论是男人的脸上还是女人的脸上，显出的都是冷漠、不屑，甚至是鄙夷。

当外婆抱着婉灵第一次来到阳光下时，妈妈已经在三天前的一个深夜走了。

没有人知道她去了哪里。她这一走，就再也没有见到她踪影，似乎是彻底消失了。

外婆在妈妈消失的日子里，并没有流露出太多的担忧和悲哀，仿佛这一切，是自然要发生的，是一个早在心里知道并接受的定局。她现在唯一要倾心倾力关注的是这个弱小的女孩——婉灵。她轻易不将她抱出院子，仿佛外面会有什么东西伤着她似的。但随着婉灵的长大，她明白了，婉灵就像一只小鸟，是不会安心在笼中生活的。当婉灵总是用手指着门外时，外婆突然间有了勇气，有了坦然的心情。她把婉灵打扮得漂漂亮亮，然后抱着她，大大方方地走进村巷，走到村头。

还没有学会说话，只知咿咿呀呀的婉灵，在外婆的怀里东张西望，眼睛里充满了好奇。见到的人，一时不知所措，慢慢稳定下来后，才连忙客气地向外婆点点头。还有人走向外婆，打量她怀里的婉灵，然后赞美一句："长得挺体面的。"甚至还有妇女用手指碰碰婉灵的脸蛋，显出喜欢、疼爱的样子。外婆一句话也不说，只是平静地笑笑，情不自禁地亲一下婉灵的脸蛋，就像天下所有的外婆喜欢她的外孙女一样喜欢她的外孙女。

  婉灵在一天一天长大。小姑娘天性敏感，她在很早很早的时候，就感觉到村里的大人小孩，在看她时，与看其他小孩有点儿不一样。那种用眼角的余光看她的样子，那种冷漠的眼神，再加上一些疏远的动作，使她常常僵在了那里。本来是要向那些大人、孩子走过去的，经那样的目光看了一眼之后，她走着走着站住了。那时，她会固定在那儿，向四下里张望，像走在一大片荒野上，迷路了，不知该往哪儿走了。最后，她转过身，像被追赶一般，急匆匆地往家走去，往外婆走去。等她长到六七岁后，一天里，大部分时间，她都待在外婆身边。外婆去哪儿，她就去哪儿。她跟得很紧，生怕外婆会丢了她似的。村里的孩子们经常看到的一个形象是：婉灵用一只小手紧紧地揪着外婆的衣角，寸步不离。

  到了上学的年龄，婉灵却不肯上学。外婆先是哄她，见哄不起作用，在她的屁股上给了两巴掌。就在打这两巴掌时，外婆的心里一阵难过，眼睛里一忽儿都是泪水。她把婉灵搂到怀里，紧紧抱着。婉灵仰起脸来，看着外婆的眼睛，哭着说："外婆，我去上学，我去上学……"一副乖乖的样子。

  八月摇桂花的情景，在婉灵还很小的时候，就有了记忆。外婆抱着她,在离人群有一段距离的地方站着。场景十分热闹,婉灵会用手指着桂花树下,意思是让外婆走近一些去看。外婆说:"就在这里看,这里倒看得清楚,那边都是人,挡着。"再大些,有点儿懂事了,当外婆领着她站在不远处看孩子们摇花时,婉灵却不再向外婆提出要走近去看的要求。那时,她已经可以自由奔跑了,不必让外婆满足她的这一要求了,腿是自己的,自己跑过去就是了。但婉灵依然待在外婆身边,静静地看着桂花树下的情景,仿佛,她们脚下的那块地方,就是她和外婆应该待在那里的地方。

那一年八月,婉灵终于禁不住那番热闹的吸引,看着因摇动纷纷落下的桂花,第一次向外婆说:"我也要去摇!"她仰着脸看着外婆。

外婆没有阻止,只是看着她,叹息了一声。

从此,婉灵再也没有向外婆提过她也要去参加摇花的想法。

没有人拒绝过她——因为,她、外婆,本来就没有向村里人表达过这一愿望,但,也没有谁邀请过她,或是有人向外婆说:"让婉灵也来摇花吧。"

三

四年级时。

八月的天气让人感到明亮、舒畅。阳光不再威猛地冲击,也不再受夏天沉甸甸的云朵的拖累，天空在一个早晨轻盈地飞了起来，直往高处飘飘飞去。又由于大地上的庄稼开始被收割，一些树木已经开始落叶，那个在夏天被堵得满满的世界，忽地变大了，开阔了，清爽了。桂花恰在这样的季节里开放了。春夏两季，百花齐放，而在秋季，开放的花不多。桂花的香味，不受其他花香的干扰，在干净的空气里传播着，闻到的人不用辨别，就知道，那是桂花的香味。

这一天，几乎全村的孩子都知道：太阳升起后不久，就要去那棵桂花树下摇花。

像往年一样，一大早，雀芹就和爸爸妈妈一起，把十几张干干净净的席子铺在了桂花树下。村巷里，孩子们在欢快地跑动。

婉灵知道，今天是摇花的日子。她早早起了床，然后一直站在家门口，向外观望着。她几次想跑进正跑动的孩子们中间，但又都打消了这个念头。眼见着，在村巷里跑动的孩子越来越少——他们都去桂花树下了；眼见着，村巷越来越空，越来越安静，她终于憋不住跑进了村巷。

那时，一小部分在河边洗干净脚的孩子已经站在了桂花树下的席子上，大部分还在河边洗脚。没有大人在旁边检查，孩子们互相检查着。一双双脚在清澈的、流动不止的河水里浸泡着、洗擦着。有的自己搬动着脚看着，见还不十分干净，便再放入河水。有的举起脚来让别人帮着看。直到认为自己的脚确实洗干净了，才穿上鞋往桂花树下跑去。

婉灵来到水码头时，还有四五个孩子没有洗完脚。她往下走了两三级台阶，又退了回来，在一棵柳树下站着。不远处的桂花树下，已经很热闹了，数不清的孩子在笑，在嚷嚷着。还在洗脚的这几个孩子，一边洗，一边往桂花树方向看，一副生怕赶不上摇花的样子。这几个急急忙忙地洗完脚，在裤管上胡乱地擦了擦，穿上鞋就往桂花树下跑。他们都看到了婉灵，但没有一个在意她，与没有看见一样。

水码头上已空无一人，河水流动的声音一下子变得十分清晰。

婉灵走着，然后是蹦跳着，沿着一级级台阶往水边而去。当她把一双脚伸进流水中时，浑身激灵了一下，随即闭起了眼睛：原来，把双脚放在流水中，是那么的惬意！她原先也不是没有在流水中洗过脚呀，为什么以前没有过这种感觉呢？她睁开眼睛，看着大河，看着流水。就是那条大河，就是那样的流水。她的双脚在流水中互相纠缠，互相洗擦着，一时忘了她洗脚是为了什么了。洗了一阵，她用双手支撑着台阶，身子微微后倾，将双脚抬出水面：那双被清水洗过的白嫩白嫩的脚，竟然是那么的好看。她动了动粉红色的脚趾，觉得那十只脚趾头，一只一只的，都调皮可爱。她看着这双秀气的、有着优美脚弓的脚，不知为什么，忽然感到有点儿害羞，连忙将它们又埋进了流水中。

桂花树下，已渐渐安静下来了。

一只独自觅食的母鸭，仿佛忽然感到了寂寞，拍着翅膀，仰头叫了几声。

婉灵一惊，忙从流水中抬起双脚，在裤管上反复拭擦之后，穿上鞋，往桂花树下跑去。

婉灵出现在桂花树下时，孩子们已差不多都将双手抱住了桂花树的树干，一些觉得位置不够舒服、双手使不上力的孩子，正在调整自己的位置或是姿态。婉灵的突然出现，使他们一下子愣住了，一双一双手,慢慢离开了树干,一个一个倾斜着的身子,慢慢直立起来,所有的目光一齐看着婉灵。那目光里是惊诧、疑惑和不知所措。过了一会儿,一双双本是睁得大大的眼睛,眼皮在渐渐下垂,然后,离开了婉灵的脸、身体,转向别处。

婉灵在人群里寻找着一双眼睛——她的同学雀芹的眼睛。

这棵桂花树是雀芹家的,雀芹才是这棵桂花树的主人。婉灵对这双眼睛抱着希望。

当所有的孩子将目光转向别处时,只有雀芹的眼睛还在与婉灵的眼睛对望着。雀芹的目光里,没有明确的拒绝,有的只是突然、为难,还有一丝丝怜悯。

"她妈妈是个不要脸的女人!"

那一刻,这句话在许多孩子的耳边又响了起来。

雀芹的耳边,也响起了这句话。

这句话不是她的爸爸说的,也不是她妈妈说的,而是她从几个女人的谈话中听到的。她长这么大,不止一次听到。渐渐地,雀芹的眼帘也慢慢落下,并将脸渐渐转向别处。

一个大人叫了一声:"摇吧!"

许多大人跟着叫道:"摇吧!"

孩子们又一次将双手抱住桂花树的树干。

雀芹将自己的身体埋在人群的最深处。

婉灵脱掉了鞋,轻轻放在地上,右脚先怯生生地踏上了席子。

一片安静,几朵桂花掉在席子上的细微声响,都能听见。

当婉灵正要迈动左脚踏上席子时,人群突然一阵骚动,随即发出一片惊呼声：啊！——

长腿二鬼不知从什么地方钻了出来，并将一双沾满烂泥的脚踏到了席子上。

"出去！出去！……"大人们吼叫着。

长腿二鬼却嬉皮笑脸地站着不动，并做出要继续走上前去的样子。

雀芹从身体与身体中间钻了出来，看着眼前的情景，从牙缝里挤出一个字来："脏！"随即一头钻出人群，并一头撞向长腿二鬼。

长腿二鬼差一点被撞倒。终于站稳之后，他还要往席子上走，被雀芹死死抵住。

随即，许多孩子转身过来，与雀芹一起，将长腿二鬼赶开了。

长腿二鬼转眼间跑得无影无踪。

席子上，留着长腿二鬼五六只泥脚印。有桂花落在上面，被粘住，让人觉得仿佛是几只小小的蝴蝶，想飞再也飞不起来了。

雀芹的爸爸赶紧将脏了的席子撤下，换上了干净的席子。

不知是什么时候，婉灵不见了……

四

婉灵一手抓着一只鞋，向村外的荒野不停地跑着。路上，到处是碎砖、瓦片和坚硬的土疙瘩硌她的脚,她却好像不知疼痛,都不看一看路面,也没停下来看一看自己已被硌伤的脚。

荒野里,到处是荆棘,她的双脚却不顾一切地踩了上去,直到一阵锐利的疼痛袭来,她才终于停止跑动。她在一个树桩上坐下,先翘起左脚看了看,只见左脚在流血,再翘起右脚看了看,又见右脚也在流血。她顺手揪了一片植物的叶子,轻轻地擦着脚板上的血污。刚擦去,过不一会儿,血又慢慢流了出来。两只脚板上都有长长的刺,她咬着牙,用指甲将它们一一拔去。她没有哭,甚至觉得这样的疼痛是她需要的。

她把鞋穿上后,走向几百米外的一棵树。

这是一棵柳树,叶子差不多都黄了,在等待强劲的秋风将它们吹落。

她先是在柳树下坐着。

这是一大片荒野,杂草丛生,长着一些奇奇怪怪的植物。一些高高矮矮的坟墓,东一座西一座地散落在野草丛中。那坟墓也长了野草,看上去,已不像坟墓,而是这荒野中的土丘。一些叫不上名来的鸟,在低矮的灌木丛中飞来飞去,叫出来的声音,十分单调和古怪。

婉灵现在很喜欢坐在柳树下,看着、听着、闻着这片荒野。

远远地、似有似无地,传来孩子们的叫声。她想象着那边的情景:桂花树在晃动,金黄色的桂花纷纷落下⋯⋯

她站了起来,仰头看了看树冠,用双手抱着树干,将身子倾斜着,摇动着,柳树只是稍微颤动着,掉下几片落叶来。她又抬头看看树冠,用了更大的力气摇动着,这一回,掉下更多的树叶来,但依然是稀稀落落的。她有点儿失望，抱着树干，低着头喘着气。

过了一会儿，她松开双手，向后退了十几步，然后鼓了鼓劲，突然冲向柳树，然后用肩膀猛地撞了上去，这一回，柳树明显地抖动了一下，落下无数的枯叶。那些叶子，在她眼前纷纷坠落，非常好看。

等叶子落定，她再一次向后退去——退到一个更远的地方，然后大口大口地吸气、吐气，再一次向柳树撞去。当她的身体与柳树相撞时，发出嘭的一声，随即，更多的叶子被震落下来。

她的肩膀撞疼了，她连忙用手去揉，一边揉，一边流泪。泪水中，那些本来很小的落叶变得很大很模糊。

终于再也没有力气去摇动、撞击柳树后，她坐在了满是落叶的地上。过了一会儿，她索性躺在了落叶上。掉去大半叶子的树冠，已经变得透亮。她的目光，可以透过枝枝杈杈，看到秋天的天空。躺在地上看天空，感觉很特别。她一时忘了桂花树，沉浸到观望天空和云彩的愉悦里。

外婆正向她走来。外婆没有叫她，只是一声不吭地向她走来。

外婆走得很慢，因为外婆老了。外婆就那么老了，老得很快，仿佛每天都看出她老来，她本来就身材矮小，现在更矮小了。她穿过灌木丛和一些长得很高的野草时，只露出灰白的头发。

婉灵听到了外婆从野草中走过时发出的沙沙声。她坐了起来，随即又站了起来。她看着外婆向她走来的那一刻，看到了许多情景：

外婆弯腰在人家收割完的庄稼地里捡麦穗，月亮都升上了天空，还没回家，月光下，那个弯曲的身影仿佛永远也不会再直立起来了；

冬天漫长，头年准备下的用于取暖的一大堆树枝烧完了，外婆走进漫天的大雪,去野地里,扒开厚厚的积雪,寻找着枯枝……很久很久,她背了一大捆树枝往回走着,几乎看不见她人,只看见那小山似的一捆树枝;

半夜里醒来,十回九回发现外婆还没有睡觉,不是在给她做鞋,就是在给她缝制新衣;

……

外婆在草丛中站住了,看着婉灵。

婉灵连忙跑向外婆。她没有搀着外婆回家,外婆也没有做出要让她回家的样子,仿佛约好了要在柳树下见面似的,两人手拉手,来到了柳树下。

婉灵扶着外婆,让外婆在柳树下坐下后,挨着外婆也坐下了。

这是一个很少有人走到的地方。

外婆和婉灵却都觉得,这是一个很让她们喜欢待着的地方。

当外婆看到一地落叶时,仿佛知道了它们是怎么落在地上似的。她伸出胳膊,将婉灵轻轻搂到怀里。婉灵将脸伏在外婆曲起的双腿上。外婆用粗糙的手,在婉灵的头发里,慢慢地梳拢着。

婉灵微微侧过脸,这时,她在最近的距离里,看到了外婆皱纹纵横的苍老的脸。她慢慢抬起手,轻轻抚摸着外婆的脸。

婉灵知道,这张脸,是为她而衰老的。

外婆早已想好:活着,不为别的,只为婉灵体面地走在人的面前……

五

如果说，这之前婉灵还总想和孩子们在一起，现在，她不想了。她无数次地产生想一头扎进孩子堆里的愿望。她甚至有过几次，张开双臂，向不远的一群孩子猛跑过去，就像是一只离群的鸟发现了鸟群，但在离孩子群几十米远的地方，她停下了脚步。然后，她呆呆地站在那儿，一副不知所措的样子。最终，她掉转头离去。

她没有听到过一个孩子对她说过难听的话，也没有一个孩子向她做出厌恶的样子。可是，空气里似乎总有那样一种冷漠、一种躲避、一种模模糊糊的鄙视。她甚至感觉到，有好几个孩子是愿意向她走来与她一起玩的，但不知为什么，总是走着走着停下了，转头看看四周有没有人——其实，那时，周围什么人也没有，犹疑了一阵，便走开了。

雀芹就是其中一个。

雀芹一点儿也不讨厌婉灵。她有什么理由讨厌婉灵呢？婉灵长得那么的文弱可爱，那么的干净，那么的谦让别人，那么的性情柔和，学习成绩又那么的好——学习成绩那么的好，可她从来都没有显出自得的样子。雀芹常常会情不自禁地悄悄地看婉灵。她甚至在长腿二鬼把一团烂泥砸到婉灵身上时，还狠狠地揍了长腿二鬼一顿。但，雀芹最终还是在远离婉灵的地方站着，没有向她走去。

一段时期，婉灵甚至巴结过孩子们，做出一副"你们只要肯与我玩，我什么都愿意为你们做"的样子。但，无形的，却无边无际的冷漠，是凝固的，是永恒的，无处不在的。

现在，她最喜欢去的地方，就是那片荒野。

她在杂草中蹦跳着，或是坐在那棵柳树下。她会长时间地注视着一只灰色的野兔在草丛中潜伏、穿行与跳跃。会在偶然的张望中，忽然发现低矮的杂树中，一个极其隐蔽的树杈上，有一只精致的鸟窝，那窝已经空了，她猜想着，那两只成鸟是怎么做窝的，雌鸟下了几只蛋，小鸟是怎样被喂大的，最后是怎样飞离鸟窝飞上天空的。还有许多在人多的地方很少看见的黑色蜻蜓——鬼蜻蜓。这些蜻蜓只出现在荒僻的地方，或是不见阳光的地方。荒野里，东一处西一处，高高矮矮的，有许多坟丘。她曾在夏天的夜晚从远处看这片荒野时，看到过淡蓝的火苗，在荒野的坟丘间飘移。外婆告诉她，这是鬼火。看着诡秘的鬼蜻蜓在无声地飞行，她会想到鬼火，并会想到许多关于这片荒野的恐怖传说，那时，她就会一哆嗦，自己用双臂抱住自己，并转头向远处的村庄眺望。但，就在那一刻，她同时会觉得，在这片荒野里行走、蹦跳，是一件很刺激的事情。她喜欢这种感觉。她甚至会纵容自己去想象那些恐怖的情景，在一惊一乍之中，打发着她一个人的时光。

那时，孩子们三五成群，都在别的地方玩耍。

荒野上有很多好看的野花。每回离开时，她都会采一束带回家，外婆会找出一只深深的瓦罐，盛上清水，帮她将这些花养着。

她，外婆，还有荒野，挺好的，婉灵满足了。

这是一个星期天，婉灵采了一束五颜六色的野花，正要往回走时,远远地,雀芹出现在了荒野的边缘。她站在那里,朝婉灵这边看着。

婉灵抓着那束花,站在柳树下,看着雀芹。

荒野很寂静,只有一种不知名的小鸟,藏在灌木丛中,不时地叫上两声。

她们互相望着,两对目光在空中相遇,并碰撞。

雀芹终于走进荒野。她做出的样子好像并非是因为婉灵的缘故而走进荒野的,她是独自一人到荒野里走走看看的。她没有一直不停地向婉灵走来,而是不时地蹲下,采一朵野花。

婉灵很想将那一束花举起来召唤雀芹,但终于没有,只是在心中说:你过来吧,过来吧,我愿意把这一束花给你、给你、给你……

雀芹离婉灵越来越近了。

两个小姑娘都很漂亮,两种不同的漂亮。雀芹比婉灵胖一点,比婉灵结实,脸蛋永远红扑扑的,眼睛大而黑,黑而亮。

她们又开始了对望。

她们之间只剩下二三十米,但这距离从这一刻起,似乎再也不能缩短了。

一只斑斓多彩的野鸡从不远处的灌木丛里扑棱棱地飞上了天空。

"野鸡!"

两人几乎同时叫了起来。

野鸡只飞出去四五十米,又落了下去——就在它往地面上落时,一根长长的羽毛从它身上脱落了下来。

一根十分好看的羽毛。它在空气里翻动着,飞扬着,缓缓地降落着。

两个女孩同时向那根羽毛跑了过去。

婉灵离降落的羽毛近，它刚刚降落在地上，就被她捡了起来。

雀芹也赶到了。

婉灵把羽毛举在雀芹的眼前。

两个女孩一起欣赏着那根羽毛，都在心中发出感叹：啊！

过了一阵时间，双方的目光才从羽毛移开，看着对方的脸。这是她们第一回在如此靠近的地方打量对方：还是从前的面孔，但现在觉得，都是新的面孔。

两个女孩都有想赞美一番对方的想法，但都没有说话，只是默默地看着。看着看着，双方都有点不好意思起来，将目光转向了一边。

当雀芹再一次面对婉灵时，她看到的不仅是一根羽毛，还有一束花，她还仿佛听到了婉灵的声音：给你！

那时，是黄昏时的天色：温暖、和平、安详。

远处的村庄，忽地传来了一个孩子的叫声："雀——芹——"

接着传来了好几个孩子的叫声："雀芹，你在哪里？！""我们在等你！"……

那些声音本来是朝着其他方向的，但很快都转向了荒野："雀——芹——"

雀芹将脸转向了村庄。

叫声越来越大，越来越显得急切，并且显得越来越不耐烦。

忽地不叫了。

雀芹朝村庄方向看去，隐隐约约地看到七八个孩子，他们站在村庄的一棵大树下,似乎在朝荒野看着。

雀芹犹豫了片刻,转身向村庄方向跑去……

花和羽毛在天空下停留了片刻,一起落在了野草丛中……

六

荒野毕竟太过孤寂和冷落,婉灵会在荒野里玩着玩着,突然地停止,然后向四周张望着。天气明明非常暖和,有时她却会莫明其妙地感到有点寒冷,坐在柳树下缩成一团,甚至瑟瑟发抖。那一刻,她的身体好像变小了,很小,还剩下一点点。

她几乎不想再到荒野里来。

但一个发生在荒野里的景象,又使她迷恋上了荒野。

这天,她在下午四点多钟的光景来到了荒野。她看到了一片火。不知是谁家到一座坟上烧纸,以为火已灭了,但人走后,残存在灰烬下面的火又烧了起来,并且向周围蔓延,烧着了野草。这片火的面积已经有四五张床那么大了,很有力量,燃烧着的野草劈劈啪啪地响着,像节日里放鞭炮。热浪扑面而来,婉灵顿时觉得非常舒服,并随之兴奋与激动起来。

火苗在跳动,像无数的金色小人在欢快地嬉闹与跳舞。一片火,看上去,竟是这么的热闹。

婉灵情不自禁地拍着巴掌,并随着火苗的跳动、摇摆,她的身体也开始跳动、摇摆起来。

火势在蔓延。

她有点儿害怕,甚至可以说很害怕。但她喜欢这样的害怕。长这么大,她都没有如此兴奋和激动过。这种兴奋和激动,加上她不住地跳动和摇摆,不一会,就使她进入一种眩晕的状态。到了后来,她的跳动和摇摆,动作不免有点夸张,很像是一个小疯子。她"呀呀"地叫了起来,叫到后来,叫声成为尖叫。尖叫声撕破了荒野的寂静,甚至撕破了一成不变的天空。

火势渐大。

她终于冷静地想到了一个问题:这样烧下去,会把整个世界烧掉的。

她转过身去,想冲着村庄大声喊叫:"救火呀!——"

但她没有喊叫,而是捡起一根树枝,猛地抽打着火苗——被抽着的火苗居然灭了。这让她不再担忧,并在抽打火焰之中,获得了更大的快乐。她抽打着它们,抽打出一团团蚊虫大小的火星。她在嘴里不住地发出"呀呀呀"的声音。

在她密集而猛烈的抽打之下,那一片火竟然渐渐缩小了。后来,渐渐地灭了。焦黑的土地留着一缕一缕的青烟,空气里布满了焦味。

她扔掉了手中的树枝。她觉得手心有灼热的疼痛感,摊看双手一看,发现手上有好几个被树枝磨出的水泡。

从那以后,她喜欢上了火。

她完全不再像一个女孩子。

她的口袋里经常揣着一盒火柴。她不时地走进荒野，放一把火，然后再将它扑灭。村里，已经有不少人看到这番情景了。他们在远处看着，担心着，准备随时过来扑灭失控的火。但每一回，他们都看到：婉灵又独自将火扑灭了。便在心里或嘴上说了一句："这小丫头怪怪的。"摇摇头走开了。

这天傍晚，婉灵本是安静坐在柳树下的。但，就在她要离开柳树往家走时，内心深处又产生了玩一把火的欲望，并且不可克制。但这一回的情形与以往的情形完全不同了：两个月没有下过一滴雨，大地一片干焦，野草枯萎，加上风大，火一下子失控了，以令人恐怖的速度向四面八方蔓延。天色已经灰暗，因此，从远处看，很有火光冲天的样子。

婉灵抓着树枝，一下惊呆了，竟然忘了用树枝去抽打火苗。

火苗像撒野的动物，向前奔涌着，并发出呼呼的类似于野兽发出的喘息声。

村里响起了急促的锣声，随着一个人大叫"救火呀"，立马有许多人跟着叫了起来："救火呀！——"

不一会儿，几乎全村人都出动了。天空下，一片吃通吃通的脚步声。

婉灵像在梦里，被那些救火的人撞来撞去，几次要跌倒在地。

大火终于在一条长长的田埂前被扑灭了，而田埂那边，是成熟的、马上就要开镰收割的庄稼。

人们踏着滚烫的灰烬陆续离开时，路过婉灵身旁，没有说一句话，但都侧脸冷冷地看了她一眼。

天黑了,地显得更黑。

冰凉的眼泪,顺着她的鼻梁徐徐流淌下来。

远处的坟头上,突然站立起一个黑影。

"鬼!"婉灵在心中尖叫了一声,掉头就跑。

不远处,外婆正向她走来。

她扑进外婆的怀里,浑身颤抖不止:"鬼!鬼!……"

外婆用僵硬的手拍打着她的后背:"哪里有鬼呀!外婆不用看就知道,是长腿二鬼。"

外婆和婉灵手拉着手往回走去。路上,有时是外婆搀着婉灵,有时是婉灵搀着外婆。外婆没有责备婉灵一句。她们走到了河边上,外婆问:"火柴呢?"

婉灵摸了摸口袋。

"给我。"外婆说。

婉灵掏出火柴,交到外婆手上。外婆摇了摇火柴盒,里面的火柴发出碰撞的声音。她用力将火柴盒扔到了河里。月亮刚从河的尽头上来,水面上像是有一条细银铺成的路。那火柴盒,如一只小船漂走了。

走着走着,外婆竟然哼唱了起来。外婆的声音十分苍老,几乎没有一个音符是准的。她走路走得很吃力,因此,她的声音是与喘息声混杂在一起的,断断续续。

外婆唱的不知是何年的老戏文,没有一句,婉灵能够听懂。外婆对那些戏文,也未必都懂。但,婉灵却深刻地感受到了清冷与悲凉,还有无奈,还有不屈。

她们走得很慢，走进村庄时，早已家家灯火……

七

婉灵生病了，已有四五天不去上学了。不发烧，也没有一处疼痛，就是觉得浑身无力，四肢发软，打不起精神来，整天躺在床上。

这天上午，外婆不让她再躺着了，对她说："起来撑一撑，不能再这样躺下去了。"

婉灵基本上是被外婆从床上轰赶起来的。她喝了外婆熬的小米粥，身体有了点力气，心情也明亮了许多。一连几天没有出门，这会儿有点儿想到门外走一走。

春天，太阳已让大地变暖，万物又进入了生长季节。

村里的大人全都下地干活了，剩下的大人，都是耳聋眼花的老人。孩子们都上学去了。甚至连狗都不在村庄了——它们跟随大人，去地头了。整个村庄，除了偶尔传出的猪叫声和鸡叫声，就没有别的声音了。那番安静，是婉灵以前从未感受过的。

她沿着村巷，慢慢地往前走着，一只黑猫走过来，陪她走了一段路，跑开忙它自己的事去了。不知不觉之中，她走到了雀芹家的山墙下——再往前走几步，她马上就会看到雀芹家门前那棵桂花树了。她已经很久没有看到过它了。她犹豫着，站在了那里，不知道该不该往前走了：看不看呢？她没有给自己一个明确的答案，但双腿却迈动着往前走去——桂花树出现在她眼前，可就在那一刻，她惊恐地瞪大了双眼：

桂花树下，一堆芦苇正在燃烧！

那堆芦苇是雀芹的爸爸临时堆放在树下的。他要用它编席子——接花用的席子都旧了、破了。

一看到火，婉灵不由自主地哆嗦起来，一阵眩晕差点儿使她跌倒。她双眼紧闭了一阵，睁开时，见火已烧得更高，掉头就向家中拼命奔跑。跑着跑着，她眼前出现了一番情景：桂花树被火烧着了，叶子在火中卷了起来，并很快燃烧，接着是树枝……不一会儿，整个大树都燃烧了起来，成了一棵火树……在这番情景中，不时地还穿插着她曾经见到过的情景：满树的桂花，纷纷飘落，纷纷飘落……她突然站住，并迅速转过身，向桂花树下跑去。

她用颤颤抖抖的声音叫了一声："救火呀！——"就这一声，嗓子顿时哑了。她再接着喊"救火"时，就只有自己能够听见——甚至连自己都听不见。

空空的村庄，没有一点儿回应。

跑到地里去叫大人吗？等大人们赶回来，桂花树怕是早已成为一摊灰烬。

婉灵站住片刻，忽然不再恐惧。她跑进雀芹家的院子，操起水缸旁的水桶，将它深深地埋入水缸。当她双手提着满满一桶水往桂花树下跑去时，若有人看见，怕是谁都无法相信：这么一个瘦弱的女孩，怎么能提起这满满一桶水并且还能奔跑呢？

她将一桶水准确地泼浇在最旺的一处火苗上,就听见嗤的一声,那火苗顿时不见了,转而骤然升腾起一股湿烟。

她提着空水桶,返身再度冲向水缸。

一桶又一桶的水泼浇在燃烧的芦苇堆上,火苗明显地矮弱了下去,但那堆芦苇,还有三分之二没有烧着,它们随时可能爆发更大的火苗,而水缸里的水却已经没有了。

"救火呀!救火呀!……"

婉灵的叫声,近乎自言自语。望着挣扎中的火苗开始升腾,她哭了起来。

竟然没有一个人走过,这世界上仿佛就只剩下她一个人了。

眼见着火苗渐渐变大变高,她只好抓着水桶跑向河边。当她提着一桶水,向上走来时,她已经没有力气了。她把水桶放在台阶上,大口大口地喘气。当她抬头向桂花树望去时,发现浓烟已开始变淡了。她知道,那是火苗又开始烧旺的缘故。她蹲下身子,把水桶抱在了怀里,然后一级一级台阶地攀登着……

反扑的火苗又被打压了下去。

坚持着从河里打了五桶水之后,当她咬着牙抱着第六桶水攀登台阶时,中途,水桶从怀里滑落下来,跌在台阶上,水桶立刻摔成八瓣,水顺着台阶,瀑布一般向下泻去。

她坐在台阶上,呆呆地看着河水,好像将桂花树下的火忘记了——仿佛就没有发生这回事一样,现在她是坐在这儿看大河、看流水向东流去的。

一根长长的结实的树枝,漂了过来。她看着它在漂移,忽然想起什么似的，立即站起身，并连跳几级台阶，最后扑进水里，抓住了那根树枝，转身爬到岸上，双手举起树枝，冲向还未扑灭的火苗。她用树枝发疯似的抽打着那些火苗，眼睛睁得很大很大。火星与灰烬一起在飞，几次差一点迷住她的眼睛。

终于，有一个放鸭爷爷撑着小船路过这里，发现了桂花树下的情景。他一边大叫着"救火呀"，一边迅即将船靠向岸边……

远处的庄稼地里，有人隐隐约约地听到了呼救声，扔下工具，往村里跑着。不一会儿，有无数个嗓门都发出了呼救声："救火呀！——"其实，他们谁也没有看见火。不少人在问："哪里着火了？哪里着火了？"终于有人明确地说："桂花树下！"

村里人赶到时，婉灵还在用树枝不住地抽打。

在放鸭爷爷的帮助下，那火已经气息奄奄。人们或用盆子，或用其他可以盛水的家伙，接连不断将从河里盛来的水泼浇在桂花树下。

当火彻底熄灭后，人们这才去仔细看着婉灵：

她的头发已经烧黄，烧成了满头的卷，衣服也烧出一个一个的洞，露出的皮肤，全都被潮湿的灰烬染成黑色，脸也是黑色的，映衬之下，她的眼白竟然是那么的白。

放鸭爷爷对村里人说："你们要好好谢谢这个闺女。不是她，"他抬头看了一眼桂花树，"这棵树怕是已经不在了。"

桂花树的树干，有几处已经烧糊，低处的叶子也被火熏蔫，甚至有一些叶子已经被烧焦。但看上去，它基本完好。

所有的目光都投向了婉灵。

所有的目光里都是深深的歉意和谢意，还有夸赞。

雀芹已从学校匆匆跑了回来。听说这一切之后，她跑回屋里，取了脸盆和一条干净毛巾就往河边跑。不一会儿，她端了一盆清水，向婉灵走去。

这时，人群中不知是谁嘀咕了一句："这火，没准是她自己放的呢？"

那人说这句话时，声音很小，但，在场的人却差不多都听见了。一瞬间，人们仿佛都看到了婉灵酷爱玩火和那场荒野大火的情景。一瞬间，人们眼中的神情都悄然发生了变化——还是那一对对目光，但目光里所包含的内容变了，变得很快，就像本是暖暖的天空下，骤然有强劲的凉风刮了过来。又是一瞬间，已有一对对怀疑与责难的目光投射到婉灵的脸上。

婉灵先是像大风中的玉米叶一般颤抖，接着，头一低，穿过人群，跌跌撞撞地向家中跑去……

呜咽声中，婉灵趴在床上睡着了。外婆没有惊动她，一直守在她身边。

婉灵一直睡到傍晚才醒来。

外婆已准备好一大盆热水，并将澡盆早早放在了婉灵的卧室里。在外婆的指点下，婉灵脱掉了衣服，赤身站在澡盆里。外婆舀了一瓢热水，慢慢浇到她的头上。

热水穿过烧卷的发丛，流到她的脸上。她低着头，哭泣着："我没有放火……"

外婆一边用手给她洗头，一边说："我知道。"

"我真的没有放火……"

外婆又舀了一瓢热水慢慢浇在她的头上:"我知道……"

婉灵站在澡盆里,乖乖地接受着外婆的清洗……

八

事发三天后,雀芹去河边洗菜,长腿二鬼突然从芦苇丛中探出了脑袋,惊得雀芹手中的菜篮差一点儿没有掉在台阶上。

长腿二鬼一忽闪,人影不见了。但没过一会儿,却出现在了雀芹的上方。他俯视着雀芹,很得意地说出一句话来:"火是我放的!"

雀芹一脸惊讶与疑惑。

"哼!谁让你不让我摇花的!我要烧了这棵树!烧了这棵树!嫌我脚脏!哼!"说着他翘起乌黑的脚看了看,"我脚怎么了?"

雀芹忽然想起:那天,人都走后,她帮着爸爸妈妈收拾桂花树下的灰烬时,看到了一顶破烂的草帽,她一眼就认出了这是长腿二鬼的草帽,一抬脚,把它踢得远远的高高的,正吹过来一阵风,把它吹到了大河里……

雀芹看去,一年四季都戴着破草帽的长腿二鬼,现在的头上并没有草帽,只有一头乱糟糟的头发。

长腿二鬼看出雀芹在看他的脑袋,说:"帽子丢在你家树下了。

那天，我用它扇火来着，火轰地烧起来，把我头发都烧着了……"他低下头去，用手撩着一些烧焦的头发，"吓死人了，我扔下帽子跑掉了……"长腿二鬼从口袋里掏出一盒火柴，打开，取出一根火柴棍，立在硝面上，用左手的中指按住火柴棍的一端，用右手的手指猛地一弹火柴棍，只听见嗤的一声，擦着的火柴棍飞到了空中，一朵小小的火苗随即缓缓飘落了下来。

雀芹弯腰丢下篮子，然后慢慢抬起头，突然发动，一头冲向长腿二鬼。

长腿二鬼猝不及防，拔腿逃跑时跌倒了，还未来得及爬起来，雀芹已扑到他身上，随即受到了雀芹一阵雨点般稠密的拳头。他挣扎着，无奈雀芹死死地压住他，使他根本无法动弹，只能用双手抱住脑袋，哎哟哎哟地叫唤着。

雀芹打着打着，忽然哭了起来，并且哭声越来越大。又是一阵猛烈的拳头之后，她站了起来，踢了长腿二鬼一脚，直往家中跑去。

九

事发当天夜里，躺在外婆身边的婉灵，将脸侧向外婆说："我不想去上学了……"

外婆没有说话，只是伸出胳膊，将婉灵往自己怀里拢了拢。

第二天一早,外婆去了二十里地以外的油麻地。那里,住着她妹妹一家。傍晚,她回来了。晚饭后,外婆说:"那边,你姨奶奶有一大群儿孙,早就想让我们到那边去住了,住的地方有的是。你大表舅,是那边的小学校长,让你到他的学校读书去。过两天,那边就过来一只船,帮我们搬家……"

　　就在油麻地的船停靠在大河边上时,几乎全村的人都来到了婉灵家。

　　他们向外婆道歉,向婉灵道歉,深深地道歉。还有许多人则不说一句话,只是愧疚地低着头。

　　外婆和婉灵默默地坐在一条长凳上。

　　村长向外婆深深地鞠了一躬,说了一声:"对不起……"又转身向婉灵说道:"孩子,全村人都对不起你。原谅爷爷奶奶、叔叔婶婶、哥哥姐姐、弟弟妹妹们吧……"

　　半夜,人们才陆陆续续地离去。

　　天刚亮,起得早的人发现:油麻地过来的那只大船,还是装着外婆、婉灵以及家具离去了,婉灵家的门上已挂了锁。消息很快传开了,村庄里的人们不一会儿都醒来了,村巷里很快集聚了许多人。他们推测着,那条大船还没有走远,便纷纷沿着河岸往前追去。

　　太阳升起来时,他们看到了油麻地的大船。

　　数不清的孩子夹杂在追赶的人群中。当雀芹大叫了一声"婉灵"之后,许多孩子都跟着叫了起来:

　　"婉——灵!——"

　　孩子们不住地叫着,不住地跑着。

大船却依然往前行驶着。

婉灵和外婆一直坐在船头。她们已经告别了那个美丽的村庄和那片美丽的田野。她们的目光,正望着茫茫的远方。

孩子们的呼唤声,使婉灵掉过头去看着:长长的河岸上,是一条长长的追赶队伍。

到底还是人跑得快,太阳升起两丈多高时,十几二十几个孩子,已经与河中的大船并行了。

雀芹一直在叫着婉灵的名字,嗓子已经沙哑。

不远处,是一座横跨在大河上的大桥。在雀芹的带领下,一群孩子都气喘吁吁地跑到桥上。现在,他们面对着大船,面对着外婆和婉灵。他们又呼唤了一阵之后,见大船依然没有丝毫停下来的意思,不再呼唤了。不少孩子趴在大桥的栏杆上,看着婉灵。好几个女孩哭了。

雀芹一直看着婉灵,举起的右手缓慢地然而不停地摇摆着。

船正向大桥驶来。

孩子们发现,不知什么时候,雀芹爬上了大桥的栏杆,颤颤抖抖地站在天空下。

这时,所有的大人和孩子不再看河上的船,而一律看着雀芹。

雀芹就这么站着,就在人们还不太明白她要干什么时,在大船马上就要到达大桥时,她突然展开双臂,像一只鸟那样从大桥上落了下去,扑通一声,激起一大团水花。

婉灵立即站了起来,跑向大船的最前端,然后趴下,向河里看着:雀芹已经冒出水面,向她摇着手。

又是两三个孩子跳入水中。随即，几乎凡是会游泳的孩子，都扑通扑通地跳入水中，水面上盛开着一大朵一大朵的水花……

十

今年雨水好，隔两三天就是一场不大不小的雨，略受伤害的桂花树，非但没有显出萎靡不振的样子，反而比往年更显得生机勃勃，一到八月，那花开得一天比一天欢闹。

雀芹的爸爸每天都要观察两三回，耐心地等着那个日子：满树开花的日子。

这一天终于到了。

一大早，雀芹为首，十几个穿得干干净净的女孩来到了婉灵家。她们是来邀婉灵一起去摇花的。

不知为什么，婉灵总是不住地看着外婆。

外婆进屋去了，不一会儿，拿着一件新褂子、一双新鞋出来了。

褂子，是雀芹她们帮婉灵穿上的，她们不住地说："这件褂子真好看！"

鞋，是外婆帮着穿上的。婉灵坐在椅子上。外婆拿着新鞋，在给婉灵穿上时，说："死丫头，往椅子上一坐，啥也不动手，瞧你这样子，像做新娘似的。"

女孩们一阵笑。

照例，无论脚干净不干净，都要坐在水码头上去，将脚泡在河水里好好清洗一番。

一溜坐了五六个女孩，一双一双脚，在水里如一群鱼在嬉闹，翻腾着水花。

时间到了，孩子们争先恐后地跑到树下，用双手抱着桂花树的树干。婉灵伸了几次手，但都被挤开了。雀芹和另外一个个头高高的女孩，一起用力，挤出一个空来。"快呀！"雀芹朝婉灵叫道。婉灵上去，伸出双手抱住了树干。

新编的席子上，是一双双孩子们的脚，那双最白、最干净、最好看的脚，是属于婉灵的。

大人一声口令，孩子们一起用力摇动，只见金色的桂花纷纷坠落。

所有的孩子都仰起头来，去看飘落的桂花，只有婉灵的头是低着的。那些落在席子上的花，一朵朵，都很生动，让她觉得，它们只是临时歇一会儿，过不一会儿就要飞走。看着看着，那一朵朵花模糊了，最后模糊成一片金色……

2014年8月10日下午3点30分
修订于北京大学蓝旗营住宅

蓝花

LAN HUA

一

一个秋日的黄昏，村前的土路上，蹒跚着走来一位陌生的老婆婆。那时，秋秋正在村头的银杏树下捡银杏。

老婆婆似乎很老了，几根灰白的头发，很难再遮住头皮。瘦削的肩胛，撑起一件过于肥大的旧褂子。牙齿快脱落尽了，嘴巴深深地瘪陷下去，嘴在下意识地不住蠕动。她拄着一根比身体还高的竹竿，手臂上挽着一只瘦瘦的蓝花布包袱，一身尘埃，似乎是从极远的地方而来。她终于走到村头后，便站住，很生疏地张望四周，仿佛在用力辨认这个村子。

受了惊动的秋秋，闪到银杏树后，探出脸来朝老婆婆望着。当她忽然觉得这是一个面孔和善且又有点叫人怜悯的老婆婆时，就走上前来问她找谁。

老婆婆望着秋秋："我回家来……回家……"她的吐词很不清晰，声音又太苍老、沙哑，但秋秋还是听明白了。她盯着老婆婆的面孔，眼睛里充满疑惑：她是谁？秋秋很糊涂，就转身跑回家，把七十多岁的奶奶领到了村头。

奶奶盯着老婆婆看了半天，举起僵硬的手，指着对方："这……这不是银娇吗？"

"我回家来了……回家……"老婆婆朝奶奶走过来。

"你出去三十多年啦！"

"回来啦，不走啦……"

围观的人慢慢多起来。年轻人都不认识老婆婆，问年纪大的："她是谁？""银娇。""银娇是谁？""银娇是小巧他妈。""小巧是谁？""小巧淹死许多年了。"……

这天晚上，秋秋坐在奶奶的被窝里，听奶奶讲老婆婆的事，一直听到后半夜……

二

你银娇奶奶这一辈子就做一件事：给人家帮哭。这几年，帮哭的事淡了。放在十年前,谁家办丧事,总要请人帮哭的。办丧事的人家,总想把丧事办好。这丧事要办得让前村后舍的人都说体面,一是要排场,二是要让人觉得苦、伤心。办丧事那天,从早到晚,都有很多人来看。奶奶就喜欢看,还喜欢跟着人家掉眼泪,掉了眼泪,心里就好过些。谁家的丧事办得不好,谁家就要遭人议论:"他家里的人都伤心不起来,一群没良心的。"其实呀,也不一定是不伤心,只是那一家子没有一个会哭的。要让人觉得伤心,就得一边哭一边数落。有人就不会数落,光知道哭。还有一些不知事理的人,平素就不太会说话,一哭起来,就瞎哭了,哭了不该哭的事情。好几年前,西王庄周家姑娘死了,是瞒住人打胎死的,是件丑事,是不好张扬的。嫂子是半痴人,却当了那么多人的面,一把眼泪一把鼻涕地数落:"我的亲妹妹哎,人家打胎怎么一个个都不死呢,怎么你一打胎就死呢?我的苦妹子……"被小叔子一巴掌打出一丈远:"死开去吧,你!"有人倒不至于把事情哭糟了,但哭的样子不好看,怪,丑,声音也不对头,让人发笑,这就把丧事的丧给破了。这哭丧怎么那样要紧,还有一点你晓得吗?你小孩子家是不晓得的。奶奶告诉你:说是哭死人呀,实是为了活人的。人死了,可不能就让他这么白白地死呀,得会哭,会数落死人一生的功德。许多好人死了,就缺个会数落的,他一生的功德,别人也记不起来了。就这么不声不响地死了,活人没得到一点好处,多可惜!如果能有个会哭的,会数落的,把他一辈子的好事一一地摆出来,这个好人就让人敬重了,他家里的人,也就跟着让人敬重了。碰到死去的是个坏人、恶人,就更要会哭会数落了。谁也不会一辈子都做缺德事的,总会有些善行的。把他的好事都说出来,人心一软,再一想人都死了,就不再计较了,还会有点伤心他死呢，觉得他也不是个多么坏的人，他家里的人，也就从此抬起头来了。

就这么着，一些会哭的人，就常被人家请去帮哭。你银娇奶奶哭得最好，谁家办丧事，总得请她。村里人知道她会哭，是在她十六岁的时候。她十三岁那年秋天，到处是瘟疫。那天，早上刚抬走她老子，晚上她妈就去了。苦兮兮地长到十六岁，这年末春，村西头五奶奶死了。下葬这一天，儿女一趟，都跪在地上哭。人就里三层外三层地围着望哭，指指点点地说谁谁哭得最伤心，谁谁肚里苦水多。你银娇奶奶就打老远处站着。这五奶奶心慈，把你没依靠的银娇奶奶当自己的孙女待。在你银娇奶奶心中，五奶奶是个大恩人。这里，五奶奶家的人哭得没力气了，你银娇奶奶过来了。她"扑通"一声在五奶奶棺材前跪下了，先是不出声地流泪，接着就是小声哭，到了后来，声越哭越大。她一件一件地数落着五奶奶的善行，哭得比五奶奶的儿子儿媳妇孙子孙媳妇都伤心。她趴在五奶奶的棺材上哭成个泪人，谁都劝不起她来。哭到后来，她哭不出声来了，可还是哭。在场的人也都跟着她哭起来。打那以后，谁都知道你银娇奶奶哭得好。谁家再有丧事，必请你银娇奶奶帮哭。不过，没有几个人能知道你银娇奶奶怎么哭得那么好。她心里有苦，是个苦人！……

三

银娇奶奶回来后，出钱请人在小巧当年淹死的小河边上盖了一间矮小的茅屋，从此，彻底结束了漂流异乡的生活。

秋秋常到银娇奶奶的小屋去玩。有时也与奶奶一起去，每逢这时，她就坐在一旁，静静地听着两个老人所进行的用了很大的声音却都言辞不清的谈话，看她们的脑袋失控似的不停地点着、晃动着。有时，她独自一人去，那时，她就会没完没了地向银娇奶奶问这问那。在秋秋看来，银娇奶奶是一个故事，一个长长的迷人的故事。银娇奶奶很喜欢秋秋，喜欢她的小辫、小嘴和一双总是细眯着的眼睛。她常伸出粗糙的颤抖不已的手来，在秋秋的头上和面颊上抚摸着。有时，银娇奶奶的神情会变得很遥远："小巧，长得是跟你一个样子的。她走的时候，比你小一些……"

秋秋一有空就往河边的茅屋跑。这对过去从未见过面的一老一小，却总爱在一块待着。秋秋的奶奶到处对人说："我们家秋秋不要我了。"

"你到江南去了几十年，江南人也要帮哭吗？"秋秋问。

"蛮子不会哭，说话软绵绵的，细声细气的，哭不出大声来，叫人伤心不起来。江南人又要面子，总要把丧事做得很体面，就有不少江北的好嗓子女人，到了江南。有人家需要帮哭就去帮哭。没帮哭活时就给人家带孩子、缝衣、做饭，做些零七八碎的杂活。江南人家富，能挣不少钱呢。"

"你要挣那么多钱干嘛？"

"盖房子，盖大房子，宽宽敞敞的大房子。"

"怎么没盖成？"

"盖成了。"

"在哪儿?"

"离这儿三里路,在大杨庄。"

当秋秋问她为什么将房子盖在大杨庄,又为什么不住大杨庄的大房子却住在这小茅屋时,她不再言语,只把眼睛朝门外大杨庄方向痴痴地望,仿佛在记忆里寻找一些已经几乎逝去的东西。不一会,秋秋听到了她一声沉重的叹息。后来,在很长一段时间里,她总沉默着。

秋秋回到家,把这番情景告诉奶奶,并追问奶奶这是为什么。

奶奶就告诉她:"那时,你银娇奶奶帮哭已很出名了。谁家办丧事,方圆十里地都有人赶来看她哭。她一身素洁的打扮,领口里塞一块白手帕,头发梳得很整齐,插朵小蓝花。帮哭的人总要插一朵小蓝花。她来了,问清了死人生前的事情,叹口气,往跪哭的人面前一跪,用手往地上一拍,头朝天仰着,就大哭起来。其他跪哭的人都忘了哭,直到你银娇奶奶一声长哭后,才又想起自己该做的事情,跟着她,一路哭下去。你银娇奶奶的长哭,能把人心哭得直打颤。她一口气沉下去能沉好长时间,像沉了一百年,然后才慢慢回过气来。她还会唱哭。她嗓子好,又是真心去唱去哭,不由得人不落泪。大伙最爱听的,还是她的骂哭。哭着哭着,她'骂'起来了。如果死的是个孩子,她就'骂':'你个讨债鬼呀,娘老子一口水一口饭地把你养这么大,容易吗?你这没良心的,刚想得你一点力,腿一蹬就走啦?你怎么好意思哟!'她哭那孩子的妈妈怎么怀上他的,怎么把他生下来的,又是怎么把他拉扯大的。哭到后来,就大'骂':'早知道有今天,你娘一生下你,就该把你闷在便桶里了……'假如死的是个老人,她就

'骂'：'你个死鬼哎，心太狠毒了！把我们一趟老老小小的撇下不管了，你去清闲了，让我们受罪了！你为什么不把我们也带了去呀！你害了我们一大家了！……'这么一说，这么多人跑这么远的路来听你银娇奶奶哭，你也就不觉得怪了吧？就在这听哭的人当中，有一个大杨庄的教小学的小先生。那个人很文静，脸很白，戴副眼镜。他只要听到你银娇奶奶帮哭的消息，总会赶到的。他来了，就在人堆里站着，也不多言，不出声地看着你银娇奶奶。每次帮哭之后，你银娇奶奶总像生了一场大病，脸色很难看，坐在凳上起不来。听哭的人都散去了，她还没有力气往家走。那个小先生总是不远不近地一旁站着。你银娇奶奶上路了，他就在她身后不远不近地跟着，一直把她送到家门口。后来，你银娇奶奶就跟他成家了。那些日子，你银娇奶奶就像换了一个人，整天笑眯眯的，脸色也总是红红的。孤零零的一个人，现在有家了，有伴儿了，还是一个识字的爱用肥皂洗面孔的男人，她自然心满意足。那些日子，她总是想，不能让他跟着她过苦日子，就四处去帮哭。可也不会总有帮哭的事，其余时间，她就帮人家做衣服，纳鞋底。后来，她生了一个闺女，叫小巧。等小巧过了四岁生日，她跟他商量：'我们再有些钱，就能盖房子了。我想去江南，高桥头吴妈她愿意带我去。你在家带小巧。'她就去了江南。两年后，她带回一笔钱来，在大杨庄盖起了一幢方圆十里地也找不出第二家的大房子。一家三口，和和美美地过了一段日子，她又走了。房子盖到最后，钱不够了，跟人家借了债。她又想，那么大一幢房子，总该有些家什，不然显得空空荡荡的。她还想给小巧他们父女俩多添置一些衣服，不让他们走在人前被人看低了。再说，她也习惯了在外面漂流。她就没有想到再隔一年回来时，小先生已喜欢上他的一个女学生了。那时候的学生岁数都很大。那姑娘长得很好看。而你银娇奶奶这时已显老了。一对眼睛，终年老被眼泪沤着，眼边都烂了，看人都看不太清爽。她很可怜地央求他，他说那姑娘已有孩子了。她没有吵没有闹，带着小巧又回到了这儿。我对她说：'那房子是你挣的钱盖的，你怎么反而留给他？你太老实，太傻！'她把小巧紧紧搂在怀里不说话。好多人对她说：'叫他出去！'她摇摇头，说：'我有小巧乖乖。'她把嘴埋在小巧的头发里，一边哭，一边用舌头把小巧的头发卷到嘴里嚼着。打那以后，她再也没去过大杨庄。……"

秋秋走到门口去，用一对泪水朦胧的眼睛朝小河边上那间小茅屋望着……

四

秋秋往银娇奶奶的小屋跑得更勤了。她愿意与银娇奶奶一起在小河边上乘凉，愿意与银娇奶奶一起在屋檐下晒太阳，愿意听银娇奶奶絮絮叨叨地说话。有了秋秋，银娇奶奶就不太觉得寂寞了。要是秋秋几天不来，银娇奶奶就会拄着竹竿，站到路口，用手在额上搭着，朝路上望。

九月十三，是小巧的生日。一大早，银娇奶奶就坐到河边去了。

她没有哭,只是呆呆地望着秋天的河水。

秋秋来了,就乖乖地坐在银娇奶奶的身边,也呆呆地去望那河水。

银娇奶奶像是对秋秋说,又像是自言自语:"我不该把她放在别人家就去了江南。她走的时候,才七岁。她准是想我了,跑到了河边上,用芦苇叶折了条小船。我知道,她想让小船带着她去找我呢。风把小船吹走了。这孩子傻,忘了水,连鞋也不脱,跟着小船往前走了。这河坎陡着呢,她一个悬空,滑倒了……"她仿佛亲眼看到了似的说着,"那天我走,她哭着不让。我哄她:'妈妈给你买好东西。'小巧说:'我要棒棒糖。''妈妈给你买棒棒糖。'小巧说:'我要小喇叭,一吹呜呜打响的。''妈妈给你买小喇叭。'我的小巧可乖了,不闹了,拉着我的手,一直走到村口。我说:'小巧回头吧。'小巧摇摇头:'你先走。''小巧先走。''妈妈先走。'……我在外拼命挣钱,跌倒了还想抓把泥呢。到了晚上,我不想别的,就想我的小巧。我给她买了棒棒糖,一吹就呜呜打响的小喇叭。我就往回走。一路上,我就想:秋天,送小巧上学。我天天送她去,天天接她回来,要让她像她爸那样,识很多字……这孩子,她多傻呀!……"她的眼睛直勾勾地望着水,仿佛要从那片水里看出一个可爱的小巧来。

快近中午时,银娇奶奶说:"我生下小巧,就这个时辰。"她让秋秋搀着,一直走到水边,然后在河坎上坐下,摸摸索索地从怀里掏出一个小布包包,放在掌上,颤颤抖抖地解开,露出一叠钱来。"小巧要钱用呢。"她把钱一张一张地放在水上。河上有小风,大大小小的钱,排成一条长长的队,弯弯曲曲地朝下游漂去。

秋秋用双手托着下巴，默默地看那些钱一张一张地漂走。有时，风有点偏，把钱刮向岸边来，被芦苇秆挡住了，她就会用树枝将它们推开，让它们继续漂去。

离她们大约四五十米远的地方，一个叫九宽的男孩和一个叫虾子的男孩把一条放鸭的小船横在了河心，正趴在船帮上，等那钱一张一张漂过来。他们后来争执起来了。九宽说："明年让你捞还不行吗？"

虾子说："不会明年让你捞吗？"

争来争去，他们又回到了原先商定好的方式：九宽捞一张，虾子捞一张。

秋秋终于发现了他们，沿着河边跑去。她大声地说："不准你们捞钱！"

九宽嬉皮笑脸地："让你捞呀？"

"呸！"秋秋说："这是给小巧的钱！"

虾子"咯咯咯"地笑了："小巧？小巧是谁？"

九宽知道一点，说："小巧早死了。"

秋秋找来三四块半截砖头，高高举起一块："你们再不走开，我就砸了！"她的脸相很厉害。

九宽和虾子本来就有点怕秋秋，见秋秋举着砖头真要砸过来，只好把船朝远处撑去，一直撑到秋秋看不到的地方，但并未离去，仍在下游耐心地等着那些钱漂过来。

秋秋坐在高高的岸上，极认真地守卫着这条小河，用眼睛看着那钱一张一张地漂过去……

五

　　这地方的帮哭风曾一度衰竭，这几年，又慢慢兴盛起来。这年春上，往北边两里地的邹庄，一位活了八十岁的老太太归天了。儿孙一趟，且有不少有钱的，决心好好办丧事，把所有曾举办过的丧事都比下去。年纪大的说："南边银娇回来了，请她来帮哭吧。"年纪轻的不太知道银娇奶奶那辉煌一哭，年纪大的就一五一十地将银娇奶奶当年的威风道来，就像谈一个神话般的人物。这户人家的当家主，听了鼓动，就搬动了一位老人去请银娇奶奶。

　　银娇奶奶听来人说是请她去帮哭，一颗脑袋便在脖子上颤颤悠悠的，一双黑褐色的手也颤动不已。这里还有人记得她呢！还用得着她呢！"我去，我去。"她说。

　　那天，她让秋秋搀着，到小河边去，用清洌的河水，好好地洗了脸，洗了脖子，洗了胳膊，换了新衣裳，又让秋秋用梳子蘸着清水，把头发梳得顺顺溜溜的。秋秋很兴奋，也就忙得特别起劲。最后，银娇奶奶让秋秋从田埂上采来一朵小蓝花，插到了头上。

　　银娇奶奶是人家用小木船接去的。秋秋也随船跟了去。

　　一传十，十传百，数以百计的人从四面八方赶来：他们想看看老人们常提到的银娇奶奶，要领略领略她那闻名于方圆几十里的哭。

　　大多数人不认识银娇，就互相问："在哪？在哪？"

　　有人用手指道："那就是。"

人们似乎有点失望。眼前的银娇奶奶,似乎已经失去了他们于传说中感觉到的那番风采。他们只有期待着她的哭泣了。

哭丧开始,一群人跪在死者的灵柩前,此起彼伏地哭起来。

银娇奶奶被人搀扶着,走向跪哭的人群前面。这时,围观的人从骚动中一下安静下来,所有的目光皆跟随着银娇奶奶移动着。银娇奶奶不太利落地跪了下来,不是一旁有人扶了一下,她几乎要歪倒在地上。她从领口取白手帕时,也显得有点拖泥带水,这使从前曾目睹过她帮哭的人,觉得有点不得劲。她照例仰起脸来,举起抓手帕的手,然后朝地上拍下,但拍得缺了点分量。她开哭了。她本想把声音一下子扯得很高的,但全不由她自己了,那声音又苍老,又平常,完全没有从前那种一下子抓住人并撕人心肺的力量了。

围观的人群有点乱动起来。

钻在最里边的秋秋仰起脸,看着那些围观的人。她瞧见了他们眼中的失望,心里不禁为银娇奶奶难过起来。她多么希望银娇奶奶把声音哭响哭大哭得人寸肠欲断啊!

然而,银娇奶奶的声音竟是那样的衰弱,那样的没有光彩!

从前,她最拿手的是数落,那时,她有特别好的记忆和言语才能,吐词清晰,字字句句,虽是在哭泣声中,但让人听得真真切切,而现在,她像是一个人在僻静处独自絮叨,糊糊涂涂的,别人竟不知道她到底数落了些什么。

跟大人来看热闹的九宽和虾子爬在敞棚顶上,初时,还摆出认真观看的样子,此刻已失去了耐心,用青楝树果子互相对砸了玩。

秋秋朝他们狠狠瞪了一眼。

九宽和虾子却朝秋秋一梗脖子,眨眨眼不理会,依然去砸楝树果子。

当虾子在躲避九宽的一颗楝树果子,而不小心摔在地上,疼得直咧嘴时,秋秋在心里骂:"跌死了好!跌死了好!"

这时死者的家人,倒哭得有声有色了。几个孙媳妇,又年轻,又有力气,嗓子也好,互相比着孝心和沉痛,哭出了气势,把银娇奶奶的哭声竟然淹没了。

人们有点扫兴,又勉强坚持了一会,便散去了。

秋秋一直守在一旁,默默地等着银娇奶奶。

哭丧结束了,银娇奶奶被人扶起后,有点站不稳,亏得有秋秋做她的拐棍。

主人家是个好人家,许多人上来感谢银娇奶奶,并坚决不同意银娇奶奶要自己走回去的想法,还是派人用船将她送回。

一路上,银娇奶奶不说话,抓住秋秋的手,两眼无神地望着河水。风把她的几丝头发吹落在她枯黄的额头上。

秋秋觉得银娇奶奶的手很凉很凉……

六

夏天,村里的贵二爷又归天了。

银娇奶奶问秋秋:"你知道他们家什么时候哭丧?"

秋秋答道:"奶奶说,明天下午。"

第二天下午,银娇奶奶又问秋秋:"他们家不要人帮哭?"

秋秋说:"不要。"其实,她听奶奶说,贵二爷家里的人已请了高桥头一个帮哭的了。

"噢。"银娇奶奶点点头,倒也显得很平淡。

这之后,一连下了好几天雨。秋秋也就没去银娇奶奶的茅屋。她有时站到门口去,穿过透明的雨幕看一看茅屋。天晴了,家家烟囱里冒出淡蓝色的炊烟。秋秋突然对奶奶说:"银娇奶奶的烟囱怎么没有冒烟?"

奶奶看了看,拉着秋秋出了家门,往小茅屋走去。

过不了一会工夫,秋秋哭着,从这家走到那家,告诉人们:"银娇奶奶死了……"

几个老人给银娇奶奶换了衣服,为她哭了哭。天暖,不能久搁,一口棺材将她收殓了,抬往荒丘。因为大多数人都跟她不熟悉,棺后虽然跟了一条很长的队伍,但都是去看下葬的,几乎没有人哭。

秋秋紧紧地跟在银娇奶奶的棺后。她也没哭,只是目光呆呆的。

人们一个一个散去,秋秋却没走。她是个孩子,人们也不去注意她。她望着那一丘隆起的新土,也不清楚自己想哭还是不想哭。

田埂上走过九宽和虾子。

九宽说:"今年九月十三,我们捞不到钱了。"

虾子说:"我还想买支小喇叭呢。"

秋秋掉过头去,见九宽和虾子正在蹦蹦跳跳地往前走,便突然打斜里拦截过去，并一下插到他俩中间，不等他们反应过来，她已用两只手分别揪住了他俩的耳朵，疼得他俩吱哇乱叫："我们怎么啦？我们怎么啦？"

秋秋不回答，用牙死死咬着嘴唇，揪住他俩的耳朵，把他俩一直揪到银娇奶奶的墓前，然后把他俩按跪在地上："哭！哭！"

九宽和虾子用手揉着耳朵说："我们……我们不会哭。"他们又有点害怕眼前的秋秋，也不敢爬起来逃跑。

"哭！"秋秋分别踢了他们一脚。

他们就哭起来。哭得很难听。一边哭，一边互相偷偷地一笑，又偷偷地瞟一眼秋秋。

秋秋忽然鼻子一酸，说："滚！"

九宽和虾子赶紧跑走了。

田野上，就秋秋一个人。她采来一大把小蓝花，把它们撒在了银娇奶奶的坟头上。

那些花的颜色极蓝，极鲜亮，很远处就能看见。

秋秋在银娇奶奶的坟前跪了下来。

田野很静。静静的田野上，轻轻地回响起一个小女孩幽远而纯净的哭声。

那时，慈和的暮色正笼上田野……

1986年3月于北京大学21楼106室

穿堂风

CHUAN TANG FENG

一

夏天，一年比一年热了。

今年的夏天，从一开始，就来势汹汹。而到了现在，那热，越发地让人感到难以抵抗。一连许多天，不刮风，不下雨，天空没有一朵云，只有一轮那么大那么大的太阳悬挂着。哪里还是太阳嘛，分明是一只扣在头顶上的巨大火盆。那火盆里的火，张牙舞爪，仿佛有无数条贪婪的火舌在卷动，让仰头观望它的人，会担心那火舌忽地卷到他的头上，禁不住用手去摸一下头发，看是否被它点着了、烧焦了。

这火盆越来越大，越来越低。才一大早，它就挂到天空——应该说是滚动着来到天空的，然后一路向西，呼啸而去。在它的后面留了一道长长的火辙。

赤着脊梁的老人们，一边不住地摇动着扇子，一边说："这天热得越来越不像话了！"

到了中午，凡是花，都蔫了，凡是叶子，都卷了。天空没有一只鸟，都藏到树叶下，不敢飞到有阳光的地方。芦苇丛中，有一种人们永远也不能看到它身影的鸟，不住地叫唤着。这种鸟，越是天热，叫唤得越欢。它的叫声让那些感到天热难熬的人，又平添了几分烦躁。

"死鸟！别叫唤啦！"

可那鸟，依然在深深的芦苇丛中，聒噪不休。

不过，对于油麻地的孩子们来说，这样的夏天，也没有什么大不了的。油麻地一带有的是大大小小的河流，他们尽可以整天浸泡在河水中。如果天不这么热，他们还没有理由下河呢。但整天待在水中也是很无聊的，人又不是鱼，人是在岸上活动的动物，人还是待在岸上惬意。

可天空中的大火盆怎么躲闪呢？

嘻嘻！去乌童家呀！

乌童家的屋又高又宽，距离东山墙五米，是她家的谷仓和牛房，也是又高又宽。两座房屋中间，高高地搭了个草棚，怪得很，天空明明没有一丝风，可这草棚下却一天到晚风"呼呼"地吹个不停。大人们说，这风叫"穿堂风"。油麻地中学的一位物理老师那年夏天路过这里，在草棚下坐了一会儿，临走时问乌童："你知道这里为什么总有风吗？"乌童说不上来。物理老师抬头看了看头顶上的草棚，又看了看左右的两个出口，说："这叫'风洞效应'。"

女孩乌童有点儿懂，但也就是有点儿懂，因为乌童才十一岁，还是一个小学生。不懂就不懂吧，乌童知道她家有一块凉快的地方，就足够啦。

这草棚下——不，"风洞"，不仅总有风，还一天到晚晒不着太阳。这一方天地，仿佛将全世界的凉爽都集中在这儿了。特别是当你在白花花的毒太阳之下走了半天，忽然走到这里时，就会加倍地感受到这里的凉快。

每年夏天，炎炎烈日当空照耀时，孩子们总像逃避瘟疫一般躲到这里。

乌童家的"风洞"是孩子们夏日的天堂。

他们将炎热丢在了外头，在这里嬉闹，认认真真地做游戏，或埋头完成他们的家庭作业。

作为小主人，乌童总是很高兴、很热情。家中的长凳、短凳，还有一个长桌、一个方桌，都搬到了草棚下。虽然也有孩子更愿意慵懒地瘫坐在墙根下，但绝大部分孩子还是喜欢坐在凳子上，围着桌子看书，或下军棋什么的。桌子上，总有一盆乌童的妈妈煮的竹叶茶。那茶是翠绿色的，非常好看。乌童会问小伙伴们："你们渴吗？"她手里端着一只盛了竹叶茶的碗。

大多时候，孩子们在草棚下总是玩耍，但每天总会有一个时刻，乌童会像老师那样，对孩子们说："我们该做一会儿作业了。"就像听到上课铃一样，孩子们连忙找个地方坐下，从各自的书包里掏出作业来。做作业的时候，草棚下一片安静。

孩子们离去时，一定会把草棚下收拾得干干净净。这是一块宝贵的地方，他们应当爱惜。

乌童会向离去的他们摆手。

"明天见！"

"明天见！"

等孩子们全都走了，乌童转身回到草棚下时，会觉得草棚下那一方小小的天地，忽然空得很，大得很。这时，她会立即转身跑出草棚，对着孩子们远去的背影大声叫道："明天见！"

有的孩子听见了，会回过头来，用同样大的声音回答她："明天见！"

草棚下，有叫声，有欢笑声，也有迷人的安静。

油麻地的大人们知道孩子们喜欢这块地方，再热，也不会来与孩子们争抢地盘。这里只属于油麻地的孩子们。

当油麻地的孩子们在穿堂风中自由自在地来来去去时，乌童知道，远处的大树背后，或是那座废弃的房屋拐角处，藏着一双眼睛。她有时会玩着玩着，心思悄悄走开了，便暂时忘了草棚下有那么多孩子，用眼睛看向远处，并慢慢移动目光，寻找着那双眼睛。

也许，这个时候，有另外一个女孩看到了乌童的目光，也会像她一样，往远处看去。

乌童，还有那个女孩，目光里含着犹疑，还有少许不安。

但大部分孩子，是不会去关注远处那双眼睛的。

这天下午，乌童的妈妈抱来了一只大西瓜。当孩子们正吃着甜丝丝的西瓜时，一个男孩用沾着西瓜汁的手指指着远处的田野："你们看呀！"

草棚下的目光纷纷转向同一个方向：

一个光着脊梁的男孩，头戴一顶草帽，正在没有任何遮挡的田野上穿行。仿佛要躲避阳光，他一直在跑动。那时的太阳光十分强烈，他跑动时，样子很虚幻，像是在田野上游荡的魂灵。有时，他会蹲下去，让地里的稻子遮挡住自己。

孩子们的目光聚拢过去，一直看着他消失的地方。

一个脑袋慢慢地露了出来。

孩子们看不清他的面孔，却又好像清清楚楚地看到，那双眼睛，正透过稻叶向他们这边看着。

有时，他消失了，稻田里许久没有升起他的脑袋，等孩子们终于又看到他时，已是在四五十米远的地方了。

于是，孩子们就在心里猜测：难道，他是从田埂上爬着前行的吗？

孩子们手里都拿着咬了一半的西瓜，一直无声地向那里看着。

他终于走远了，最后消失在河堤的那一边。

孩子们又接着吃手中的西瓜——草棚下，只有吃西瓜的声音……

二

河堤的那一边，男孩橡树想找一块阴凉的地方待一会儿，太阳实在太凶猛了，让他感到皮肤热辣辣的痛。他看到了水边的一棵柳树，跑了过去。但他很快又看到，有几只鸭子或浮在水面上，或蹲在树下，正躲在柳树的阴影里，于是放慢了脚步。当他看到鸭子受了惊动，打算逃走时，便停住了脚步。等鸭子们重新安静下来，舒服地接受柳树阴影的庇护时，他慢慢地往后退着，直退到再也不会惊动它们的地方，然后转身朝着另一方向寻找阴凉的地方去了。

他终于找到了一块阴凉的地方。

一只放鸭的小船被拖到河滩上维修，现在倒扣着，搁在两条长凳上，地上就有了一块与小船形状一模一样的影子。

橡树犹豫了一阵，钻到了小船下，直挺挺地躺在了小船的影子里。

连着下了两天雨，河水猛涨，当橡树把双脚伸出小船的影子一尺多远时，双脚竟然浸泡到了水中。虽然没有风，但河水还是一忽儿涌上，一忽儿退去，像在给橡树清洗双脚。橡树觉得很舒服，就那样一动不动地躺着。

他闭上了双眼，但只是有点儿迷迷糊糊，并没有睡着。

不远处的水塘里有蛙鸣，一声一声，在小船下面听来，那声音"嗡嗡"的——任何声音传到他的耳朵里都"嗡嗡"的。

不时传来孩子们的欢笑声，声音不大，仿佛是从很远很远的地方传来的。橡树知道，那是从乌童家的草棚下传来的。他用力地听着，分辨着是谁在笑，是谁在叫唤。

他的眼睛一直是闭着的。

河上传来水声，他猜测有一只船正通过这片水面。

他没有坐起身来观望，甚至没有睁开眼睛。

在这滚滚的热浪中，世界万物好像都在膨胀，躺在小船阴影里的橡树却觉得自己在缩小、变薄。他本来就很清瘦，现在，他觉得自己薄得像一片竹片了。

有一段时间，他觉得所有的声音都消失了，剩下的，就是他一个人的呼吸声。他终于睁开眼睛——什么也看不见，只有压得很低的倒扣在上方的小船。他的眼睛睁着，但眼珠并不转动，仿佛是两粒圆溜溜的石子。

终于，他又听到了蛙鸣，听到了来自乌童家草棚下的欢笑声，并且声音逐步变大、响亮起来。他甚至明确地听到了歌声——女孩们唱的，其中乌童的声音最清晰。

乌童并不是唱歌唱得最好的女孩。但橡树最爱听乌童唱歌。

乌童的嗓音细细的，像是唱给自己听的。不知为什么，她即使在白天唱，在橡树听来，也仿佛是在月光淡淡的夜晚唱的。

乌童一直在唱。她的歌声好像感染了周围的世界，其他孩子一个个都不再喧闹了。现在就只有乌童的歌声——

篱笆短，篱笆长，
一群大雁飞南方；
横一行，竖一行，
有只孤雁落一旁；
天皇皇，地皇皇，
落单的大雁一路唱，

日也唱，夜也唱，

唱得天地丝丝凉……

明明是在赤日炎炎的夏天，可乌童的歌听上去，却像是在秋风里唱的。

橡树听着听着，忽地用双手捂住了耳朵，但随之而来的耳鸣，让他受不了，只好又把双手移开了。

他长长地叹息了一声。这叹息声完全不像是一个十几岁的孩子发出的，而更像是一个老人发出的——一个饱经风霜的孤独的老人。

乌童的歌声渐渐消失……

橡树不知道为什么想起了爸爸。

爸爸住在城边的牢里。自从妈妈去世之后，他就再也没有去探望过爸爸。

爸爸一辈子都在偷盗，他来到这个世界上，什么事情也不能引起他的兴趣，似乎只有偷盗才让他感到生命的存在。橡树记得，爸爸在偷盗时，两只原本无精打采的眼睛会变得很亮，一种特别的亮，贼亮。他前后偷了人家多少头牛、多少头猪、多少只羊，大概自己都记不清楚了。卖了钱，他就去做另一件让他感兴趣的事：赌博。他难得赢一次，场场输。输光了就去偷，就去盗，循环往复，无法住手。

橡树长大了，爸爸开始背着妈妈，带着橡树一起去偷盗。

爸爸让他承担的角色是放风。

有些时候，爸爸很需要这么一个角色。橡树在为爸爸放风时，战战兢兢的，像一只刚从冰水里捞上来的小老鼠，但觉得很刺激。

爸爸除了让他放风，有时，还会让橡树去迷惑别人。

爸爸让他爬到人家屋后的一棵大树上。那树上有一只喜鹊窝，窝里有几只要飞却还不能飞的小喜鹊。橡树问爸爸："是掏小喜鹊吗？"爸爸说："不是。掏小喜鹊干什么？你又不会养它们，若死了，你不难过吗？你就做一件事：从喜鹊窝那边爬过去。"橡树照爸爸说的去做了。大喜鹊以为橡树要抓走它的孩子，"喳喳喳"地一个劲儿地叫唤，并且不停地向橡树发起进攻。它们用翅膀狠狠地拍打橡树，迫使他停止向喜鹊窝靠拢过来。不一会儿，来了无数的喜鹊，它们围绕着这棵大树焦急而愤怒地叫唤着，一时间闹哄哄的一片，仿佛世界到了末日。屋里的大人小孩听到动静，全都跑到了树下。

他们抬头看到了树上的橡树，大声问："你要干什么？"

橡树回答："不干什么？"

"不干什么，你为什么爬到树上去？"

"我就是在这里待一会儿。"

"下来！"

橡树没有下来。爸爸叮嘱过他，要他尽量在大树上多待一会儿。橡树不下来，喜鹊们就不依不饶地叫唤，那家人就都站在树下喊叫着、怒吼着。

坐在高处的一根横枝上，橡树侧脸往下一看，只见爸爸溜进了这户人家的院子，随即进了屋子。不一会儿，爸爸从屋里出来了。他解开了衣服的纽扣，不知怀里抱了一件什么东西，因被衣服遮着，也看不清楚。爸爸溜出院子，跑过一段村巷，不一会儿就消失在了一片树林里。

后来,橡树在林子深处的一座坟墓旁找到了爸爸。

那时爸爸坐在地上,正在欣赏眼前的一只花瓶。

爸爸向他招了招手,让他坐在自己身旁:"这是他家祖传的花瓶,值不少钱呢!"

再后来,橡树的手也开始痒痒了。他先是偷瓜、偷枣,接下来,开始偷同学的笔呀、本子呀什么的。他甚至偷了人家一只羊。但那只羊在半路上跑掉了。

橡树想着在牢里的爸爸,说不清恨他还是不恨他。但有一点是清楚的:他没有要去看爸爸的愿望。

远远地,奶奶在呼唤他:"橡树呀,你在哪儿?"

橡树没有站起来,也没有答应奶奶。他从这里看不到奶奶,但奶奶的样子又分明在他眼前晃动:

奶奶双目失明,一头白花花、乱糟糟的头发。她的背已经驼得很厉害。她拄着拐棍,点点戳戳地,试探着往前走。更多的时候,她是站在天空下,面孔微微上扬,仿佛地上的东西,她一样也看不到,天上的景象,她却看得一清二楚。

她会不时地呼唤橡树。大多数情况下,她呼唤橡树,并没有什么事情,就只是呼唤。

这种呼唤,更像是一种提醒。

奶奶一声一声地呼唤着。

橡树不想再躺在小船下面了。这里虽然有一片阴影,但并没有乌童家草棚下的那种风。小船像一只锅盖,下面是很闷人的。橡树已浑身是汗。他身子一滚,滚出了小船的阴影,起身,爬到了高高的河堤上,冲着奶奶呼唤的方向,大声答应了一声:"哎——!"

奶奶不再呼唤了。

橡树没有回家——他不想回家,而是又寻找到了一片树荫后坐了下来,向乌童的方向看去……

三

享受着穿堂风的孩子们,有时会想到橡树,但更多的时候会将他忘掉——忘得干干净净,仿佛油麻地压根儿就没有这个叫橡树的男孩。

全世界的风都汇聚到了草棚口,然后灌入,再从另一侧的草棚口出去。也许风并不算大,但分明是凉爽的。活动在草棚下的孩子们,有一种浸泡在河水中的感觉。炎热的夏天,好像到了这儿,就结束了。

乌童会在玩耍中不时地走神。那时,她在孩子们的吵闹声中将目光转向草棚外的田野。有时,她甚至会走出草棚,来到视野开阔的地方,向四下里张望。

橡树在哪儿呢?

乌童有时会在心里感到不安:谁都能到她家的草棚下,唯独橡树不能——橡树只能暴晒在火辣辣的太阳下。埋在心底深处的歉意,不时地浮上心头。当然,她也会安慰自己:谁让他是小偷呢!这么想着,就觉得不邀请橡树到草棚下,也是应该的。再说了,就是她愿意让橡树来到草棚下,其他孩子也不愿意呀!油麻地所有的孩子都在躲着他。乌童无数次看到,几个孩子正往前走,看到前面的路上走着橡树,要么停住不走了,要么走到另一条路上。这就算是客气的了,有时,他们会把讨厌、蔑视明确地写在脸上,有的孩子甚至会指着橡树,让他走开。那时,橡树会露出一副很局促以及不知所措的样子,但没有几个孩子会可怜他。接下来的情形是:不是橡树走开,就是他们自己走开。那时,橡树独自一个人站在那儿,呆呆的,像一段木头。

现在,是一天里最热的时刻。

乌童走出了草棚。不一会儿,她看到了橡树:橡树在田埂上跑动着。到处长着稻子,看上去,橡树时隐时现。他光着脊梁,在跑动的时候,不时地挥舞一下抓在手中的衣服。

烈日下,橡树跑得很快,像一匹小马驹。

乌童仿佛看到橡树的身上,汗在不住地流着,又仿佛听到了他的喘息声,那喘息声,特别像一条在激烈奔跑中的小狗发出的喘息声。

橡树在十分狭窄的田埂上奔跑着。两边稻田中的稻子都向田埂倾斜过来,他奔跑时,会碰到它们,发出"沙沙沙"的声音。稻叶在不住地划伤他的皮肤,汗水流经伤口,淹得生疼。但橡树丝毫也不在意疼痛,跑得更快了,任由稻叶刀片一般不住地去割伤自己。

乌童不想再看眼前的情景了,转身回到了草棚下。穿堂风马上包裹了她,使她感到很惬意。她马上忘了还在烈日下奔跑的橡树,投入到一场女孩们的游戏中。那是一场有歌声的游戏。草棚下,无论是参加游戏的女孩,还是一旁围观这场游戏的女孩,都在唱着歌。

男孩们被女孩们的游戏吸引了,停止了他们的游戏,也来围观,但他们并不唱。

不知为什么,乌童玩着玩着,兴致在不住地减弱。她先是变成小声地唱,接下来不唱了,心不在焉地随着身旁的女孩,绕着桌子奔跑。跑着跑着,越跑越慢,最后被她身后的女孩撞到了一边。她索性退出了游戏,又往草棚外面走去。

橡树还在奔跑着。

田野上,就只有他一个人。太阳实在太烤人了,没有人敢在它下面行走。

一个叫秀秀的女孩看到了乌童,犹豫了一下,也从游戏中退出,走到乌童身边:"你站在这儿看什么?"

"不看什么。"乌童嘴里这么说着,眼睛却还在看着远处田野上那个奔跑的人影。

秀秀顺着乌童的目光看了过去:"橡树!"她有点儿不解地问:"他为什么在太阳底下跑呢?"

"我怎么知道呢?"乌童说着,掉头看了一眼秀秀:"你怎么也来这儿了?"

"我来这儿看你在看什么。"

乌童依然回头去看橡树:橡树消失了。

两个女孩就站在那儿,看着橡树消失的地方。她们已经无数次这样用目光去寻找突然消失了的橡树了。

"他的帽子呢?他不是戴着帽子的吗?"秀秀问。

正说着，有一顶草帽从两块稻地中间的田埂上飞了起来，飞上了天空，然后，慢慢地，像一只鸟那样落在了稻田里。

秀秀说："他一定躲在那边看着我们呢！一定是看到我们了！"她拉了一下乌童，"看他干什么？别看了！"

乌童没有动。她想对秀秀说："要么，叫他来草棚下吧。"但她没有说。他真的来了，那么，他们——正在草棚下兴致勃勃玩耍的他们，也许都会走掉的，或许，会把他轰走。

又有几个女孩跑了过来。

"看什么呀？"

"看什么呀？"

她们顺着乌童的目光看过去，却什么也没有看见，便都歪着头看乌童和秀秀。

乌童移动了一下身子，因为，她看到橡树又开始在太阳底下奔跑了。

几个女孩的目光，都看了过去。

橡树一忽闪一忽闪地在远处奔跑着。

又有几个女孩跑了过来。不一会儿，又有好几个男孩跑了过来。他们排成一排，向前方看着。

橡树又消失了。

但就在孩子们快要对他不感兴趣时，他又出现了。这一回，他不仅是奔跑，还在奔跑时，突然像一只兔子那样高高地蹦跳起来。

一个男孩看着，用不确定的口气说："他……他好像是光屁股！"

这个男孩说完了这话，还用手指着远方。

橡树又不见了。

所有的孩子,立即转过脸来看着那个男孩。

这个男孩为了证实他说得对,眼睛一眨不眨地看着前方。

女孩们谁也没有看清楚橡树的样子,但在那个男孩说出"他好像是光屁股"之后,都赶紧把脸转了过去,或害羞地低下了头。

男孩们却将目光看向前方。

橡树又出现了。

"不是光屁股吧?好像穿着裤衩吧?"

"我看他就没有穿裤衩——光屁股!"

"不是!"

"是!"

一片争执的声音。

有一两个女孩慢慢地回过头来,偷偷地看着。

乌童却一直将头扭向一边,好像在看另一处的风景。

橡树奔跑着,跳跃着,最终,孩子们也没有一个统一的看法。

但那个男孩坚持着,并用很大的声音,肯定地说:"他就是光屁股!"他正说着,橡树又高高地蹦跳起来,男孩用手一指,"你们看你们看,他就是光屁股嘛!就是个大光屁股嘛!"

女孩们谁也没有看清楚,但都立即转过身,"呼啦啦"跑回草棚下。

男孩们还在争执,但渐渐地谁也不再对橡树感兴趣了:管他光不光屁股呢!也一个一个地回到了草棚下。

但他们却再也没有心思玩耍了……

四

孩子们都在过暑假。

白天,特别是有大毒太阳的白天,他们常常会待在乌童家的草棚下,仿佛那里是这个世界上唯一可去的地方。

橡树与这片阴凉地无缘,但他的身影,总不时地出现在或近或远的田野上。

草棚下的孩子看见了,或是不安,或是心烦,或是恼火。

乌童不知道怎么办。她几次想对孩子们说:"要么,也叫他来这儿一起玩吧。"可是,她想了想,还是没说。

就在昨天下午,秀秀家丢了一只鸭。有人说,他见过橡树当时一直在秀秀家的鸭群旁游泳。于是就有人推测:会不会是橡树一个猛子扎到鸭群游动的水下,然后突然钻出水面,抓走了那只鸭。也有一个抓鱼的人回忆:昨天下午,他在不远处的水塘抓鱼,听到河上传来鸭叫声,叫成一片,像见到鬼似的那么惊慌。

总有这样的消息传来传去,仿佛,谁家都有可能丢东西——不是可能,实际上,已经有很多人家丢了东西;不仅是在这个夏天,而是一年四季,都在丢东西。而追究这些东西是怎么丢失时,人们说着说着,就会说到橡树。虽不肯定是橡树所为,也没有一个人会直接地说:"是橡树偷的!"但在心里却又会说:"不是他偷的,又会是谁偷的?"随后一句好像与事情无关的话又冒了出来:"他老子还关在牢里呢!"

不时走神的乌童只能悄无声息地走出草棚,来到一棵树下,静静地向田野上看着。有时能看到橡树,而更多的时候,橡树仿佛从这个世界上永远消失了。

其实,整整一个白天,橡树差不多都在田野上。他不想待在家里——家里不只是热,还让他感到烦闷,无比地烦闷。有时,他会逼着自己待在家里,但待不了一会儿,他就受不了了,张着嘴巴喘气,仿佛一条岸上的鱼。终于,他一头冲出门去,跑向田野。

而阳光凶猛的田野上空无一人,让他觉得这田野又太大太空了。他想喊叫,冲着风车喊叫,冲着天空喊叫,冲着大河喊叫,冲着稻田喊叫。但只是想,并没有真的喊叫——若真的喊叫了,也是在心里。

那就说说话吧。可又与谁说话呢?没有人与他说话。这个世界那么大,人那么多,但唯一与他说话的只有奶奶。然而奶奶老了——奶奶不是说话,而是唠叨。他不想听奶奶唠叨。奶奶是个瞎子,看不到橡树不想听她唠叨的表情,只管一个劲儿地唠叨着,直到终于觉出橡树可能已经跑掉了,才停止她的唠叨:"橡树!"没有橡树的回答,她叹息一声,"这孩子!"又继续唠叨着。唠叨着唠叨着,不知想起了什么,奶奶哭了起来:"橡树呀,橡树呀……"

奶奶从心里可怜橡树。

那时的橡树,可能正在与一只羊说话。

那只羊正在河堤下吃草。

他坐在堤上:"你在吃草吗?这里的草有点儿老了。你应当去那边吃草……"他用手指着不远处的青草,"那边的草嫩。"

那羊,真的往那片嫩草走去。

他笑了起来:"你听懂我的话了!"他很高兴,"你是一只聪明的羊!我们可以成为朋友吗?可以成为朋友,对吗?"

那只羊叫了一声。

"你答应了,从现在开始,我们就是朋友了。你有点儿脏,应该洗洗身子,你是白羊,可是现在看上去,像一只灰羊,像一只黑羊。你们家的人,真是的,都不给你洗洗澡。洗洗澡有什么难的,到处是河,大河、小河,你站在水边,用一只瓢,把清水不断地浇在身上,一会儿,你就干干净净的了,就又是一只白羊了。要不,我来帮你洗吧……"

他站了起来,可就在他向羊走去时,那只羊的主人出现了。

那主人在用疑惑的目光看着他。

他站在那儿,不知道是进还是退。

那主人走到河堤下,牵走了他的羊。

他听到那主人"哼"了一声。

对一只羊都不能说话。

橡树走到一口水塘边。

有鱼在树荫下游动。

总可以对鱼说话吧?

他在塘边坐了下来。

鱼害怕了一会儿,但很快就不害怕了。

"我要是一条鱼多好!"他望着几条慢悠悠地游动着的鱼,"做一条鱼,整天待在水中,就再也不怕热了。"他抬头看了一眼太阳,"走开去,快点儿走开去吧!晒死人了!"

他的身体倒映在水上。

鱼们好像很喜欢这个影子,就在影子里游来游去。忽地,它们受了惊动,都一摆尾巴不见了,他的影子被搅动了,在水面上不断地变幻着形状。也许是一条大鱼向它们游了过来,吓着了它们。过了一会儿,那几条鱼,又从水底浮到水面,游到他的影子里。

"嘻嘻!你们又回来了。"重新见到它们,他感到很亲切。

那几条细长的身子,游动起来很灵活,很优美。

"你们知道自己长得好看吗?特别地好看!"

那几条鱼不去别的地方,就只在他的影子里游动。

"你们也知道找个阴凉的地方!好吧,我就坐在这儿……水塘太小了。"他有点儿难过起来,"那边就是大河,又长又宽。"他看了看池塘四周,叹了一口气。"你们没办法游到那儿。你们要是能飞就好了!"他想象着这些鱼飞动的样子,笑了,"要不,我回家拿只水桶,装上水,再装上你们,把你们提到大河边,然后把你们倒在大河里?"他真的想这么做,"我们可说好了,不要我把水桶拿过来,你们又不见了。"

他正对鱼这么说着时,一个人影倒映在了水面上。

一个男孩,他叫小月子,橡树从池塘中的倒影就认出了他。但,他还是抬起头来向小月子看去:就是他。

小月子问他:"你在我家鱼塘这儿干什么?"

橡树说:"我在跟鱼说话。"

小月子:"在跟鱼说话?"他盯着橡树的眼睛。

橡树觉得自己的回答十分可笑,站了起来,朝小月子很尴尬地笑着——笑着笑着,转过身去跑掉了。他越跑越快……

他一口气跑到了很远的地方。他恨不能跑出这个世界，但他一点儿力气也没有了。

　　他躺在一条田埂上。被太阳烤晒了许久的田埂是烫的，而天空，那轮太阳还在熊熊地燃烧。他想换一块阴凉的地方，但累得不想动弹了，就把自己放倒在田埂上，任由太阳烤着。过了一会儿，不知是汗珠还是泪珠，滚落到他身边，又滚落到被晒蔫了的野草丛里。

　　就在那样的烈日下，他居然睡了一觉。醒来时，太阳也没有那么凶了。他坐了起来，依然没有离开这儿的心思。

　　田埂旁，是一大片瓜地。所有的瓜叶都耷拉了下来，一只只圆滚滚的大西瓜，安静地躺在黑黑的泥土上。

　　满眼的西瓜。

　　橡树口渴得很，觉得嗓子在冒烟。他使劲咽唾沫，嘴里却没有唾沫。他不敢看那些赤裸裸的西瓜，把脸扭向一边。但过了一会儿，眼珠管不住似的转到了眼角上。他看到，就在不远处，有一只西瓜由于过于饱满，自己开裂了，露出了鲜艳的瓤，细细地流淌着汁水。

　　他不能再坐在这儿了，他必须离开这儿。

　　一只淡棕色的小野兔从一只大西瓜旁探出脑袋，向橡树张望着。

　　橡树看到了，一时被那双可爱的目光吸引，忘了离开这里的决定，屏住呼吸，看着这个小家伙。

　　小家伙的嘴里好像在咀嚼什么，嘴巴在不住地动着，两只竖起的耳朵，被阳光照着，显得薄薄的，有点儿透明，淡淡的红。它一直在看橡树。

橡树双手托着下巴，与小家伙对望着。

小家伙仿佛要更清楚地看到橡树，立起身子，两只前爪乖巧地放在胸前。

橡树情不自禁地伸出手去："过来吧，过来吧……"

这一动作反而让小家伙后退了几步，将身子的一半藏到了那只大西瓜的后面。

橡树只好把手收了回去。

小家伙终于觉察出眼前的这个男孩不会伤害它，过了一会儿，又将自己完全暴露在了橡树的面前，并显出要向橡树靠近的意思。

橡树一动不动地坐着，在心里不住地说着：过来吧，过来吧，让我摸摸你……

橡树特别想用手抚摸这毛茸茸的小家伙。

小家伙向橡树跳了两步。它的头上，正巧有一片瓜叶，看上去，像把伞。大概小家伙感觉到了那片瓜叶下的舒服，就再也不动了，还半眯起双眼，显出打盹儿的样子。

不知为什么，橡树怎么也打消不了想抚摸这个小家伙的念头，便蹑手蹑脚地走了过去。

小家伙明明看到橡树向它走来了，却只是把眼睛睁开，并没有跑开。

橡树弓着背，轻轻地向小家伙靠拢过去。

小家伙似乎有点儿紧张，但依然没有跑开。

"我来啦，我来啦……"橡树在心里不住地说着，悄悄地一步一步走向小家伙。

小家伙不安地动了动身子，一副舍不得离开"绿伞"的样子。

橡树清清楚楚地看到了它的一双大眼：金黄色的，玻璃球一般亮晶晶的。他甚至看到了它嘴角旁不住翘动的胡须。可就在他伸出手要抚摸它时，它却一溜烟儿跑了。

橡树没有追赶，但感到很失望。他站在瓜田里，用眼睛追踪着小家伙。

小家伙并没有跑远，而是在跑了一阵之后停住了，然后又从另一只大西瓜旁，探出脑袋来看着橡树。

橡树觉得这只兔子很淘气，心里更喜欢它了。他根本不去想小家伙会不会让他抚摸，就又蹑手蹑脚地向它走去。

此时，一个头戴草帽的老汉，正向这边走过来，橡树竟然毫无觉察。

像捉迷藏一般，橡树与小家伙在瓜田里周旋着。橡树的目光只看着小家伙，一不留神，被一只大西瓜绊倒了。小家伙大惊，这一回，终于跑得无影无踪。

橡树跌倒时，双手正扑在另一只西瓜上。

也就是在这个时候，戴草帽的老汉已经站在瓜田的田埂上。草帽下，一束冷冷的目光正盯着趴在瓜地里的橡树。

小家伙彻底消失了。

橡树趴在那里，一动不动，心思还在那只兔子身上。当他终于发现身下的西瓜时，连忙坐了起来，并向四周看去。因为老汉是站在橡树身后，橡树没有看到他。橡树舒了一口气，用眼睛看着那只西瓜。

那西瓜身上有美丽的花纹,像打了蜡一般亮。

橡树用发涩的舌头舔着干焦的嘴唇。

老汉干咳了一声。

橡树立即从瓜地里跳了起来,然后,慢慢地转过身去。他看不清老汉在草帽下的那张脸,更看不到他的双眼,可橡树又分明感受到了他的目光——火辣辣的,不,冷冰冰的。

"我没有偷你家的瓜……"橡树的声音很大,但听上去又像是在自言自语。

"我没有说你偷瓜。"

"我真的没有偷瓜。"

"好啦好啦。"老汉厌烦地挥了挥手。

橡树却愣在瓜田里。

"走开吧!"老汉身子挺得笔直。

橡树一边说着"我真的没有偷瓜",一边走出瓜田,跳上田埂。他面向老汉,往后退着:"我真的没有偷瓜,我真的没有偷瓜……"因为是往后退,田埂又很狭窄,他跌倒了,跌倒在瓜田里。他的身子砸在了一只西瓜上,把那只西瓜砸裂了。他赶紧爬到田埂上,先还是往后退着走,走了几步,担心再一次摔倒,这才转过身,逃离了这片瓜田。

他隐隐约约地听见老汉说了一句:"不是偷瓜?!不是偷瓜,你鬼鬼祟祟地在我瓜田干什么?!"

他想回过头去辩解,但没有。

五

瓜田进不得，河堤下走不得，鱼塘边站不得，那，橡树还能坐在哪儿？蹲在哪儿？站在哪儿？走在哪儿？要么，上天？在天空中飘着倒好，可橡树是人，不是鸟。他上不了天。

上不了天，就上屋吧，在屋顶上待着。

这天，橡树爬到了油麻地最高的一座屋——祠堂上。

他高高地坐在祠堂顶上。远远地看，倒像一只鸟，但是一只不能飞的鸟。

不一会儿，几乎所有油麻地的人都看到了他。但没有人理会他：这孩子真怪，越来越怪！

橡树就在屋顶上坐着，仿佛那祠堂从建起来的那一天，他就在上面坐着了。

离祠堂近一些的人看橡树时，会看到他背后有蓝天，有慢慢移动的白云，会觉得他坐得特别高——好像坐到天上去了。

今天的太阳异常地毒。

没有人敢仰脸看它一眼。看样子，它不仅要熔化自己，还要熔化天下万物，甚至熔化掉天，让天变成烧焦了的纸屑。所有的动物，所有的人，都赶紧找一块阴凉的地方待着。田野上，没有一个人劳作。连在河上捕鱼的人都藏到了树荫下。

没有一丝风，草不动，叶不动，水也不动。

乌童家的草棚下,却有风,依然有些凉爽。看来,有动的风,也有静的风——那种让你觉得它在吹,却看不见它在动的风。

孩子们先是在草棚外远远地看着橡树,但看了一阵,终于抵挡不住阳光的暴晒,纷纷钻到了草棚下。然后开始玩耍,游戏,然后就将橡树忘了。

忘了橡树,不难。

甚至是乌童,在和女孩们玩一种只有女孩喜欢玩的游戏时,也将橡树忘了。

过了好久,终于又有人开始关注屋顶上的橡树了。

"他想让太阳晒死吗?"

一双眼睛,又一双眼睛,再一双眼睛,越来越多的眼睛,从不同的方向,看向祠堂的屋顶。他们开始为屋顶上的这个孩子担忧。已经有人向祠堂这边走来。

太阳在天空滚动着,虽然无声,但橡树的耳边,却有"轰隆轰隆"的声音。汗流进了他的眼睛,他不住地用手背去擦。但因手背上也是汗,擦来擦去,眼睛反而更难睁开了。他索性低下头,紧闭双眼。

有一阵,他想到了妈妈。

妈妈很漂亮,一年四季穿着干干净净的衣服。但一年四季,妈妈都不快乐,不光不快乐,还总是一副伤心难过的样子。她的脸色总是那么苍白,像很多年没有见过太阳一般。最后几年,妈妈一直病在床上。去过医院,查不出什么病来。可妈妈分明病了,一天比一天地消瘦,最后瘦得像一张纸。妈妈离开这个世界前的那几天,两颊像涂了淡淡的胭脂,眼睛又大又亮,像一个小姑娘的眼睛……

橡树觉得自己很对不起妈妈。

橡树抬起头来，想朝东南方向看去——那里的一条河边上，是妈妈的坟。可他的眼睛模糊一片，什么也看不见。看不见也看。看到了，看到了，不是妈妈的坟，而是妈妈——一年四季的妈妈，春天的，夏天的，秋天的，冬天的，每个季节，妈妈都不一样。妈妈在笑，但是那种苦涩的笑。

"妈妈……"他轻轻地叫了一声。因为嗓子焦干，他的声音没有发出来。

他听到了脚步声。但他没有回头看一眼是谁走过来了。他依然看向东南方。

"你坐在屋顶上干什么？"

"赶紧下来！"

"听到没有？橡树，你听到没有？"

"下来下来，太阳会把你晒死的。"

人们在喊他，劝说他，越来越焦急。

不住地有脚步声。男的，女的，不同的声音在催促他从屋顶上下来。

"他是怎么上到屋顶去的呢？"

"八成是从屋后的那棵大树上爬上去的。"

"这么毒的太阳，坐在屋顶上，他是傻瓜吗？"

"下来！"

"下来！！"

"下来！！！"

人们不住地向他喊着。

"你说说,你为什么要待在屋顶上?"

"这地上没有你待的地方吗?"

不知是谁问了这一句,所有的人听了,顿时都沉默了,是啊,难道这地上就没有他待的地方吗?有那么一瞬间,这句话变成了他们的自问,一时竟忘了这句话本来是问橡树的。

在穿堂风里嬉戏的孩子们,也都跑了过来。他们都不说话,只是呆呆地向屋顶上看着。

乌童想朝橡树喊道:"橡树,你下来吧!"可她喊不出。

有人搬梯子去了。

橡树的身子摇晃了一下,地上的人以为他要晕倒了,许多人伸开了双臂,做出要接住他的样子。

人们想象着他突然晕倒后,从屋顶上"骨碌骨碌"滚下来的样子,脸上都露出了担忧的神情。

梯子搬来了。

一个大叔爬上了屋顶,来到橡树身旁:"赶紧离开这儿,你真的会被晒死的。"他向橡树伸出了手,但橡树却没有伸手。

人们不再说话,都静静地看着那位大叔在劝说橡树。

橡树没有理会大叔。

大叔只好伸手抓住了橡树的胳膊,想把他从屋顶上拽起来。

橡树猛地挣脱了大叔的手。

大叔只好再好言相劝,口气里甚至有了哀求的意味。

橡树却无动于衷。

大叔只好再一次强行拽他,但又被橡树小牛一般挣脱了。

大叔生气了,丢下橡树,从梯子上下来:"没见过这样的孩子!"

人们感到无奈,又劝说了一阵,见丝毫没有效果,便不再吭声了,但都没有离开。

不知是谁说了一句:"这孩子怎么这么黑呀!"

人们向屋顶看去——橡树的黑,让所有的人都惊呆了。他们也许看到了这世界上最黑最黑的孩子。

黑不溜秋。

一位光着脊梁的老爷爷一边摇着扇子,一边有点儿生气地对众人说:"还不把他弄下来,莫非你们真的要看他被活活地晒死吗?"

远远地,奶奶用拐棍"的的笃笃"地点着地,探着路过来了。

她的身旁走着乌童,是乌童去叫奶奶的。乌童要搀奶奶,但被奶奶拒绝了。她只好走在一旁。

现在,天空下一片静默,只有拐棍敲打焦干地面发出的"的笃"声。

"的笃、的笃、的笃……"

奶奶仿佛能够看得见这个世界一般,沿着这条通往祠堂的路,慢慢地走了过来。她的面孔朝向天空,仿佛那路在天上。

她终于走到了祠堂下,慢慢地站好。她既没侧耳去细听周围的声响,也没有转动她的脸——如同有的盲人知道自己看不见,却还是向周围看,仿佛这世界上,只有她一个人——不,还有她的孙子橡树。她面孔上扬着,向着屋顶:"橡树,奶奶来了。乖,孩子,下来!陪奶奶回家!"

奶奶没有再多说一句,只是一动不动地站着,面孔上扬,向着屋顶。

所有的目光,都看着橡树。

没有声音——只有太阳炙烤的"嗞嗞"的声音。

橡树又一次摇晃了一下,差点儿栽倒。但他终于站了起来,像走平地一样,往檐口走去——不是屋顶这边坡面的檐口,而是另一边坡面的檐口。他的身体在一点儿一点儿地消失……

天空中只剩下了云。

他没有从别人搬来的梯子下去。他是顺着屋后的大树爬上屋顶的,便从屋后的大树上回到了地面。

不一会儿,他跑了过来,牵住了奶奶的手。

在往家走时,奶奶的拐棍向两边的道路轻轻扫去,脸上毫无表情……

六

油麻地还是在不住地发生偷盗的事情。而所有油麻地的人看上去,没有一个是可以被怀疑的。

橡树呢?

油麻地人不说什么,但在他们心里,橡树不再是橡树,而是一个粗粗的、黑黑的问号。人们总会想起他的老子——那个至今还关在牢里的老子。当然也会想到他——总是像幽灵一般出入于油麻地的他,"手脚不干净"的他。

油麻地已经有不少人在夜晚看到他了:他在夜空下游荡着,行迹相当可疑。他们中间的一些人,已经在心里说过许多次:总有一天会拿到他偷盗的证据的。

橡树不仅白天在家中待不住,夜晚也待不住。黑夜里,那低矮的茅屋,像一座火山,沉重地压在他心上。他怕惊动奶奶,更怕奶奶多疑,总是从后窗轻轻地跳出去。外面的夜晚,使他感到有一种说不出的惬意。他或爬到一座高高的草垛上躺着,安静地望着群星璀璨的星空,或是躺在一只船的船舱里,听船与河水相碰发出的好听的声音。再或者,就是在村巷里溜达,与一只猫或一只狗游戏一番。

而一个人夜里不在家睡觉,总在外面神出鬼没,是免不了让人生疑的。

奶奶已经觉察到橡树在夜晚的出走。奶奶对橡树并不怀疑,但奶奶还是有点儿不安:当年,橡树的爸爸就是一到夜晚,就会例假出去。最初,她只是以为男孩喜欢在夜里疯玩,也就没有当一回事。等知道儿子已成为一个再也叫不回头的贼时,她后悔莫及。

这天夜里,奶奶凭自己敏锐的听觉,听到了后窗打开的声音,她知道,橡树出去了。她没出声阻止他,因为她相信自己的孙子。奶奶记得,在橡树的妈妈离开这个世界的第二天,她把橡树叫到跟前,哭着对他说了一大通话。她对橡树说:"奶奶这一辈子最大的罪过就是生了你爸爸……"她听到了橡树向她慢慢走过来的脚步声:"沙、沙、沙……"不一会儿,两只冰凉的小手抓住了她的手。那两只小手在不住地颤抖。她没有听到孙子的哭声,但知道他哭了,于是伸出另一只手,不住地给他擦着眼泪。那一刻,她觉得,儿子没有了,但孙子回来了,回到了她的心里。

奶奶没有睡,她坐起来,靠着床头等着橡树回来。

今夜月色不爽,天空布满乱云,月亮总被遮挡着,天空下,一片朦朦胧胧。

橡树走走,停停,跑跑,停停,跑跑。有时,他会像一匹撒欢的小马驹,在田野上疯跑。他的脚步很轻,跑起来像风。他很想唱支歌,但心里明白:现在是深夜,家家户户都在睡觉,他不能唱歌。他就在心里唱,大声地唱,吼叫一般地唱。

心里在唱歌,双脚不停地往前走。

被太阳晒了一天的大地,到了夜里,热气升腾起来,与凉凉的夜气相遇,变成了露水。各种植物,白天晒卷了的叶子,现在都舒展开来了,并且都是湿漉漉的。稻田中,池塘里,处处蛙鸣。

橡树正在大堤上走着,忽地看到堤下有一个人影在杂树林里一忽闪一忽闪地跑动着。他刚想问一声:"谁?"又连忙用手捂住了嘴巴,悄悄地藏到了一棵树的背后,悄悄地观察着。

那个人影好像觉察到了什么动静似的,迟疑地在杂树林里站住了。

橡树紧挨着树干的胸膛"扑通扑通"地跳着。他将身子离开了一点儿——他担心心跳会使满树的叶子抖索起来。

那个人影就站在杂树林里。

有一阵,那些乱云恰巧偏离了月亮,一时间,天下大放光华。

橡树一眼就看到了那个人——瓜丘。

瓜丘是邻村的一个大哥哥。

"他夜里出来干什么呢?怎么站在那儿不动呢?"

橡树觉得有点儿奇怪。

过了一会儿,瓜丘走开了,又很快消失了。

从这一刻起,橡树心里一直疑惑着。他在那棵树的背后站了很久,才离开那里,接着开始他夜间的游走。

走着走着,他来到了乌童家的屋后。他站了一会儿,向草棚那里走去。当他探着头往那个黑黑的过道张望时,明显地感觉到了习习凉风。他不禁把脑袋缩回去。又过了一会儿,他探头探脑、蹑手蹑脚地走到了草棚下。黑暗中,他摸了摸桌子,又弯腰摸了摸长长短短的凳子,然后在一张凳子上坐下,两只胳膊交叉着,放在桌子上。

"他们在这里都做些什么呢?"

他想起从这里传出去的欢叫声,然后开始猜测他们在这里做的是什么游戏。摆龙尾?瞎子看家?老鹰抓小鸡?丢沙包?他最喜欢的游戏是瞎子看家:一个孩子的眼睛被一块手绢蒙住,守在门口,其他孩子要想方设法,从他的身边溜进门里,直到他终于抓住一个要进门的,才会不再做瞎子。不知道为什么,他却很喜欢做那个瞎子。

他不声不响地待在草棚下,让穿堂风吹着自己。

后来,他在一条长凳上舒舒服服地睡下了。不一会儿,竟然蒙蒙眬眬地睡着了……

乌童的爸爸开门到外面上厕所,手中的手电偶尔往草棚下一照,看到了橡树。

《葵花田》

那时的橡树被"吱呀"一声开门声惊醒，一骨碌从长凳上爬起，站了起来。他用双手挡住了正往他脸上照来的手电的亮光，并向后退去。他碰到了一张短凳，差点儿跌倒在地。他赶紧一个转身跑掉了。

开门的"吱呀"声，也惊醒了乌童。她隐隐约约地听见屋后池塘的蛙声变得稀落起来。

那时，橡树正跑过池塘边。

不知过了多久，她听见爸爸在与妈妈小声说话："你知道我刚才在草棚下看见谁了？"

"谁呀？这深更半夜的。"

"橡树！"

妈妈没吭声。

"草棚下没有放什么值钱的东西吧？"爸爸问。

妈妈没有回答，只是叹息了一声。

乌童立即从床上爬起来，走到窗口。

窗外就是田野。

那时，天空已经变得一丝清朗。

乌童看到了橡树的背影：他在月光下跑动着。

她一直站在窗口看着……

她又想起了一个夜晚，但那是一个漆黑的夜晚。

那天，她和一群孩子到十里地外的枫庄看戏，不知怎的，回家时与所有的孩子都走散了。她就在路上等着，心想总能等到一个。没想到一直等到路上再无一人走动，也没有等到一个油麻地的孩子。她只好独自一人，慌慌张张地往家走。天黑得伸手不见五指，路坑坑洼洼，她不时地摔倒在地,有一次,差点儿跌进路边的池塘里。她哭了,先是小声地哭,越哭声音越大,到了后来,几乎变成了号啕大哭。可是,那是一大片旷野,居然没有一个人走过来问一声:"你是谁?你怎么了?"知道哭了也没用,她就不哭了,但还是忍不住地小声啜泣着,在黑暗中,跌跌撞撞地往家走。

走完一大半路后,有个渡口。前后没有人家,那是个野渡口。有一条小木船,两头各拴了一根绳子,分别拴在河两岸的树上。人要上船渡到对岸,就扯这边树上拴着的绳子,将船拉到岸边。上了船,再去扯那一头的绳子,将船拽到对岸。

乌童摸索到拴在树上的绳子,开始扯动,可绳子没有一点儿分量,她心里觉得奇怪。再扯,就觉得越来越轻。不一会儿,绳子被扯尽了,乌童猛地发现:绳子断了!

乌童向对岸望去——只是徒然地望去,此时除了黑暗,什么也看不见。她四处张望,还是一色的黑暗。她害怕了,就又哭起来。先是站在那里哭,接着坐在那里哭。她觉得在清凉的夜风中,自己在渐渐地变小,变薄,不禁颤抖起来。

大概是一条大鱼跃出水面又跌落到水中,忽地,大河中央传来"咚"的一声水响。

乌童连忙抱紧自己,尽管什么也看不见,却害怕得紧紧地闭上双眼。

她一直在哭泣——一种低声而无望的哭泣。

不知什么时候,她听到水中有声音。那声音不断地响着,并且越来越响,"哗、哗、哗……"

她不再哭泣,而是静静地坐在那儿,听着这有节奏的水响。

水响一直延伸到岸边。

接着,她听到了一阵"扑嗒扑嗒"的声音,好像有人爬上了岸,正朝她走过来。

这深更半夜的,又是在大河边,一个人从水中走上岸来,这使乌童感到无比恐惧,她一边瞪大眼睛看着声音的来处,一边往后挪动着身体。

黑暗中,传来颤颤抖抖的声音:"船……船来了……"

"橡树!"乌童在心里叫了一声,恐惧顿时消失了。

"船头,绳子断……断了,我……我把船拖……拖过来了……"

乌童慢慢站了起来。她想看看橡树,但黑暗中却看不到。

"上船吧……"

乌童愣在那儿。

"上船吧……"

好像有一只手伸了过来。

乌童犹犹豫豫地伸过手去,居然很容易就握住了橡树那只湿漉漉的手。

橡树小心翼翼地将乌童引到船上后,乌童不由地把手藏到了身后。

橡树走到船的另一头,扯着绳子,船便开始向对岸靠去。

天空下,没有别的声音,只有船在行进过程中与水相碰而发出的"噼啪"声。

乌童想问橡树:"你怎么在这儿?你怎么知道我在河那边?"但她

没有问。

橡树并未去枫庄看戏,但他看到乌童去了。当油麻地的孩子们回来时,游荡在田野上的他,却没有听到乌童的声音。他在离乌童家不远的一棵大树下看着乌童的家,灯一直没有亮起来。他又等了一会儿,还不见灯亮,便掉头向通往枫庄的路上跑去。

由于长久在黑夜中游荡,橡树居然能在无边无际的黑暗中看到路。他很快来到渡口。当他听到对岸的哭声,马上就知道,那是乌童。

上了岸,橡树本想将手伸过去,引领乌童走过漫长而且十分难走的夜路,但他又把伸出去的手收回了。他解开船头那根断了的、仅剩一截的绳子,跳到岸上,把绳子的一头交到乌童的手上。他抓着绳子的另一头,牵引着乌童,在黑暗中走着。

静悄悄的夜,一个男孩用绳子牵引着一个女孩,两个人的脚步按照同一个节奏走着。

乌童没有把这个黑夜中的故事告诉爸爸妈妈,也没有告诉秀秀她们,她把这一切藏在了心里……

乌童在窗口站了很久。

橡树在田野上走了一会儿,又在水边草丛中抓了一只萤火虫,捧在手里。萤火虫一闪一闪地亮着。亮着的时候,橡树的手背看上去是透明的。

奶奶听到橡树翻窗回家了。她仔细地听了一会儿,放心地躺下了——她从橡树平稳而纯净的呼吸声中听出,她的孙子只是去外面游浪了一阵,现在干干净净地回来了……

七

  油麻地有人家还是不停地被盗。

  这天一早,大家都在议论纷纷。住在村东尽头的金大奶奶家的三只母鸡昨天夜里被偷了。金大奶奶很伤心。一年到头,她买盐、买酱油,就靠这三只母鸡下蛋卖钱呢!

  "必须要抓住这小偷了!"

  "就这么偷下去,说不定哪一天,油麻地的房子也会被偷走的!"

  议论中,有个人说:"昨天夜里我从县城回来,看见橡树在巷子里闪了一下。"

  就在人们七嘴八舌地议论时,橡树出现了。

  刹那间,人们都不再说话,一起用眼睛看着他。

  在这齐刷刷的目光注视之下,橡树赶紧走开了。他向村外跑去,最后坐到一条大河边上。他在那里坐了很久。就在他准备离开时,他看到从茂密的芦苇丛中走出了瓜丘。橡树立即伏在地上,让杂草遮挡住自己。他的一双眼睛却在草丛里死死地盯着瓜丘。

  瓜丘长得又高又瘦,一头微卷的头发,不知多少天没剪,乱草一般堆在头上。他四下里张望了一下,走进水中;又四下里张望了一下,然后扎了一个猛子不见了。过了一会儿,他又出来了。他好像从水底捞出一根线,然后,一边在水中慢慢地走,一边不住地收着线。那线好像长得没头没尾。忽然,水上翻腾起一团水花——那是一条鱼在挣扎。

橡树立即明白了：瓜丘在偷收捕鱼人撒下的鱼线。

那线上挂着一个个拴着鱼饵的鱼钩，捕鱼人驾着小船一路撒下去，有时能撒出去几里地，到时候，再一路收回来，虽不能钩钩有鱼，但几里地的线，收尽了，也是可以收到很多鱼的。

瓜丘把鱼从鱼钩上摘下，放进背在身上的鱼篓里，警惕地看看四周，接着开始收线。

橡树想忽地从草丛中站起来，然后大声地喊："有人偷鱼呀！有人偷鱼呀！"但他既没有从草丛中站起来，也没有大声喊。因为只要他一喊，瓜丘就会立即闪进芦苇丛中跑掉。

又有谁会相信他的话呢？

但从这一天开始，橡树每天夜里都要翻窗出门。与以往不同的是，他不再不住地在田野上走动，而是将自己藏在一个他认为最能察看四周动静的地方。或是猫在草垛洞里，或是隐身在一棵大树上，或是躲闪在一个土包的背后。

仅仅过了三天，第四个夜晚，橡树就看到瓜丘出现在油麻地的地界上。他像一个影子，从这里飘到那里，一会儿出现，一会儿消失；一会儿又出现，一会儿又消失了。

橡树很熟悉这样的影子。当年，爸爸和他的影子，就是这样在夜空下飘来飘去的。

他用乌亮乌亮的眼睛，死死地盯着瓜丘的影子。

不一会儿，那影子飘进了一片瓜田。

橡树的心剧烈地跳动起来，像一只攥紧的小拳头在用力地击打胸膛。当年,他和爸爸一起偷盗,或是他独自一人偷盗时,那颗心也会如此剧烈地跳动,但橡树觉得现在的剧烈跳动与偷盗时的很不一样。偷盗时的剧烈跳动,带着恐惧与不安,而现在的剧烈跳动则带着愤怒和难以抑制的兴奋。

他从一座高大的坟墓背后,像一只捕捉老鼠的猫,弓着腰走出来。他的脚步,也像猫一样轻。离瓜田还有两三丈远时,月光忽地明亮起来,他赶紧趴在了地上。胸脯压在地上,他觉得就像有一只兔子在他的身体与大地之间剧烈地碰撞。他甚至觉得,此时,他的身体因为心脏的跳动,在一下子一下子地蹦向天空。

没有瓜丘的动静。

橡树匍匐着向瓜田爬去。

瓜丘却不知什么时候站在了橡树的面前。他等橡树快爬到他脚下时,伸出一只脚,不轻不重地压在橡树的脑袋上:"小家伙,你要干什么?"

橡树一动不动地趴在地上,过了一会儿,脖子一软,脑袋耷拉了下来。

"你偷瓜!"橡树的嘴靠在地面上,有点儿含糊不清地说道。

"我偷瓜?证据呢?我还要说你是来偷瓜的。我这么说了,你信不信,你们全体油麻地人都会相信的,因为你爸爸是小偷,你也是小偷。"

橡树一声不吭地趴在地上,整个身体软塌塌的。

"小家伙,你听着,我不是今天才看到你在跟踪我的,三天前,我就发现你在跟踪我了。跟踪我?跟我过不去?你还太嫩了点儿!"他用脚稍微用力地蹬了一下橡树的脑袋,"滚!回家睡你的觉去吧!要是我再发现你跟踪我,我要让全体油麻地人相信:你在偷,在偷,你要偷光油麻地!"说完,他转身走了,不一会儿,就消失在黑暗里。

橡树翻了一个身,仰面躺在地上,睁着双眼,看着荒凉而阴晦的天空。他没有愤怒,也没有悲哀,只是觉得很无助。

他差不多是在快天亮时才回到家。

他沉睡了整整一个白天。

夜晚降临,他还是翻窗出门了……

元福二爷的那只山羊丢了。

元福二爷没有儿女,老伴也不在了,他唯一的伴就是那只白色的山羊。白天,油麻地的人只要看到元福二爷,一定会看到那只山羊——他和他的山羊形影不离。串门,牵着;赶集,牵着;看戏,牵着……他几乎每天都要把山羊牵到水边给它洗澡,一年四季,山羊白得像一团雪。

可是,这天早晨起来,元福二爷去羊圈看他的山羊时,山羊却不见了。

圈门开着。

元福二爷回忆着：昨晚，我是关了圈门的，我清清楚楚记得是关了圈门的。

"是它自己把圈门弄开的？也不是不可能，这羊淘气。"

但元福二爷相信，如果是山羊自己把门弄开跑出去了，也只是它想早些时候出去玩耍，但不会走远的。他一边呼唤着羊，一边四处寻找着。去河堤那边寻找，去屋后的竹林寻找，去有羊的人家寻找——它也许去找别的羊玩了，去所有他凡能想起来的地方寻找。他不住地问着："见到我的山羊了吗？"人们都说没有见到。

他驼着背，把双手背在身后，到处找他的山羊。

"出来吧，坏东西，别和我捉迷藏了。再不出来，我可要生气了……"他一边找，一边不住地唠叨，"再不出来，我可不管你了，让人抓了去，你想想会有什么下场！"说着说着，自己竟紧张了起来。

也有人帮他找，但都忙，找一阵也就不管了。

他得继续找呀！不找到它，那怎么得了！

他就不停地走。有些地方，他已经找过两遍了，可是，找着找着，他又找回来了。

没用多长时间，全村人就都知道，元福二爷的山羊丢了。

在乌童家草棚下玩耍的孩子决定放弃穿堂风，帮元福二爷把他的山羊找回来，于是一个个从草棚下走了出来……

橡树没有加入对山羊的寻找，他的心思只在瓜丘身上。他在心里想：我手里一定得有一根结结实实的棍子！

他终于意识到他是绝对打不过瓜丘的，他手里必须有一件武器。

他家屋后，是一大片林子，因为橡树家住得有点儿偏僻，很少有人光顾这片林子,感觉里,这片林子就成了橡树家的林子。橡树拿了一把锯子。他要从树上选一根满意的树枝,然后锯下来,去掉枝枝杈杈,将其变成一根棍子。他往林子深处走去,忽地,林子里闪过一道白色的影子。他一惊,走上前去一看,一只白色的山羊拴在一棵树上。那山羊见了橡树,有点儿慌张,想逃跑,无奈被拴在树上,只能来回不安地走动着。

在山羊周围,地上的草被它吃掉了许多。

锯子从橡树手中滑落在地上。

他四处张望了一会儿,背对着山羊,倒退着走向它,他要立即解开绳子,让山羊赶紧离开这片林子。可是,那绳子在树上拴了一个好像永远也解不开的死疙瘩,无论他怎么用力去解,也不能解开。他只好放弃了,来不及从地上捡起锯子,就往林子外面跑。可跑了十几步,又赶紧回过头来,重新回到那棵树下。他蹲下来,手与嘴并用,只想马上解开绳子,让山羊离开这里。

这时,他的身后传来"沙沙沙"的脚步声——那是脚踏在枯老的落叶上发出的声音。

橡树霍地站起身,并立即转过身去,只见二十米远开外,乌童和秀秀一脸惊愕地站在那儿!

"我……我要解掉绳……绳扣……"橡树指了指绳扣,"让羊……羊离……离开这儿……"

乌童和秀秀不看羊,只看橡树。

"羊……羊,不是我……我偷……偷的……"橡树说着,看了看山羊。

那山羊不再害怕橡树，正在一边吃草一边拉屎。

乌童的脸上说不清是什么表情，秀秀则撇了撇嘴，目光里满是蔑视。

远远地，正有越来越多的脚步声响起。

乌童一直看着橡树的眼睛，仿佛一定要从他的眼睛里读出事情的真相。

秀秀用力拉了乌童一把，要她离开。

乌童却摆脱了秀秀，依然站在那儿看着橡树。

橡树无声无息，像一块僵硬的石头。

脚步声越来越清晰，虽然听上去有点儿杂乱。

秀秀又猛劲儿拉了一把乌童，而这一回，乌童没有再坚持，而是与秀秀手拉手，赶紧向林子外面跑去。

"看到羊了吗？"走在前头的人问乌童和秀秀。

秀秀正要回答，被乌童狠狠地掐了一把，她嘴一咧，"哎哟"叫唤了一声，接着又被乌童猛劲儿拉了一把，两人令人生疑地跑掉了。

不一会儿，就有人寻进了这片林子，随即大声地喊道："羊找到了！——"

那时，橡树还在用牙咬着那个难解的死扣，看到林子里拥进很多人，他依然没有站起来，而是用力地用嘴解那死扣。

人们一时没有走近橡树，只是沉默着站在那里。

橡树终于解开了绳扣。他冲着羊："嘘！——"并用双手做出轰赶的样子，让山羊离开这儿。

山羊没有走，见到这么多人围在林子里，显出蒙头蒙脑的样子。

"我没有偷羊……"橡树的眼前站着高高矮矮的男人、女人和男孩、女孩们，但他们的形象都是模糊的。

"我的羊呢？我的羊呢？……"

元福二爷来了，人们让出一条道来。他看到了那只山羊，连忙踉踉跄跄地跑了过去，从地上捡起绳子，并牢牢地抓在手中。他牵着山羊走了两圈之后，在橡树面前站住，歪着脑袋打量着橡树，好像要彻彻底底地看清楚他。

橡树却看着天空，那时，有一只落群的鸟，正在林子的上空，缓慢地向北方飞着。他隐隐约约地——不，清清楚楚地听到了鸟童的歌声……

鸟童并未唱歌，鸟童像被鬼怪追赶着一般，在拼命地往家奔跑。

山羊在旁若无人地吃草。

"总指望你会不再像你老子呢！"

元福二爷极其失望，甚至有点儿痛苦地摇了摇头，牵着山羊走向人群。

人们从各自站定位置那一刻起，就再也没靠近橡树。

奶奶来了。

人群闪开的那条道，一半是他们自动闪开的，一半是奶奶用她的拐棍挥向两边扫开的。她的眼睛如同看得见一样，直接走向了橡树。她颤颤巍巍地在橡树的面前站了好一会儿，居然不磕不碰地绕到了橡树的身后，就在人们疑惑地看着她、猜想她要干什么时，她突然挥起拐棍，居然准确无误地打在了橡树的两个腿弯处。

橡树双腿一软，"扑通"一声跪在了地上。

好几个人冲上前来，要阻止奶奶。

奶奶举起拐棍，直指他们，迫使他们一个个站住了。

橡树跪在那儿，低垂着脑袋，不一会儿，眼泪大滴大滴地落在枯叶上，发出潮湿却又枯燥的声音。

奶奶仰望蓝蓝的天空，高高地举起拐棍，悲哀地说："我一辈子没有做过一件对不起人的事情，你为什么要给我这样的儿孙！……"

说着，她老泪纵横……

九

夜晚，奶奶不再细听橡树的动静。

橡树也不再在意是否会惊动了奶奶。他也不再悄悄地翻窗出去，而是直接拉开门出去。他甚至将门弄得很响。

走在夜空下，他有一种强烈的欲望：偷瓜！一个瓜也不留！偷鸡！一只鸡也不留！偷羊！偷猪！偷一切能偷到的——偷不走的也偷，偷得油麻地光光的，连一根草都不剩下！

他在一块瓜田的边上走着。

月光下，那些硕大的西瓜，放射着动人的绿色光芒。

他突然跳进瓜田，对着那些大西瓜，用脚踢，用脚踩，左右脚轮番进行，不一会儿，就毁坏了七八个大西瓜。他的双脚被西瓜的汁液弄得湿漉漉的。甜丝丝的西瓜味，飘散在空气中，让本来喉咙焦渴的他，涌起一股压不住的口水。月光照得世界如同白昼，他看着鲜红的瓜瓤，想立即蹲下来，好好地痛吃一顿，然后，再挑几个特大的西瓜，摘下，先藏到一旁的稻田深处。但这念头仅仅在脑海中闪过，一股恐惧顿时如潮水一般漫上全身，他的双腿剧烈摇晃起来，眼前金星乱溅。他喘着气，赶紧跳出瓜田，跌跌撞撞，逃命一般，一路向北跑去。

妈妈的坟在村子的北边。

橡树"呼哧呼哧"，一口气跑到了妈妈的坟前。

今夜月光真是不错，水一样的光华泻满一地。

坟的周围，开放着野花，经露水的浸润之后，香气溢出，在空气里四处飘散着。

橡树坐在妈妈的坟旁，犹如小时候坐在妈妈的身边。

他对着妈妈的坟说："妈，我没有再偷人家的东西，我连一根草都没有偷过，妈，我没有偷，真的没有偷……"

橡树失声地痛哭起来，他一边哭一边不住地重复着："妈，我真的没有再偷人家的东西，没有偷……"

月亮越来越亮。

虽然是在夜里，大朵小朵的野花，却都看得清清楚楚，甚至连它们的颜色也都看得清清楚楚。今夜有风，虽然不大，但足以让那些花朵微微摇曳。

月光下，橡树回忆着那个永生难忘的黄昏。

妈妈快要离开这个世界了。她躺在床上，双眼一直闭着，好像无力再看这个世界了。

橡树一直守候在妈妈的身边。他知道,他很快就再也见不到妈妈了,尽管此时看上去,妈妈一直苍白的脸有了淡淡的红润,但妈妈的呼吸却越来越微弱。有一阵,橡树觉得妈妈的呼吸已经停止,直到看到她的嘴角微微动了一下,他才知道,妈妈还在身边,还在这个世界上。

妈妈的手颤颤抖抖地从被子底下伸了出来——她好像在摸索什么。

橡树知道,妈妈的手是在寻找他的手。他慢慢地把自己的一只手伸向了妈妈的手。妈妈的手竟然是温暖的。她吃力地把橡树的手攥在了自己的手心里,过了一会儿,用剩余的生命,启动双唇,向橡树,也向这个世界,说出了最后一句话:"儿子,答应妈妈,从此以后,不再偷了……"

妈妈的声音极其微弱,但橡树字字都听得真真切切。

妈妈的手一直攥着橡树,在等待橡树的回答。

橡树"扑通"一下跪在妈妈的床前,泪水盈眶地回答妈妈:"我不再偷了,我不再偷了……"

妈妈的眼角流出一串泪珠,攥着橡树的手,渐渐失去力量,然后像凋谢的花瓣,那五根手指,一根接着一根,慢慢地滑落开去……

橡树在妈妈的坟旁躺下了,十指交叉,放在了后脑勺下方,双眼望着星空。他一时忘记了妈妈,眼睛不住地眨巴,好像在计划一件很重要的事情……

十

当天夜里,他轻轻推开家门,然后脚步轻轻地潜入奶奶的卧室,借着从窗外照进的月光,抱起了在柜子上放着的一只储钱罐。那是奶奶的储钱罐。奶奶对橡树说,我要储钱给你娶媳妇。

奶奶好像从细微的动静中感觉到了橡树的行动。但奶奶并没有发出声音阻止他:阻止他又有什么意义呢?随他去吧。奶奶只是在心里叹息了一声。

橡树抱着储钱罐进了自己的房间,他拔掉储钱罐下面的塞子,把里面的钱全部倒在了床上。过了一会儿,他把塞子重新塞回去,抱着储钱罐,又潜入奶奶的房间,把倒空的储钱罐放回原处。回到自己的房间后,他找到了一个小小的布袋,把床上的钱,全部装进了这只小小的布袋。然后,他提起布袋掂量了几下:挺沉的,有不少钱呢!他把布袋放在枕头旁,一觉睡到太阳高高升起。

第二天,他怀揣这只布袋,走了十里地,来到一个镇上,走进了一个铜匠铺。

铜匠小哥,三十出头,驼背,脸色有点儿苍白,但方圆十八里,无人不知他心灵手巧。他会修锁、造锁,会铸造各种器物,还会做弓箭等。他正在用一把锉刀锉一把钥匙,抬头看了一眼橡树:"小家伙,你挡了我亮光。"

橡树不动。

"有事吗?"铜匠小哥问道。

"我要做一副手铐。"

铜匠小哥一时没有反应过来,还在锉钥匙,等他突然反应过来,锉刀停在了还未锉好的钥匙上:"你说什么?你再说一遍!"

"我要做一副手铐!'咔嚓'锁上的那种。"橡树忽地想起那一年,爸爸被抓走时的情景,心里难过起来。

铜匠小哥看着橡树的脸:"你要它干什么?"

"我有用。"

"我不会做。"

橡树把袋子里的钱,"哗啦"一下子全倒在了铜匠小哥的工作台上。

铜匠小哥笑了起来:"我知道了,你们这帮小家伙做抓贼的游戏。"他用双手把分散的钱往一处拢了拢,"好吧,三天以后来取。"

三天一过,橡树来到了铜匠铺。

铜匠小哥将一副既精巧又结实的手铐交到橡树手上:"别看这是一副土制的手铐,但照样可以铐坏人。"他用手指指着一把钥匙,在橡树面前晃了晃,"可不能把它丢了。丢了,要么等我过去打开,要么,就得让被锁住的人来我这儿了。"他把钥匙交到了橡树手上,小声地咕哝了一句,"小家伙,到底要搞什么名堂呀!"

橡树没说,把手铐揣在怀里,把钥匙抓在手中,朝铜匠小哥鞠了一躬,回油麻地去了。

这天深夜,当瓜丘背着一袋粮食正从村后的谷仓探头探脑地走出来时,橡树把一只手铐先给自己铐上,然后突然扑向了瓜丘。由于冲劲儿特别猛,他居然把瓜丘撞倒在地上,一袋粮食洒落了一地,随即,他骑到了瓜丘的身上。

瓜丘看清了橡树的面孔,很生气,稍一用力,就将橡树从他的身上颠翻在地上,一翻身,反而骑到了橡树的身上:"你好讨厌呀!你怎么总跟我过不去呢?……"

橡树拼命挣扎着。

瓜丘伸出一只手,不紧不松地掐住橡树的脖子:"你挣扎个屁呀!我只需用一根手指,就能把你推出去三里地!……"

刚才还被一朵乌云遮住的月亮露了出来,天地间一下子明亮起来。

瓜丘抬头去看明月:"今天月亮好大呀!你小子,坐在家门口看看月亮多好呀!"他出神地看着天空,仿佛平生第一次看到月亮。

橡树清清楚楚地看到了瓜丘掐住他喉咙的那只手的手腕。他甚至能清楚地看到瓜丘手腕上鼓起的血管。橡树没有挣扎,而是平静地躺在地上。

瓜丘觉得这样很舒服,依然看他的月亮。

一只手铐慢慢地向瓜丘的手腕靠拢过去……

寂静的夜空下,就听见"咔嚓"一声,橡树已准确无误地把另外一只手铐铐在了瓜丘的手腕上。

当瓜丘低头看明白了一切时,他立即疯掉了:"你要干什么?你要干什么?……"他不住地挣脱着,但毫无效果,他就这样毫无办法地与橡树死死地铐在一起,仿佛永生永世都无法挣脱了。他双目圆瞪,用力揪住橡树的衣领:"钥匙!钥匙!把钥匙给我!把钥匙给我！……"

橡树看着瓜丘扭曲的脸，微微笑了起来。

"你还笑！"瓜丘用巴掌，用拳头，不住地殴打着橡树。

橡树咬着牙，绝不发出一声叫唤和呻吟。

在瓜丘的巴掌和拳头轮番向他打来时，他居然想起了奶奶，想起了妈妈，甚至还想起了爸爸。

瓜丘有一拳打得特别狠，橡树觉得有点儿晕。模糊之中，不知为什么，他想起了乌童家的草棚，心里莫名地升起一股渴望——渴望凉爽的穿堂风。

月亮在不住地西去。

瓜丘扔掉还剩下半袋的粮食，弓着腰，牵拉着那只铐了手铐的胳膊，不顾一切地拖着橡树往他家的方向走去。

手铐咬着橡树的手腕，尖利的疼痛，使他额头上渗出大粒大粒的汗珠。他被瓜丘一路拖着，没过一会儿，衣服就被磨破了，皮肤直接与杂草、荆棘、粗粝的地面摩擦，已有多处擦伤。

"给我钥匙！给我钥匙！……"瓜丘绝望地、不住地说着。

橡树像是死去一样，没有挣扎，没有哀叫，任由瓜丘将他在地上拖着，"沙沙沙……"

瓜丘终于明白，他已经无法摆脱橡树，当把橡树拖到村子北边一片坟场时，他停住了，瘫坐在橡树的身边。他用那只没被铐住的手，在橡树的面颊上扇了一下："你为什么不叫呢？为什么不叫呢？……"他低头看去，月光下，橡树的眼角正流淌着泪水，而左边的面颊已被蹭破，正在流血。

瓜丘的脑袋沉重地垂下了。

橡树一歪脑袋，看到不远处竟然是妈妈的坟。

瓜丘问："你往那边看什么？"

橡树回答："看我妈妈的坟。"

瓜丘也看过去。

橡树说："我答应过妈妈，我不再偷了……"

瓜丘的脑袋垂得更低了，几乎垂到了裤裆里。

月亮丢下他们，只顾向西滑落。

瓜丘躺在了橡树的身旁。他与橡树说了一阵话，然后与橡树一起，在坟场的草丛中睡着了。

天亮了，有个人赶着几只羊来这里放羊，见了瓜丘和橡树这副模样，吓了一跳。

瓜丘对那人说："麻烦你去把你们油麻地全村人都叫来，我有话要对他们说。"

放羊的人呆呆地看着他们。

"去吧，去把大伙儿都叫来！"瓜丘说。

放羊的人丢下那几只羊，跑向村庄。不一会儿，无数的人"咏嗵咏嗵"地向这边跑了过来。

瓜丘对橡树说："小兄弟，来，我们站起来。"

橡树没有拒绝。

瓜丘双手扶着已经疲倦不堪的橡树，两人一起摇摇晃晃地站起来。

人们里三层外三层地围住了他们。

瓜丘说："你们大概都认识我。我是小偷瓜丘。但我不偷我们村的东西。俗话说得好：'兔子不吃窝边草。'我就偷你们油麻地的东西。你们油麻地所丢的所有东西，都是我偷的……"接下来，他如数家珍一般，将他偷的东西，一一报了出来，并十分准确地说出偷的时间和地点。

人们静静地听着，不时会有一阵小小的骚动。

瓜丘用身体碰了一下橡树，望着人们："你们现在应该知道了，站在我身边的这个孩子是一个干干净净的孩子！"他低了一下头，随即又抬了起来，"想知道那只羊是怎么回事吗？好，我说。是我偷的，是我特意拴在他家后面的林子里的。这小子每天夜里像鬼魂一样跟踪我，太烦了！"他用那只没有被铐上的手，在橡树的面颊上掐了一下，"现在可以说钥匙在哪儿了吧？"

许多人也围过来问："橡树，钥匙在哪儿？"

橡树说："在我奶奶房间里的储钱罐里。"

有人立即跑向橡树家。

奶奶是在两个妇女的搀扶下走过来的。

她已经知道一切，手中紧紧抓着钥匙。

见了奶奶，又是两个妇女跑过去一起搀扶着她。

奶奶很瘦，一阵大风就能把她吹跑。

奶奶松开手，一位叔叔拿走钥匙，将手铐打开了。

奶奶张开双手在等橡树过来。

橡树将脸伏在奶奶胸前，"呜呜"地哭着："奶奶，我偷了你储钱罐里的钱……"

奶奶说:"傻话!那不叫偷!"她把橡树——她的孙子紧紧地抱在怀里,"奶奶对不起你,对不起……"她的头低垂着,人们看到的是一团散乱的白发。

橡树抓着奶奶的手:"奶奶,我们回家吧……"

人们闪开一条宽阔的通道,然后默默地看着橡树搀着奶奶走过去,默默地看着橡树和奶奶慢慢远去的背影……

大河的河堤。

太阳当空照着。

乌童站在堤上。那是橡树经常走过的地方。

橡树早看到了乌童,正大步地向她走来。

乌童转过身去,面向橡树走来的方向。

橡树来到乌童面前,从上衣口袋里取出一支深红颜色的钢笔,放到乌童的手上:"那天,是我在你走过的路上捡到的。"他看了一眼脚下的大河,"我从来也没有用过……"

两年前,乌童的这支钢笔丢了,那是一支漂亮的新笔。她以为是在教室里丢的,把书包倒在桌子上胡乱地找着。秀秀问她丢了什么,她看了一眼坐在教室角落里的橡树,说:"没有丢什么。"说着,把课桌上的东西，又一样一样地装回书包。

乌童家的草棚下，许多双目光，正往这边看着。

乌童看了一眼草棚，对橡树说："那边凉快，有穿堂风……"

橡树却摇了摇头，然后往后退了几步，冲下大堤。到了水边，他脱掉上衣，将它揉成一团抓在手中，慢慢地走进河里，然后高高地举起衣服，向对岸游去。

大河的那一边，有座寺庙藏在一片树林里。郁郁葱葱，绿荫如盖。寺庙宽大的屋檐下，凉风习习。

从那以后，乌童更喜欢待在田野上。其他孩子也一天到晚地在田野上玩耍着。

每天都是大太阳。

草棚下，穿堂风每天空空地、寂寞地吹过那条长长的过道……

2016年9月26日下午3点完稿于橡树湾
2016年11月6日下午3点半修改于橡树湾

月光里的铜板

YUE GUANG LI DE TONG BAN

秋天的深夜。

田野间的一条大路正中间,盘腿坐了一个叫九瓶的孩子。他困倦地但却又有点紧张地在等待着一支"送桩"的队伍。他知道,他们肯定会从这条大路的尽头过来的。

这地方,无论是婚丧嫁娶,还是新舍落成、大船下水、插秧开镰,都另有一套习俗。许多别具一格的仪式和特别的活动,都有别样的味道与情趣,并极有想象力。其中一项叫"送桩"。

这宗活动究竟是谁发明,又始于何年,这里的人已经不很清楚,但这活动却一直未曾中断过。

这一活动的全部目的在于:叫一个久未开怀的女人生养一个

男儿。

　　这台大戏由十六个大汉唱演。或许是嘴馋了想打牙祭，或许是真的同情那横竖生不出孩子的人家，在向主人表示了愿意出力又得主人默契后，经过一番精心策划，这十六个大汉趁着夜色去一个姓成的人家悄悄偷了拴公牛的牛桩，然后用红布仔细裹好，放在一只大盘中，令一人捧着，其他各位前后保卫，在夜幕的掩护下送给这户不生养的人家。主人家早在家中静悄悄地等着，送桩队伍到了，又是一套仪式，等将这用红布包着的牛桩放在床的里侧之后，就听主人说："开席！"那十六个汉子一律被奉为上宾，酒席恭维，叫他们狂饮饱啖，直至酩酊大醉，倒的倒，闹的闹，钻桌底的钻桌底。据讲，那女人当年就可开怀，并且生下的一定是个白胖小子。事实是否如此，无人论证，但都说极灵。至于为什么偷人家牛桩，大概是因为牛桩这一形象可作为男性的某个象征吧。至于为什么又一定要偷姓成人家的牛桩，估计是沾一个"事竟成"的美意。源远流长的民间活动年复一年地进行着，但很少会有人想起去研究它的出处和含义的。

　　就在这天，九瓶放学回家，正在院子里抽他的陀螺，就听母亲对父亲低声说："二扣子他们几个，要给东边二麻子家送桩呢。""哪天？""说是后天，后天是个好日子。""怎么漏了风声？要是有别人去劫桩，不就白摆了两桌酒席了？"母亲说："不知道是怎么走漏风声的。……"她望了一眼门外，"劫桩比送桩还灵呢。他三舅那年劫了人家的桩，送给他二舅家，当年不就得了阿毛！"转眼看见了九瓶，她忙叮咛道："别出去乱说，乱说撕你嘴！"

　　九瓶正一门心思地在抽他的陀螺，母亲的话风一样从他的耳边刮过去了，依然抽他的陀螺。

他的陀螺很丑，是自己用小刀刻的，刀也没有一把好刀，因此看上去，那只陀螺就像狗啃的。抽陀螺的鞭子，说是鞭子，实际上不知是从什么地方捡来的人家扔掉的一根烂裤带。那裤带拴在一根随手捡来的还有点弯曲的细棍上。九瓶买不起一只陀螺，哪怕只是五分钱一只的陀螺。九瓶不好意思在学校当着那么多同学的面玩他的陀螺。在学校，他只是看别人玩陀螺。那些陀螺是彩色的，一旦旋转起来，那些线条，就会旋成涡状，十分好看。一片大操场，几十只五颜六色的陀螺一起在旋转，仿佛开了一片五颜六色的花。鞭子抽着那些陀螺，发出一片"啪啪"响，没看到的还以为是放爆竹。那场面会看得九瓶心跳跳的，但他却装着并不十分感兴趣的样子。他摸摸书包中自己的那只拿不出手的陀螺，咽了咽唾沫，仰着脸，背着手，声音歪歪扭扭地哼着歌上厕所去了。没有尿，就站在尿池旁看天上的鸟，等尿一滴一滴地流出来。

现在，九瓶在院子里使劲地抽着他的陀螺。他已憋了一整天了。

九瓶将院子里抽得灰蓬蓬的。

陀螺在泥灰里旋转着……

"……劫桩比送桩还灵呢……"

这聚精会神抽陀螺的孩子，耳朵旁莫名其妙地响起这句话来。他下意识地回头看了一眼，并未看到母亲——她早和父亲进屋里去了。

后来，这孩子的注意力就有点集中不起来了，地上的陀螺也就转得慢了下来。

一个念头像一条虫子钻进了他的脑子。

陀螺慢得能让人看到它身上的一个小小的疤痕了，它有点跟跟跄跄。他手中的鞭子有一搭无一搭，很稀松地抽着。陀螺接不上力，在挣扎着。他再也无心去救它，它终于在灰尘里倒了下去。

他呆呆地站在院子里，鞭子无力地垂挂在他的手中。

吃晚饭了。一盏小煤油灯勉强地照着桌子。

桌子上很简洁，除了一碗碗薄粥，就是桌子中间的一碗盐水。祖父、祖母、父亲、母亲，还有似乎多得数不过来的兄弟姐妹，人挨人地围着桌子。喝粥的声音、嘬盐水的声音交织在一起，听起来像是风从枯树枝间走过的声音。

今天，九瓶与家人喝粥、嘬盐水的节奏似乎不太一样，要迟钝许多。像有十几架风车在"呼呼"地转，转得看不见风叶，但其中有一架不知是为什么，转也转，但转得颇有点慢，那风叶，一叶一叶地在你眼前过。

一忽儿，大家都吃完了饭，九瓶却还没有丢碗。

母亲收拾着碗筷，顺手用一把筷子在他的头上敲了一下："快吃！"

他大喝了几口，抬头问："妈，劫桩比送桩灵吗？"

母亲疑惑地："你问这个干嘛？"

九瓶低下头去，依然喝他的粥。

晚上，九瓶坐到了屋前的池塘边。在这个孩子的心里，一个念头在蠢蠢地生长着。

月亮映照在池塘里。水里也有了一个月亮。有鱼跃起，水晃动起来，月亮就在水里一忽儿变圆，一忽儿拉长。

来了一阵凉风，这孩子浑身一激灵，那个念头就一下蹦了出来：我要劫桩！

这念头的蹦出，就好像刚才那条鱼突然从水中蹦出一样。本在心里说的话，但他却觉得被人听见了，赶紧转头看了看四周……

"送桩"必须秘密进行。因为万一泄露天机，让别人摸清了送桩人的行动路线，只需在路上的一个隐秘处悄悄放一根红筷或一枚铜板，送桩队伍踏过之后，那牛桩上的运气、喜气就会全被劫下了。

九瓶还是个孩子，他还根本不明白也不关心女人们的生养之事，更无心想到自己日后也要捞个儿子，只知道这事一定妙不可言，一定会给这个人家带来什么吉利和幸事，不然主人干嘛花了那样的大价钱仅仅为了获得一根破牛桩还乐颠颠的呢？

这孩子将牛桩抽象成了幸福与好运。

九瓶有点痴。这里的人会经常看到这孩子坐在池塘边或是风车杠上或是其他什么地方想心思。

九瓶幻想着。他将幸福与好运具体化了：我有一个好书包，是带拉链的那种，书包里有很多支带橡皮的花杆铅笔；我有一双白球鞋，鞋底像装了弹簧，一跃，手能碰到篮球架的篮板，再一跃，又翻过了高高的跳高横杆；口袋鼓鼓的，装的净是带花纸的糖块，就是上海的大姑带回来的那种世界上最好看的、引得那帮小不点儿流着口水跟在我屁股后头溜溜转的糖块；桌上再也不是空空的，有许多菜，有红烧肉，有鸡有鹅，有鱼，有羊腿，有猪舌头，有猪头肉，有白花花的大米饭；有陀螺，是从城里买回来的，比他们所有人的陀螺都棒，我只要轻轻地给它一鞭子，它就滴溜溜地转，转得就只剩下了个影，我还能用鞭子把它从地上赶到操场上的大土台上……

后来，这陀螺竟在九瓶的眼前飞了起来，在空中往前旋转着，眼见着就没了影，一忽儿却又旋转回来了，然后就在他的头顶上绕着圈旋转着……

牛桩撩拨着九瓶，引逗着九瓶，弄得九瓶心惶惶然。

母亲在喊他回家睡觉。

接下来的两天时间里，这孩子既坐卧不宁，又显得特别的沉着。他在精心计算着送桩队伍的行走路线。他在本用来写作文的本子上，画满了路线图。

"送桩"的路线是很有讲究的：必须是去一条，回又是一条，不可重复，而且来去必须各跨越五座桥。其间的用意，九瓶不甚了了，那些送桩的人也未必了了。九瓶在与母亲的巧妙谈话中，搞清楚了一点：附近村里，共有三户姓成的人家养牛，而施湾的成家养的是一条母牛，实际上只有两户姓成的人家可能被偷牛桩。他又是一个喜欢到处乱走的孩子，因此，他用手指一扒，马上就知道了附近桥梁的数目。然后，他就在本子上计算：假如要来回过五座桥，且又不重复，应该走哪一条路线？他终于计算出了路线——这是唯一的路线。清楚了之后，他在院门口的草垛顶上又跳又蹦，然后从上面跳了下来。

这天傍晚，九瓶看到了二扣子他们三三两两、鬼鬼祟祟的样子。他当着没有看见，依然在门口玩陀螺。

晚上，他说困，早早地就上了床。

他藏在被窝中的手里攥着一枚铜板。那是他从十几块铜板中精心选出的一块"大清"铜板——其他的铜板都在玩"砸铜板"的游戏中被砸得遍体都是麻子，只有这一块铜板还没有太多的痕迹。

他将手拿了出来。铜板被汗水浸湿了，散发着铜臭。九瓶觉得这气味很好闻。他将铜板举了起来，借着从窗里照进来的月光，他看到它在闪光。

等父亲的鼾声响了起来，他悄悄地爬下了床，悄悄地打开了门，又悄悄地关上了门，然后就悄悄地跑进了夜色中。

他沿着狭窄的田埂，跑到了这条远离村庄的安静的大路上。他跳下大路，低头看了看路面下的涵洞。他从涵洞的这头看到了涵洞的那头。他像一条狗一样钻进了涵洞，然后将铜板放在了涵洞的正中间。他又爬到了大路上，然后就坐在路上等待着。他知道，距送桩的队伍通过这里还要有一段时间。

月亮在云里，云在流动，像烟，月亮就在烟里模模糊糊地飘游。

初时，九瓶并不太害怕，但时间一长，他就慢慢怕了起来。他的脑海里老是生出一些令人毛骨悚然的形象来：七丈黑魔、袅袅精灵、毛茸茸的巨爪和蓝幽幽的独眼……

起风了，是深秋之夜那种侵入肌骨的凉风。芦苇"沙沙沙"作响，让人总觉得这黑暗里潜伏着个什么躁动不安、会随时一蹿而出的黑东西。天幕垂降的地方是片老坟场。蓝晶晶的鬼火在隆起的坟间跳跃着，颤动着。

此时，那些在瓜棚豆架、桥头水边听到的鬼怪故事都复活了。那风车，那树，那土丘，都变成了有生命的东西，并且看它们像什么就是什么。

黑不见底的林子里，不时传来一声乌鸦凄厉的叫声。风也渐渐大了起来。

九瓶有点坚持不住了，他向家的方向望着。

眼前又出现了陀螺。他就告诉自己，不要想别的，就只想陀螺。陀螺就在打谷场上转了起来，在学校的操场上转了起来，在路上转了起来，在桥上转了起来，在空中转了起来，在水上转了起来……

"刷、刷、……"

从远处传来了这样一种声音，这个孩子的心一下收紧，陀螺像一束光消失了。他跳下大路，钻进了路边的芦苇丛。他没有往芦苇丛的深处去，他要守着他的涵洞和铜板。他要亲眼看到他们从涵洞上、铜板上跨过。

送桩的队伍正走过来。走在前面的是八个大汉，分两列，各执一把大扫帚。他们一路走，一路横扫着路面。他们要扫掉有可能掩藏于路上的暗物，使那些可能在暗中正实施着的劫桩计划不能够实现。

月亮从云罅里洒下一片白光。

九瓶轻轻扒开眼前的芦苇。他已能清楚地看见长长的送桩队伍了：八个大汉有节奏地扫着路面，一路的灰尘，中间一个大汉捧着牛桩，后面还有七个大汉保护着，一副煞有介事、神圣不可侵犯的样子。田野上，笼上一片神秘的气氛。

九瓶看呆了，一不小心碰响了芦苇。

队伍忽地停下了。

九瓶像一只受惊的猫，紧紧地伏贴在地上，不敢出气：按这里的乡民们一律都得服从、不可违抗的铁规，一旦发现有人劫桩，全部费用都得由劫桩者承担，没有二话。

"刷刷刷"声又重新响起。

九瓶慢慢地抬起头来，身上却早出了一身冷汗。

扫帚声宏大起来。队伍已经开始通过涵洞。走在前面扫路的几个汉子，是极负责任的，他们扫得很卖力，灰尘、草屑被扫到了路下，甚至扬到了芦苇丛里。

九瓶在心里骂了一句："狗日的，把灰全扫到我眼里了。"

队伍又停了下来。

有人说："我记得这儿有个涵洞。"

九瓶在芦苇丛中将眼睛睁大了。

后面的一个汉子就跳下了路，低头朝涵洞里望着，还伸手朝里面撸了撸。也没有说一声他所观察到的情况，就又回到路上。

"刷刷刷"声又响了起来，然后越来越远，越来越小……

九瓶从芦苇丛里站了起来。他踮脚远眺，侧耳细听了一阵，知道他们确已远去，便冲出了芦苇丛，扑到涵洞口，就地趴下，将一只手颤颤抖抖地伸进涵洞里急促地抓摸起来：咦！那铜板呢？九瓶将头伸进了涵洞，两只手在里面胡乱地抓摸着，半天也没有抓摸到，急得把手抠到烂泥里。

他停住了，趴在涵洞里不动弹了：狗日的，把铜板给摸走了！

风从涵洞的那头吹来，凉丝丝的。

九瓶不知趴了多长时间。

树林里，传来了乌鸦声。

他将身子慢慢朝后退着。他的手掌好像碰到了什么，他浑身哆嗦起来——他从砖缝里找到了铜板！

《妈妈是棵树》

攥着铜板,他沿着田埂撒腿朝家跑去。在过一座独木桥时,他走到中间时就有点不能保持平衡了,终于未等完全走过去,跌落到了桥下,重重地摔在了河坎上。他挣扎了半天也不能起来,腰好像被跌断成了两截。他索性躺在了缺口里哼哼着。一边哼,一边张开碰破了皮正在流血的手,他见到了那枚铜板在月光下闪闪发亮。

回到家,九瓶把铜板放在一个不知从哪儿捡来的空罐头铁桶里,搂在怀里睡着了。

第二天上学前,九瓶轻轻地摇了一下小铁桶,铜板撞击着,发出清脆悦耳的声音。九瓶把它放在耳边,那金属的余音还久久地响着。他认定好运都传到了这枚铜板上,都被它给留住了。

他把小铁桶放在窗台上。它受着阳光的照射,给了这个孩子无限的遐想……

大约过了一个星期,不知是为什么,他开始莫名其妙地不安和烦躁起来……

二麻子家离九瓶家约百步之遥。每日上学,九瓶必经他家门前。二麻子其实并非麻子,只是他的哥哥和弟弟都是麻子,按排行叫顺了,他也成了麻子。这人很厚道,平素总是笑模笑样的。不知是因为九瓶长得招人喜爱,还是因为九瓶总甜丝丝地叫他叔叔,他似乎特别喜欢九瓶。他爱捕鱼,总是叫九瓶给他提着鱼篓,临了分九瓶一碗小鱼小虾带回家去。他已四十出头,但还没有孩子。大概是他夫妇俩想到了他们已再也没有时间了,才决定答应让人送桩的。虽然看上去,他家的日子要比九瓶家好一些,但花这笔钱也是很不容易的。因为,九瓶上学放学路过他家门前时,眼睛一瞥,总看见他们夫妻俩一日三顿尖着嘴,"稀溜稀溜"地喝带野菜的粥。咸菜都舍不得吃(拿到市上卖了),只是像九瓶家一样也"吧嗒吧嗒"地用筷子蘸盐水。但夫妻两个却满面荡漾着笑容。

"捕鱼去吧。"他几次邀请九瓶。

"不。"九瓶头一低走了。

一天,他在路上遇到了九瓶,有点生气了:"喂,你为什么不叫我叔叔了?"

九瓶抬头看了一眼他那双和气的细小的眼睛,赶紧从路边上溜了。

回到家,九瓶望着窗台上的小铁桶,就有点发呆。

"看,看,成天看,一个破铁桶怎么看个不够?"母亲唠叨着。

九瓶把铁桶藏到了让猫进出的门洞里。

过了几天,九瓶晚上放学回家,老远就闻到一点鱼味:"妈,哪来的鱼?"

"你二麻子叔叔给你送来的。你怎么不叫他叔叔了?你这孩子怎么这样没心肝?白眼狼!打上回受桩,他欠了人家的债,打的鱼连自己都舍不得吃,卖了挣钱,却还给你留点。"

那鱼,九瓶是一筷子未动,全被弟弟妹妹们吃了。从此九瓶上学不再从二麻子家门前经过,而是绕了一个很大的弯儿走了另一条道。

此后,九瓶少不了在田埂上、小河边撞见二麻子。他瘦了,肩胛耸起,大概日子过得过于俭朴。但那对蝌蚪状的眼睛里,两撇短而浓黑的眉间,厚实而拉得很开的嘴唇边却洋溢着喜滋滋的神态。九瓶甚至听见他在捕鱼时,竟不怕人见笑地用喑哑的嗓子哼起粗俗的小调来。

他每次见到九瓶,总是宽厚地甚至讨好地对九瓶笑笑。仿佛他真的在什么地方不小心得罪了九瓶,希望九瓶谅解他。

见到那对目光,九瓶逃遁了。

学校的老师同学、家里的人都发现了这一点:九瓶常常走神,并且脸色看上去好像生病了。但家里孩子多,家里人也没有将他太当回事。

一天母亲从外面回来,对父亲说:"二麻子家的还真怀上了。"

九瓶听见了,冲到了外面,爬上了门口的大草垛。站在垛顶上,他望着天空,张开双臂,并摆动双臂,像要飞起来,还"嗷嗷"大叫。

后来,他躺在草垛顶上,将两只胳臂垂挂在草垛顶的两侧,头一歪,竟然睡着了。

这样过了几天,九瓶却又很快地陷进焦灼的等待。大人们都在说,怀孕不等于送桩的成功,还必须在九个月后再看是否是个男儿,女孩不算,女孩是草芥,是炮灰。

二麻子的妻子似乎因为自己突然怀孕而变得情绪亢奋,脸颊上总是泛着新鲜的红光。她的腹部日甚一日地鼓大,大摇大摆、笑嘻嘻地从人面前晃过。她似乎最喜欢到大庭广众之中去。因此常常从九瓶家门前经过到村头那个石磨旁——那儿经常不断地有人聊天。

九瓶则常常悄悄地闪到村头的那棵银杏树后,探出半个脸,用一只眼睛望着她腆起的腹部:那里面到底是个女孩还是个男孩呢?

她发现了九瓶,笑了:"鬼!瞅什么哪?"她低头看了一眼那隆得很漂亮很帅气的腹部,笑得脆响,"你妈当年就这样怀你的。尖尖的,人都说她要生男孩。结果生下你,真是,一个好看的大小子,福气!"

九瓶不敢看她。

"哎,"她走过来,小声说:"你说叔母一定会生个小子吗?"

九瓶点点头,撒腿就跑。

她在九瓶身后"咯咯咯"地笑着:"小鬼,羞什么呢?"

她不再出来走动了。一天,九瓶在田埂上挖野菜,忽见二麻子气喘吁吁地朝村子里跑去,人问他干嘛着急,他结结巴巴地说他妻子肚子疼了,要带接生婆。

九瓶把野菜挖到了离他家不远的地方,藏在树丛里。从那里,能听到二麻子家的一切动静。他的呼吸有些不均匀,他能听到自己快速的心跳。

夜幕降临之际,从茅屋里传出了"呱呱"的啼哭声。

黑暗里,路上开始有人说话了:"二麻子家的生啦!""男的女的?""丫头片子!"

九瓶愣了,忘了拿竹篮和铁铲,在野地里溜了半天才回了家。

母亲正在屋里与几个女人议论桩是否被人劫了去。意见差不多:被劫了。于是,她们就用狠毒的字眼骂那个劫桩者。

夜深了,九瓶蹑手蹑脚地爬起来,从门洞里摸出那个小铁桶,倒出了那块铜板。月光下,它依然闪烁,十分动人。

九瓶在手里将它翻看了几下,用手捏住它的边缘,然后手指一松,它就"当"地跌进了铁桶。

第二天,九瓶觉得很多人在用眼睛看他。

第三天,九瓶觉得所有的人都在用眼睛看他。

第四天,正当九瓶要把小铁桶深深地埋葬掉时,二麻子一脚跨进了九瓶家院门。

九瓶一下子靠在了院子里的石榴树上。

二麻子显得十分激动,厚嘴唇在颤抖,套在胳膊上的竹篮也在颤抖。

九瓶以为二麻子会过来一把抓住九瓶。可是,二麻子却笑了,揭掉盖在竹篮上的布,露出一篮子染得通红的鸡蛋来。

母亲已迎出来:"他二叔……?"

"添了个小子,请你家吃红蛋!"

母亲依旧怔怔地望着他。

他像是明白了:"接生婆的主意,说我四十出头得子不易,按过去的老规矩来,先瞒三朝。"转而冲着九瓶,"接呀!"

九瓶疑惑着,站着不动。

二麻子过来,抓过九瓶的两只手:"在这个村里,我最喜欢的孩子就是你了。"他在九瓶的手上各放了一个鲜红的鸡蛋。

九瓶又愣了一会,一手抓了一个红蛋,高高地举着,冲出了院子。

太阳很好,阳光灿烂。天空净洁,显得无比高远。林子里,荷叶间,草丛中,鸟叫虫鸣。万物青青,透出一派新鲜的生命。九瓶把两只红蛋猛力抛向空中,它们在蓝天下划了两道红弧。

晚上,九瓶又想起了门洞里那个小铁桶。他把它摸出来,捧着,来到了门前的池塘边坐下。他轻轻地摇了摇,那金属的声音依旧那么清脆。

他忽然有点伤感,有点惆怅,有点惋惜,还有点失望。

清夜无尘，月色如银。

九瓶将铁桶高高地举起，然后使劲摇着。铜板在铁桶里"哗啦哗啦、哗啦哗啦"……

九瓶终于不摇了。他取出铜板，用手捏住，举在眼前。它的边缘镶了细细一圈光圈。他将它拿到了鼻子底下闻了闻，然后站了起来，用力将它抛进了月光里……

1986年5月于北京大学21楼106室

麦子的嚎叫

MAI ZI DE HAO JIAO

一

当麦子牵着他家的牛,溜溜达达地走在田野上时,谁也不会想到,不久会有稀奇古怪的大事在他家发生。

这是一头少见的白牛。

它现在已经老了,基本上不能再干活了,也没有什么活可干了。如今的农活,已很少再用牛了。麦子家之所以养着这头白牛,纯粹是因为麦子家的人舍不得丢掉它、处置它。

麦子一出生,它就在麦子家了。

那时，它只是一头小牛犊，是爸爸从东海边买回来的。爸爸用了五天的时间才把它带回家。那时，它刚断奶不久，还没有习惯离开母亲，加上淘气、贪玩、脾气又大，一路上，爸爸又哄又呵斥，甚至加以打骂，才总算把它赶回家。

当爸爸将它赶到村头时，全村的男女老少都围上来看它，因为它长得实在漂亮可爱：一身白毛，没有一根杂色，在阳光下闪着亮光，粉红色的鼻子，琉璃球一般的棕色眼珠，蹄子也为棕色，像打了蜡一般，有玉的光泽。

麦子早在摇篮里时，就有了关于牛的记忆：

它走到了他的摇篮边，好奇地看着他，然后围着摇篮走了几圈之后，伸出长长的舌头，在他的脸上舔了几下，他觉得痒痒的，蜷缩在摇篮里。爸爸过来，要把它撵走，可怎么也撵不走，它就是要待在麦子的摇篮旁。妈妈对爸爸说："它不肯走，就让它待在这儿吧。它也还是个孩子呢！孩子喜欢跟孩子待在一起，它是条牛，不是一头狼，不会吃了我们家麦子的。"爸爸就不赶了。后来，它就卧在了麦子的摇篮旁。麦子的身子不住地打挺，要从摇篮里起来去看它。妈妈知道他要看牛，就将本来躺在摇篮里的他，用被子围成一个窝窝，又拿来几个枕头四周垫了垫，让他坐在了摇篮里。他就用双手抓住摇篮的边，趴在摇篮上看它。

后来，妈妈发现，在麦子哭闹时，只要把小白牛赶过来，他马上就眼泪汪汪地笑起来。

事情有点不可思议，长大后的麦子居然能断断续续地向爸爸妈妈讲这些往事。爸爸说："你就尽胡扯。没听说一个还在摇篮里的孩子，能记得那时的事。"每逢这时，妈妈就会把手放在麦子的额头上，测试他有没有发高烧。可是，麦子就是有鼻子有眼睛地说着，有些细节还会被他描绘得清清楚楚、极其仔细，仿佛那些事情，是今天早晨才发生的一般。

麦子会走时，牛也长大，可以下地干活了。

当牛要下地干活时，麦子一定要跟着，若不让他跟着，他就会哭闹不休。因此，麦子小时候有许多时间是和牛在一起度过的。爸爸扛着犁，牵着牛走在前头，麦子就骑在牛背上。牛下地干活时，麦子要么就跟着，要么坐在田埂上看着。

轮到牛休息，放它去吃草时，爸爸或是把牛绳交给麦子，让他牵着它，任他领它去哪儿吃草；或是把缰绳缠绕在它的角上，让麦子骑在牛背上，任牛自己吃它的草去。

骑在牛背上时，麦子看什么，都和走在地上时看到的不一样。他很喜欢骑在牛背上看这个世界。他也说不明白为什么喜欢在牛背上看这个世界，反正就是喜欢。常常，不该是骑在牛背上的时候，他也骑在牛背上。比如吃晚饭——他还特别喜欢骑在牛背上吃晚饭。他先爬上牛背，然后让妈妈把饭碗递给他。牛就慢慢地往外面走。牛好像知道他想去哪儿。他要去村头。当他（它）们走到村头时，会有许多也端着饭碗的孩子走出来看。麦子稳稳地坐在牛背上喝着粥。一个孩子双手端着一只大碗骑在牛背上喝粥的样子，给村里的人留下了深刻的印象，很多人都还记得。吃完饭往回走时，月亮已在天上了。四周很安静，只有牛蹄叩击大地发出的声音。那时，他抬头看看月亮，就觉得月亮离他很近。

打谷场上放电影时,孩子们总要扛一张凳子去,可麦子从来都是骑着牛去。骑在牛背上,谁也挡不了他的视线。有时,他也会邀一两个伙伴骑到牛背上来看,那一定是他最好的朋友,比如田瓜呀、细柳呀。

麦子、爸爸妈妈都有着无数关于牛的记忆,有些记忆终生难忘,比如:

那年洪水,上游大坝突然崩溃,大水一泻千里,直扑村里,人们纷纷逃到高地,而麦子那时还在远处放牛,妈妈哭了起来,不肯往高地撤,要去找麦子,被爸爸一把拉住:"只要他跟牛在一起,就没有事。"硬把妈妈拽到了高地上。就在爸爸妈妈几乎有点儿绝望时,麦子骑在牛背上,在无边无际的大水中出现了……

现在,它老了,确确实实地老了。

麦子牵它到田野上,只是让它看看它从前耕作过的土地,它从前和麦子一起玩耍过的地方,看看天,看看河,看看天上的鸟,看看水里的船和鸭子,还有它喜欢钻进去的芦苇丛……

麦子家的人早在心里说好:一直养它到终了。

虽然,爸爸有时会很生气地说:"老畜生,你该杀了!"

爸爸生气,是因为它老了,脾气变得很古怪。身强力壮的时候,倒从不用角顶人,特别是面对一个孩子,那时,它简直不像头牛,而像一只羊。到老了,它反而顶起人来了,竟然还顶孩子。还有,连口味都变得古怪起来,放着鲜嫩的青草不吃,却去大口大口地啃带石灰渣的泥墙,那天,居然把麦子的一条小裤衩吃掉了!

不知为什么,爸爸在骂它时,包括爸爸在内,全家人心里却酸溜溜的……

二

爸爸从油麻地镇粮站回到家中时，麦子正牵着牛一路玩耍着往家走。

昨天，村里几户人家一起，用了三只大船，把各家今年收获的麦子运到了油麻地粮站。今年是个丰收年，每户人家卖出去的麦子，都要比往前多不少，价格也比去年高，一家一家都很高兴。当时，唯一让他们感到有点遗憾的是，粮站没有能够当即付款。粮站去信用社去取钱了，但没有取到。信用社说，粮站没有提前向他们打招呼要取一大笔款，他们没有准备，只能等到明天去城里银行取来一笔款，才能给粮站。当粮站的人告诉村里人这一消息后，村里人很有点生气。粮站的人连连道歉，说明天中午之前一定付款。村里人说，他们离油麻地镇有十几里地呢，都不愿再来回走一趟。粮站的人说："你们不必都来，只需来一个明白人，代大伙儿取回去就是了。谁家多少，一笔一笔，账都很清楚。"这么一说，大家还能说什么？不就隔一天嘛。让谁代表大伙儿来取这笔款呢？商量了一下，都同意让麦子的爸爸来取。

麦子的爸爸脑子精明，会算账，做事情也牢靠。

今天一早，爸爸背了一个包，就去了油麻地镇粮站。

款已从信用社取出了，粮站如数付了村里人的麦子钱，一共是两万八千五百三十二元。

爸爸当着粮站人的面将这些钱数了三遍，直到坚定地认为一分钱也没少给之后，把这些钱装在了一个带拉链的背包里。往回走时，爸爸没有敢斜挎这只包，而是一直把它挂在胸前，贴在心脏跳动的地方，并用双手抱着。

　　昨天，他已在粮站与村里人说好，今天晚上，大伙儿都到他家来，一家一家地当着众人的面，把自家的卖麦款取走，也好都聚在一起高兴高兴。

　　现在，距离晚上将近十个小时，这笔款子放在何处好呢？总不能将包就这样挂在胸前直到晚上吧？爸爸唯恐这笔巨款有什么闪失，不知道究竟要把它们放在何处了。放在褥子下吧？不行。放在柜顶上吧？不行。放在抽屉里吧？更不行。放哪儿，都觉得不妥。

　　爸爸来到了牛棚，见麦子还没有将牛牵回来，说了一句："这两个怎还没回来。"就在准备离开继续去找一个藏钱之处时，偶一抬头，看到了梁上挂的一只篮子。

　　爸爸的眼睛亮了一下。

　　说是牛棚，其实是个几十平米大的简易房屋。它连着麦子家的住房，早先，确实是个四面没有遮挡而只在上面盖了个草棚的牛栏，但自从牛老了之后，怕它冬天时禁不住寒风，爸爸就请了几个亲戚，花了四五天的工夫，砌了土墙，将它变成了屋子。

　　已记不得那梁上的篮子是什么时候挂上去的，也记不得将它挂在梁上是干什么用的，大概是因为这篮子破了，可又舍不得扔掉它，就随便挂到了一个从梁上垂挂下来的钩子上，那钩子本来是用来挂用牛的工具的。

篮子上落满了灰尘。

爸爸笑了：把这钱放在这篮子里，也许是最可靠的，谁也不会注意到这个篮子——谁会想到把这么一大笔钱放在牛棚里呢？

爸爸把钱从包里取出，用几张报纸包好，搬来一张凳子站上去，下意识地看了门口一眼，将钱放在了那只尘封许久的篮子里。

站到地上后，爸爸向后退了几步，吸了几口带有浓烈牛尿骚味的空气，很为自己选择的这一藏匿之处得意，长长地吐出一口气来。

他笑了一笑，拍了一下巴掌，扛着凳子走出牛棚。

那时，麦子已牵着牛离家很近了。

爸爸叫了一声："麦子！"

麦子叫了一声："爸！"

麦子将牛牵进牛栏，把它拴在了柱子上，然后从栏外抱了一堆它喜欢吃的干草扔在它的面前，说了一声："我出去玩了！"走出牛栏，往村里走去。

下午四点多钟的光景，那时，村里的人正像往常一样，在忙各自的事情：在地里干活的干活，在河里抓鱼的抓鱼，在树荫下打牌的打牌……正在收拾农具的爸爸忽然有点儿不放心那梁上篮子里的钱，放下手头的活，走进了牛棚。

因为光线偏暗，爸爸一时没有看清眼前的情景，等稍微适应了暗淡的光线，眼前的情景，不禁使爸爸大吃一惊：

那篮子掉在了地上！

"钱！"

爸爸立即冲上去，捡起篮子，发现篮子竟是个空的。

爸爸浑身立即哆嗦起来，扔下篮子，在地上那堆干草中胡乱地翻找着。最后，他把这些干草抱起来，然后让它们纷纷落下，再抱起来，再让它们纷纷落下。这样抖落了几次之后，又把那些干草抱起来，用力抛向空中。

干草"沙沙沙"地落下。

"钱呢？！"

爸爸立即疯掉了，"呼哧呼哧"地喘息着，在牛棚里到处找着，不时地又跑到牛棚外面，大声地喊："钱！钱不见了！"

那时，妈妈正在外婆家，麦子正在村里和田瓜他们玩呢。

爸爸把手放在冷汗淋淋的额头上：别急别急，好好想一想，好好想一想，是不是记错了？是不是记错了？没有放在那只篮子里吧？

他又立即冲进家中，把先前准备藏匿这笔钱的地方，一处一处，反反复复地搜查了几回。还有几处他先前根本就没有动过念头的地方，也搜查了几遍。转眼间，家里就被搞得乱七八糟，仿佛曾遭强盗入室抢劫一般。

爸爸的眼前忽然浮现一个情景：

牛在反复地咀嚼着什么。

他立即冲进牛棚，几步冲到牛跟前，揪住牛鼻子，将它的脑袋提了起来，然后捏住它的鼻子，迫使它把嘴张开，手一下伸进它的喉咙，一把抓出一堆烂乎乎的东西，仔细一看，是已经被嚼成烂泥一般的报纸！

爸爸把手中的东西甩在干草里，将手在裤子上擦了擦，骂了声：

"老畜生呀!"跟跟跄跄地走到外面,一屁股瘫坐在地上,把仿佛抽了脊梁骨的身子靠在土墙上,双手揪住头发,闭着双眼。

有脚步声由远而近。

细柳的爸爸从地里干活回来,路过麦子家门口,见了麦子的爸爸,就叫他的名字:"麦传金!"

"哎。"爸爸有气无力地应了一声。

"晚上,到你家来拿卖麦子的钱。"

"拿不了了。"

"拿不了了?"

"拿不了了。"

"怎拿不了了?"

"被牛吃了。"

"麦传金,你真会开玩笑。"细柳的爸爸说完,往家走去。走了几十步,又走回来:"麦传金,你开玩笑吧?"

"没开玩笑。"爸爸的眼睛始终闭着。

"钱被牛吃了?"

"吃了,全都吃了。"爸爸的脑袋"扑嗒"一下耷拉在了胸前,"都拿不了了。"

细柳的爸爸一边疑惑地看着麦子的爸爸,一边往后退着,退了六七步,掉转身去,快步走向村里。

不一会儿,这一消息,就传遍了整个村子。

那时,麦子正与他最好的朋友田瓜,在一个大草垛下打闹成一团……

三

涌到麦子家的，不仅有卖了麦子还没有拿到钱的人，那些与此事无关的人，也来了不少。

很热闹。

这些人挤挤擦擦，不住地有人往人群前面拱去。前头的人很生气，一起用力，撅起屁股，往后突然一使劲，人一排排地向后倒去，最后面的终于站不住，不少人跌倒了，就听见麦子家菜园的篱笆"咔嚓咔嚓"一阵乱响，被压倒了，正在生长的菜被跌倒的人压烂了许多。

就像看一台大戏，最初一定是闹哄哄的场面，等各自都找好了合适的位置、角度，就会慢慢地安静下来。

其实，戏在他们还未能安静下来之前，就已经开始了。

麦子的爸爸——也就是麦传金，正拿着鞭子抽打那条衰老的牛。

真的衰老了。

松松垮垮的皮，毛已经十分稀疏，并且非常细软，像墙角上终年不见阳光的小草。它的角毫无光泽，像被多年风吹日晒之后，已经干焦的陈木。它的眼皮耷拉着，似有无数的皱褶。

而它原先曾是一条健壮英俊的牛。

当年，一声长哞，能传至天边，震得身边大树上的叶子都"沙沙"作响。

现在，它在鞭打中，只能哼哼，一副精疲力竭、无可奈何的样子。

当年，鞭子抽打在它结实的、紧绷的皮上，发出的声音是响亮的，有鼓的声响，而现在，鞭子犹如抽打在软沓沓的一堆败絮上。它勉强地躲闪着，绕着拴它的柱子，来回转动着。

谁也不说话，只是用一种冷冷的、讥讽的目光看着。

麦传金已满头大汗，又是一阵鞭打之后，他扔掉了鞭子，坐在一条矮凳上，双手抱住了垂着的头。

一粒粒汗珠，挂在他灰黑色的发尖上，像草叶上的雨珠。

"麦传金！"站在最前面的田瓜的爸爸，一直在抽烟，这时，他把烟蒂丢在脚下，然后用鞋子使劲捻了捻，"你说我们的钱，都被你家的牛吃了？"

麦子的爸爸不吭声。

"他是这样说的吗？"田瓜的爸爸问细柳的爸爸。

细柳的爸爸点了点头："是这样说的。"

"麦传金，你是这样说的吗？"田瓜的爸爸追问着。

麦子的爸爸点了点头。

田瓜的爸爸嘴一撇，笑了："你在和大伙开玩笑吧？"

麦子的爸爸说："我没有开玩笑。"他向田瓜的爸爸要了一支烟。

田瓜的爸爸给麦子的爸爸把烟点着了："你家如果等着用大钱，就跟大伙说一声，多了没有，多少都能借你一些。"

麦子的爸爸说："我家不缺钱。那些钱真的被这畜生吃掉了。"他指了一下牛，"老畜生！"

田瓜的爸爸将头转向后面站着的人群："你们听到了吗？我们卖

麦子的钱全都被他们家的牛吃掉了。"他哈哈大笑起来。

麦子的爸爸也笑了笑。

很多人都在笑。

田瓜的爸爸突然不笑了："这人群里，也有不少养过牛的，你们都听说过牛吃钱的蹊跷事吗？啊？"他转向麦子的爸爸，"你真会编呢！"

"没编。"麦子的爸爸说，"真的被牛吃掉了。"

田瓜的爸爸向众人问："大伙相信吗？"

一片"嘘"声。

"知道你们就不相信。"麦子的爸爸大口抽着烟，"牛把钱吃了，我也没听说过。可是，"他指了指牛，"钱就是被它吃了！"

大家望着牛。

牛已累了，瘫卧在墙角上，半眯着双眼。

细柳的爸爸说："麦传金，你知道吗？我要等这笔钱用呢！"

"我知道。"麦子的爸爸说，口气里透着难过。

田瓜的爸爸说："麦传金，你大概也知道吧，我儿子田瓜在盼望这笔钱呢！"

麦子的爸爸点了点头。

"知道了就好。知道，就赶紧把这钱分给我们。"细柳的爸爸说。

"赶紧吧！"田瓜的爸爸说。

麦子的爸爸说："真的被牛吃了。"他把烟扔在地上，向着田瓜的爸爸、细柳的爸爸，向着众人说，"我要是说一句假话，我家的麦子被雷劈死！"

众人一片沉默。

接下来,麦子的爸爸,就不住地向众人诉说着钱被牛吃掉的经过。

众人既听得津津有味,又显出很不耐烦再听他讲下去的神情。

有个女人在人群里哭了起来。她是村东头的蔡寡妇。那些卖麦子的钱,对她来说,极其重要。

不知是谁说了一声:"你把这些钱全都赌输掉了吧!"

人们一下子想起来了,麦子的爸爸曾经是一个赌徒,曾经输掉过房子,最厉害的一次,是那年冬天,一夜输得只剩一条裤衩回到家里。

麦子的爸爸的心好像一下被刺痛了,他在人群里寻找着那个说话的人。半天,他说:"我已经不赌了,好几年啦!"他有点儿激动,"你们怎么说我又赌了呢?"

有人缩躲在人群里,小声说了一句:"这毛病难改的。"

麦子的妈妈从外婆家回来了。路上,她已经听说了家中发生的事。赶到家一看,篱笆也踩倒了,菜也踩烂了,眼泪跟着下来了。听到有人重提麦子爸爸赌博的事,她说:"孩子他爸改了呀!"

就听见麦子的爸爸在里面不知道在对谁大声说:"我改了!再说,我到哪儿去赌?这么半天工夫,就是赌,也输不了这么多呀!"

有人立即跟上说:"油麻地就是一个大赌窟,谁不知道呀!赌注大些,这几万块钱输光了,不就眨眼的工夫!"

"麦传金,你就别骗人了!"蔡寡妇挤到麦子爸爸的面前说。

"我没有骗人。"麦子的爸爸说。

蔡寡妇说:"你说,以前,这村上,谁家没有被你骗过钱呀?"

"我改了。"麦子的爸爸说。

麦子的妈妈哭着说:"一家一家的钱,我们都还了,不差一分。"

有个老头蹲在地上:"赌,骗,这等毛病能改?改不了。"

不知是谁,用很小的声音在人群里叽咕了一句:"狗改不了吃屎。"

麦子的爸爸看着那一对对充满疑惑、蔑视的目光,突然又拿起牛鞭子,雨点一般,劈天盖脸地向牛抽去。

牛哀鸣着。

麦子回来了,他一头扎进牛栏,冲上前去,紧紧地抱住爸爸的胳膊,不让他再将鞭子抽打在牛的身上。

牛的身上已满是鞭打的伤痕。

但,爸爸将麦子推倒了,继续鞭打着。

一直站着没有说话的教小学语文的王老师,取下眼镜,用嘴往镜片上哈了几口热气,再用衣角擦了擦,重新戴上,对麦子的爸爸说:"麦传金呀,可惜一个人才了,你该学表演去!"说完,掉头走了。

麦子在地上哭着……

四

后来,村长把人都叫走了,叫到了离麦子家几百米开外的一块空地上。

村长老谋深算。

他对村里人说:"你们这么逼着他,可就没有回旋的余地了,他就只能一口咬定钱被牛吃了。你们都别急,一个个先回家吧,待我找他慢慢地说。我会晓之利害的。得给他一个台阶下。"

他挥了挥手:"回去吧回去吧。"

还有几个人不走,村长说:"怎么?还能把他吊起来拷问吗?都给我回去吧!"

有个人说了一句:"我们听村长的。"走了——走了几步又回过头来,"村长,我家可不能没有这笔钱呀!"

"知道了知道了!谁家不等着这笔钱?血汗钱!"

等人全都散尽,村长来到了麦子家。

麦子一家三口木呆呆地,爸爸蹲在墙脚下,妈妈靠在墙上望着那片倒了的篱笆,麦子坐在门槛上,双手托着下巴。

妈妈和麦子的眼睛里一直是泪水。

村长走过来,一副轻松的神情。他抚摸了几下麦子的脑袋:"这小子,转眼间,就长成大人了。"

村长走到麦子爸爸身边也蹲下了,给麦子爸爸一支烟,并帮麦子爸爸把烟点着。然后,对麦子说:"小子,去村里找田瓜他们去玩吧,大人要说点儿事。"

麦子没动弹。

"去吧,玩去吧。"村长看了一眼麦子妈妈。

麦子妈妈对麦子说:"去吧,玩去吧。"

麦子用手背擦了擦眼泪,站了起来。不知为什么,他现在还真想去见见田瓜、细柳以及村里的孩子们。他忽然地,觉得自己很孤单。孩子们正离他远去。他像一条小狗被丢在了荒凉的路上。现在,他特别想看到人,或看到其他的狗。

他慢慢地往村里走去。

村长对麦子的妈妈说:"天不早了,你该做晚饭去了。"

麦子妈妈知道村长要与丈夫说话,转身往厨房去了。

村长笑了笑:"传金呀!你这一回可把大伙吓着啦!也难怪,辛辛苦苦种出的粮食,哪里是麦子呀,分明就是汗珠子。卖了,卖钱,谁家不早在心里惦记着这笔钱呀?你别在意大伙儿不信任你,说了那么多难听的话。你站在他们的角度一想,也就不生他们的气了……"

"我没生他们的气,我只是觉得对不住他们。"

"是是是。"村长说:"我就不怀疑你。不可能的嘛!怎么就这样找个借口把几万块钱自己吞了呢?你传金的为人,大伙都知道。"

"可是钱就是让牛吃了。"

村长笑笑:"你能不能先别下结论?人有时候会经常记错事的。你再好好想想,这钱是不是藏在别处了。这种事是常有的,你明明是把一样东西藏在那儿的,可现在愣是记着放在这儿了。找呀找呀,找个底朝天,也还是没想起来那东西本是放那儿了。过了一些天,本来是要找另外一件东西的,无意中,却发现这东西原来是被藏在那儿了……"

"我没有记错。"

"不要说得那么肯定。人脑子有时候是很糊涂的,很不可靠的。

你冷静冷静,好好回忆回忆。"村长一个劲儿地这么说着,最后直说得麦子的爸爸还真有点动摇了起来,眼睛眨巴着,努力地去想这笔钱究竟藏到了何处。

村长说:"别急别急……"

可是,麦子的爸爸最终还是说:"我没有记错……"他把自己当时看到梁上那个篮子、心里是怎么想的、是怎样把钱放到里面的、是什么时候看到篮子掉在了地上的……一切细节,仔仔细细地又回忆了一遍。他还从干草里翻找出那一团从牛嘴里掏出的烂乎乎的东西,"你看,这是它吃进去的报纸。"

村长只瞟了一眼,根本不想去看个究竟。

"这老畜生,越来越怪了,脾气怪,口味也怪。"

"又来这一套。"村长有点儿不耐烦了。

当麦子的爸爸还在一个劲儿地坚持说钱被牛吃掉了时,村长打断了话:"既然这么说,我倒要考证考证,这篮子是怎么掉在地上的。早不掉下来,晚不掉下来,怎么就今天掉下来了呢?你总不能说,是牛想吃钱了,仰起脖子,把篮子拽了下来吧?"村长说着走进了牛栏,仰头看了看梁上的挂钩,"麦传金,你自己过来看看。"

麦子的爸爸走进牛栏。

"你仰头看看,这钩子有多高?除非这头牛能站起来——站起来也难够到呢!"

麦子的爸爸看了看,也无法解释。

"传金呀!你怕是碰到什么大的难处了吧?你对我说嘛!"村长已很不高兴了,耐心正一点儿一点儿失去。

"村长,我家没有大的难处。"

天色渐晚,苦口婆心、口干舌燥的村长终于憋不住了:"麦传金,你就是编,也编个说得过去的谎呀!"

"我没有说谎!"

村长绝望了,摇了摇头:"麦传金呀麦传金!我还以为你真的能学好呢!"说完,倒背双手,大步离开了麦子家……

五

麦子走进村子里,孩子们见到他,不是不理睬他,就是躲闪他。

麦子的脚步声,在村巷里很空洞地响着。

麦子看到细柳时,细柳正背着一捆麦秸往家走。

麦子往东走,细柳往西走。

一大捆麦秸,很重。细柳弯着腰,低着头,一步一步地走,很吃力的样子。

"细柳!"

麦子叫了一声。

细柳站住了,抬头看了一眼,什么也没说,低下头来,依然走她的路。

"我来帮你背吧。"麦子说。

细柳一听，身子一偏，本来是走在村巷中间的，现在走到边边上去了。

麦子尴尬地站着。

细柳往前走了几步，忽然哭了起来。

麦子跟在她身后。

麦子知道细柳为什么哭。

细柳是村里最好看的女孩，可就是左眼有点儿毛病：眼珠儿有点斜。细柳知道自己有这个毛病，因此平时总是低着头。实在要抬起头来时，她尽可能偏着头，只将右半边的脸给人看。但现在城里医院说，她的左眼可以动手术做矫正的——矫正之后的眼珠儿就能和右眼睛的眼珠儿一样，在合适的位置上了。

知道能矫正，已两年了，但始终凑不齐钱。手术费不少呢。妈妈安慰细柳："这个手术，迟早都会为你做的。现在咱就省钱。等钱攒够了，就进城去。"

一家人开始省吃俭用。

过年了，细柳也不肯让妈妈给她买件新衣。过年时，全村就她一个人穿的是旧衣服。但细柳心里很安静：爸爸说，今年卖了麦子，钱就够了。

细柳知道，她是村里最好看的女孩。

可是，现在！

细柳掉过头来。她一点儿也不再掩饰自己的眼睛，两眼泪汪汪地看着麦子："还我家卖麦子的钱！"

麦子低着头。

"说钱让牛吃了，骗人！"平时总是一副温柔样子的细柳，很伤心，也很愤怒，"你爸爸骗人！骗人！"

麦子说："钱真的被牛吃了，我爸没骗人……"

细柳久久地望着麦子："你也骗人！"说完，扭过头去，背着那一大捆麦秸，以比刚才快了许多的速度往家走去。

细柳走出去很远了，麦子还能听到细柳的哭声。

麦子靠在墙上，仰脸望着正在走向黄昏的天空。他的眼眶里，泪水在打转儿。

他要去找田瓜。

这是他最好的朋友。

他们好到老师说他俩合穿一条裤子都嫌肥。

任何时候，田瓜都是理解他的，就像任何时候他都理解田瓜一样。此时此刻，他特别想找到田瓜，向他诉说。田瓜一定会相信他的。田瓜在听完他的诉说后，一定会安慰他。

对于麦子来说，现在他什么也不需要，只需要相信，需要安慰。

有个好朋友真好。

他急切地寻找着田瓜。

秋天，他们就要一起到油麻地镇上初中了。田瓜的爸爸早答应田瓜买一辆自行车。田瓜对麦子说："你不用走路，我可以用自行车带你。"他们曾在一起，好好想象过上学的情景：田瓜蹬着自行车，麦子坐在后座上，穿过田野，穿过白杨夹道，车轮"沙沙沙"地滚动着，把其他上学的孩子都远远地甩在了身后。

麦子终于看到了田瓜。他叫了一声"田瓜"，飞似的向他跑去。

但田瓜只是回头看了麦子一眼，不理不睬地往前走了。

"田瓜——"

麦子的声音变小了，但还是不住地走向田瓜。

田瓜到家了。他爬了几级台阶，推开了院门，身子一闪，进去了，随即关上了门。

麦子冲着田瓜家的门，大声地说："昨天，你还让我坐你的自行车呢！"

门打开了，露出田瓜的脑袋："坐不成了！"门又关上了，但一会儿又打开了，"我爸说，没有钱给我买自行车了！"他看了一眼麦子，"你也想对我说，钱被你们家牛吃了吗？"

"就是被牛吃了！"

门"哐"地关上，随即里面传来一声："合伙骗人！"

田瓜再也没有露面。

天已晚了，晚风从村巷的那头吹来，凉丝丝的。

麦子向家走去。

村巷里空空荡荡的，只有他的脚步声。

不知是谁家的狗，跟在他身后走了一阵，走到一棵树下，翘起后腿撒了一泡尿后，再也没有跟上来。

麦子家住在村外。

他走过田野时，只听见不远处有掘土机在"突突突"地轰鸣着。村里要抢挖一条水渠。二顺子正开着掘土机在挖土。

声音很大，麦子听得很烦躁，就用手捂住双耳往家跑。

在快走到家门口时，麦子看到他家的窗下猫着两个人，听到麦子的脚步声,立即跑进了黑暗里。

他们是村长让来偷听麦子的爸爸与麦子的妈妈说话的。村长说:"他们两口子不会瞒着的。这种情况下,总要说到那笔钱的下落。"

麦子看着那两条黑影,直到黑影消失在夜色里……

六

第二天一早,麦子家的人早早起了床。

爸爸妈妈彻夜未眠,躺在床上,翻来覆去。

麦子早起,是因为今天学校要用一只大船,将孩子们载到城里看戏,时间定在早上八点。

妈妈给麦子烙了饼,煮了蛋。妈妈多煮了六只鸡蛋,说:"给田瓜和细柳各带两只。"妈妈把饼和鸡蛋装在一个饭盒里,放进了麦子空出来的书包。

可是麦子把饭盒取了出来,从中拿下了四只鸡蛋。

妈妈看到了,问:"怎么把鸡蛋拿出来了呢?"

麦子的眼睛里马上就有了泪水。麦子不想让妈妈看见,把头扭向一边。但妈妈还是看见了。她叹息了一声,还是把饭盒从麦子手中拿过,把四只取出的鸡蛋又放回饭盒。

吃了早饭,麦子背起书包,推开院门要往外走时,眼前的情景使他愣住了：在他们家通往村子的路上，堆了小山一般的泥土，把一条路完全封堵死了。送他出门的妈妈也看见了，愣在了院门口。爸爸见娘儿俩不动，走了过来。

二顺子倒开手扶拖拉机，又把一车斗泥土运了过来。

爸爸问："二顺子，你怎把土倒在了这路上，怎么走人呀？"

二顺子不作答。

"问你呢，二顺子！"爸爸愤怒了。

车斗慢慢地掀起，泥土"哗啦"倒在了土堆上。

二顺子在将拖拉机开走之前，说："这路是你家的吗？村里挖水渠，土一时没地方去，暂时堆放一下不行吗？"

拖拉机"突突突"，一溜烟地开走了。

时间不早了，麦子必须得走了。他往土堆走去，走了几步，忽然想起什么，又走了回来。他抱了一大抱上等的干草，走进了牛棚，放在了老牛的嘴边。他用拳头在老牛的脑门上狠狠地打了一拳，眼泪马上流了下来。

他跑向了土堆。

是一堆烂泥。麦子在翻越土堆时，双脚踩进了烂泥里，鞋子陷了进去拔不出来了，他只好先拔出脚来，然后用手去泥里把两只鞋抠了出来，一手抓了一只。在下土堆时，他又滑倒了，身上、书包上都沾了烂泥。

麦子的样子很狼狈。

麦子叫了一声"妈"，把鞋扔过土堆，光脚丫子向村里跑去。

村子三面是水，有好几处码头。麦子那天没有听清楚学校的通知,不知道那条要载他们去城里的大船究竟停靠在哪一个码头上。翻土堆时,耽搁了一些时候,现在已看不到多少孩子了。撞上一个孩子,他问:"船在哪个码头?"那孩子看也不看他,钻进一条狭巷,转眼间不见了人影。

麦子去了一个码头,不见大船和同学,又去了一个码头,还是不见一个同学。等终于找准了那个码头时,大船已离岸远去了。

大帆,像展开的翅膀。船尾是一条白色的船辙。

麦子向大船摇着手。也不知是因为船上的孩子们没有听见,还是装着没有听见,大船一往无前。

麦子坐在大河边,只能看着大船远去……

七

很久很久,麦子才回到家中。

爸爸正在磨一把长长的尖刀。那刀已经亮闪闪的,爸爸却还在磨:"霍!霍!……"磨一阵,爸爸会闭起一只眼睛,看一看刀锋,然后往刀上撩些水,继续磨。爸爸的表情显得有点冷酷。

寒光一闪一闪。

一条长凳上,坐着麦子的大舅和二舅。他们的家离这儿有十几里地,大概是妈妈请来的。他们一言不发,只是抽着烟。见了麦子,说一声:"麦子回来了?"

麦子点点头,叫了一声"大舅",又叫了一声"二舅"。

爸爸见麦子回来了,有点儿蹊跷,本打算问一句"怎么这么快就回来了",但好像很快明白了什么,便没有问。他一时愣在了那儿,浑浊的水沿着刀锋,"滴答滴答"地流在了地上放着的水盆里。

从厨房里走出的妈妈见了麦子,问道:"怎这么早就回来了?"

麦子鼻头一酸,哭了起来。一边哭,一边往牛棚里走。

他又抱了一抱干草放在牛的面前,然后顺着柱子瘫坐在地上。

牛没有吃草,只是站着,甩着那根光秃秃的尾巴,望着麦子。

"霍!霍!……"

磨刀声。

牛往前走了一步,麦子立即向它伸出手去。牛用舌头舔了舔麦子的手。麦子的记忆里,牛的舌头永远是温热的,而现在,它的舌头却是冰凉的。

麦子哭了。

麦子看到,牛也哭了。

麦子骂道:"老东西!你怎么吃钱呢!钱有什么好吃的呀!放着这么好的草你不吃,你要吃钱……"他爬起来,轻轻踢了牛一脚,一头跑出了牛栏。

他拼命往外跑去。

牛老泪纵横。

麦子一路都在哭,无声地。

他跑到离村子有一里地的废窑,然后爬到了高高的窑顶上,面朝西面的天空坐下。

太阳已经偏西。

麦子都已收割完,稻秧还没有插,翻耕过的麦田都浸泡在水里,到处泛着水光。

那时,在妈妈的请求下,已有不少人来到了他家。

大河的尽头,隐隐约约地有一条大船正往这边驶来。这大概是去城里看戏的孩子们回来了。

终于传来了老牛的叫声。那叫声虽然不够有力,但却很凄厉。是一种走到尽头的哀鸣。

很长的哀鸣。

一切归于平静。

麦子站起来,冲着正在西坠的太阳,冲着收割完麦子而显得一片荒凉的田野,大声嚎叫起来。

小狼一般的嚎叫,响彻天空……

>2012年10月10日上午11点初稿于北京大学蓝旗营住宅
>2013年1月4日上午改定于北京大学蓝旗营住宅

娃娃们的起义

一

WA WA MEN DE QI YI

青瓦大街的拐角处,有一家卖布娃娃的店。

后面的仓库里堆了上百个布娃娃。这是一个没有窗户的仓库,还半地下,上百个布娃娃整天就只能待在黑暗里。

店主人是马林先生。

它们是马林先生压根儿瞧不上而遭淘汰的布娃娃。

它们出生于不同年代,最早被扔进这个仓库的那个叫"大头"的布娃娃,待在黑暗里已经七八个年头了。它的一只胳膊在前年被老鼠咬破,左脚上的鞋也不知被老鼠拖到哪里去了。

店里的货架都是用上等的实木做成的。放在上面的布娃娃,无一不是马林先生精心挑选出来的。

他的店已开了许多年了,十分有名,一年四季,生意好得很。到了过年过节,生意更是红火。他十分珍惜这个店的声誉和荣誉。他坚决地说:"我绝不能让一个不好看的布娃娃登上我的货架!哪怕生意好得一时缺货,我宁愿关门,也绝不将曾淘汰掉的布娃娃重新从黑暗的仓库里捡回来卖。"

他对布娃娃的挑剔近乎苛刻。

他从制造商们那里定购的布娃娃,在一般人看来,一个个都很漂亮、精美,而在他眼里,却总有通不过的。对于这些布娃娃,他会毫不犹豫地挑出,然后毫不手软地丢进那个仓库里。

这些年,他往仓库里究竟丢了多少个布娃娃,他自己已经记不清楚了。

堆积在仓库里的布娃娃,大大小小,已经有一百多个了。

一年四季,仓库里都很潮湿,特别是到了雨季,娃娃们就觉得空气里能拧出水来,浑身上下都感到不自在。

墙壁发霉,一些丢在地上的娃娃们也已经发霉。霉味是这个世界上最难闻的气味。因为门总是紧紧地关着,那积累了多少年的霉味,让娃娃们呼吸不畅,时常感到窒息。

偶尔,马林先生关门时没有将门关紧,当外面的气息从细长的门缝里飘进暗室时,娃娃们就会都挤到门缝处,张大鼻孔,张大嘴巴,用劲地呼吸着,就像闷热的夏天黄昏,一群缺氧的鱼浮到发烫的水面上,大口大口地呼吸着空气。有时,它们会闻到从屋外飘到室内,又从室内飘到暗室的花香,那时,它们一个个好像被香味熏着了似的,陶醉地闭上了眼睛,身体变得酥软,几乎要瘫痪在地上。若是在七月,又碰巧遇上了马林先生没有将门关紧,屋外几株丁香树的花香烟一般飘进这霉味十足的暗室时,娃娃们的呼吸就会变得深长——深深地呼吸着,仿佛要将这醉人的香气吸进灵魂。

黑暗让它们感到苦恼,甚至感到绝望。

那一方凝固的黑暗,仿佛具有沉重的力量,一刻不停地压迫着小小的他们。

黑暗中,时间的流动显得十分缓慢,不像是叮咚作响的一溪清水,而像是缓缓流动的黏稠的糨糊。偶尔一线亮光射进暗室时,它们的感觉是:仿佛在浓荫的林子里走了很久,忽然看到了清新闪亮的瀑布倾泻而下。

最让它们难忘的是孤独。

它们虽然有一百多个,并且拥挤在一起,但不知为什么,它们互相之间都感到十分陌生,很少说话。潮湿、霉味与黑暗,使它们的情绪永远的低落,甚至糟糕透顶。在流去的光阴里,它们在大部分时间里是沉默着的。而寂静的沉默中,它们深刻而清晰地感受到的便是孤独。

煎熬呀!

并且不知何年何月了结。

这一天,大约是下午,门被打开了,马林先生又随手丢进一个娃娃。

一个体形特别小的娃娃。它比仓库里的任何一个娃娃都小。门一打开,亮光一闪,就见一团小小的黑影飞了进来,直向大头的脸上飞去。大头下意识地躲闪了一下,但最终还是砸到了它的脸上。不过,大头并没有感到什么疼痛，可见，这个新进来的娃娃有多轻巧。

这个后来被娃娃们称为"小家伙"的娃娃，跌落到地上之后，疑惑不解地叽咕了一句："为什么把我扔到这里？"

娃娃们听到了它的这句话，心里都觉得很好笑，有的娃娃甚至笑出了声。

"这有什么好笑的！"刚才，马林先生开门的一刹那间，小家伙看到了娃娃们。

娃娃们听了更大声地笑起来。

笑着笑着，那个叫"蝴蝶小妹"的娃娃伤心地哭了起来。

不一会儿，又有几个娃娃哭了起来。

笑声渐渐消失了。除了几个娃娃声音或高或低地还在哭，其他娃娃都沉默着。是那种很沉重很绝望的沉默，像冬季里没有人烟的荒野。

小家伙一时不能明白，就在心里问着：它们哭什么呢？不一会儿，它就在黑暗中很不踏实地睡着了。

那时，已是深秋。

小家伙是被冻醒的。它想与娃娃们说话，但它看不到它们。它转动着脑袋，寻找着亮光，但怎么也没有能够找到——哪怕是一线亮光。它试着走动了一会儿，不是撞到了这个娃娃，就是撞到了那个娃娃。

被撞的娃娃很不高兴。

"走路没有长眼睛吗？"

"我看不见呀。"

"看不见还走？好好待在那儿不行吗？"

小家伙心里很不高兴：这些人，脾气也太坏了！

它躺倒在地，翘起双腿，把双手枕在脑袋后面，心里气呼呼的……

墙根处，有一双蓝幽幽的亮光，光点只有绿豆那么大。不一会儿，又出现了几双这样的亮光。这些阴森森的亮光先是固定在一个位置上，但不久，就开始互相错动。

小家伙转过头去看时，起初并没有感到害怕，反而有点儿兴奋：黑暗里终于有了亮光！它慢慢地笑了起来，出神地看着这忽明忽暗、闪烁不定的亮光，犹如一只小船于黑漆漆的大海上漂泊，忽然看到灯塔或是另外船只上的桅灯。它几乎要向其他娃娃们大声喊起来："你们看呀！亮光！"

但，它很快哆嗦起来："老……老鼠！"很像是自言自语。

"老鼠！"它终于大声叫道，并一跃爬起，向后退去。它一连撞倒了好几个娃娃。

当时，所有的娃娃都在昏睡中。在这没有尽头的黑暗里，它们能做的就是昏睡。小家伙的喊声，一下将它们惊醒了。看见蓝光的，没有看见蓝光的，都立即陷入惊恐。不过，状态不一样，有的因惊恐而挺直了身子，僵硬僵硬的。有的因为惊恐而缩成一团，身子软得要成为一摊烂泥。

蝴蝶小妹看到了蓝光，藏在大头的身后簌簌发抖。

蓝光大约有四五对，但因为频繁地错动，仿佛有很多似的。

早已经被老鼠咬伤的大头安慰着蝴蝶小妹："别怕别怕！"

蓝光在向娃娃们移动过来。

一直处于惊恐的小家伙处在人群的最前面。它想掉头钻进人群，但人群早形成一堵结实的墙，使它根本无法钻进去。突然地，它反而不怕了，掉转身去，无所畏惧地面对着鼠群。

当鼠群马上就要逼近到它眼前时，它居然吼叫起来："啊！——"

没有一个娃娃会想到，这个体型最小最小的小家伙竟然发出那样威武凶猛的吼叫声。

蓝光忽地都熄灭了——老鼠们仓皇掉头，都呼噜噜钻进了鼠洞。

小家伙还在吼叫着，并且一步一步向墙根走去。

这一情景，使娃娃们都很振奋。在小家伙的吼叫声中，它们都挺直了腰杆。

小家伙连它自己都没想到它能发出如此震撼的吼叫声。老鼠都逃回到了洞里，但它依然吼叫着。这吼叫声使它感到自己十分强大，甚至威猛无比！

它很喜欢这种感觉。

终于安静下来之后，小家伙对娃娃们说："没有什么害怕的，它们再敢出来，我们就一起吼叫！"

当鼠群再一次出洞，黑暗中再一次毫无规则地错动着蓝幽幽的亮光时，在小家伙的带领下，全体娃娃都吼叫了起来。

那吼叫声犹如狂风和雷鸣。

蓝幽幽的光，仿佛遭到了飓风，忽然又都熄灭了。

一天一天过去了，小家伙终于明白了自己为什么被丢弃在这黑暗的地下室里。它默默地哭了很久很久。当它听说大头它们已经在这里待了许多年之后,它像其他娃娃一样,也开始了昏睡。

也不知道睡了多少日子,它终于醒来。

醒来后,它盘腿坐在地上。

它的周围,是粗细高低不一的鼾声。在这鼾声里,不时地会有一声长长的叹息。它还听到哭声,睡梦中的哭声。它猜测着,这抽抽泣泣的哭声来自蝴蝶小妹。

小家伙没有再睡。

它醒着,一直醒着,一天一天地醒着。

这一天,不知是在什么时候——白天?黑夜?它无法判断。它站了起来,差一点摔倒,因为双腿发麻。它摇晃了几下,终于站住了。

它大声地说:"醒来吧!"

不知道有没有娃娃醒来。

它更加大声地说:"醒来吧!你们一个个都醒来吧!"

它又吼叫起来。

所有的娃娃都醒来了。

小家伙对娃娃们说:"我们要起义!"

它的口气十分冷峻。

"我们必须起义!"

娃娃们要么还没有清醒,要么,一时无法听明白小家伙的意思,都不吭声。"老鼠们一定还会来的。它们总有一天会明白,我们的吼叫是毫无意义的。我们根本无法战胜它们,等待我们的就只有被撕咬,是毁灭,是死亡!"

小家伙觉得自己在长高,觉得自己是一座山。感觉里,所有的娃娃都在它的俯视之下。

"起义!"黑暗中,小家伙挥动着拳头。

娃娃们都已醒来,并且都很清醒,仿佛都站在清凉的秋风里。它们并不能看到小家伙,但都仿佛看到了它坚定而结实的拳头在空中挥舞着。

"起义,不仅是因为老鼠将会给我们带来灭顶之灾,更是因为我们一个个都是布娃娃!"小家伙让所有的布娃娃听到了它们从未想到过的思想,"我们是布娃娃!我们被创造出来,是为了陪伴我们的主人——不同的主人。也许是一个出生不久的小孩子,也许是一个四五岁的女孩,也许是一个上了年纪的老奶奶,也许他们中的某一个,躺在医院的病床上,他或她,不久可能会永远都离开了这个世界……陪伴他们,是我们的责任,也是我们的权利。也许,我们中间的一个,会因为主人周游世界,它也周游世界。也许我们中间的一个因为主人每天晚上要听他的妈妈讲故事,它也跟着听了这一个个优美而动人的故事——不,也许是主人自己就有许多故事。他乐意在每天晚上说给我们中间的一个听。享受快乐,享受幸福,也是我们的权利。谁都不可以剥夺我们的权利!……"

娃娃们在静静地听着。

"我们必须起义!"小家伙斩钉截铁地说。

"起义!"大头说。

"起义!"那个胳膊很长,被娃娃们叫作"长臂猿"的娃娃说。

不一会儿,黑暗中群情激奋。"起义"的吼叫声,在黑暗中回响着。

那时，这座城市还在深夜中。

这是一座港口城市。不远处的海面上，一艘巨轮鸣响着汽笛。沉闷而悠长的汽笛声，穿过黑暗与浓雾，颤颤抖抖地传送到正在沉睡中的城市……

有一个戴眼镜的布娃娃，在黑暗中已待了五年了。它是所有布娃娃中最有才情的娃娃。它不仅会写诗，还会作曲。娃娃们都叫它"四眼哥"。

大部分时间里，四眼哥都是沉默的。它独自坐在角落里，心里并不特别焦虑和悲伤，也许它已看清自己的命运：它将在这无底的黑暗里了结一生。坐在那里，它用诗和歌打发着看不见流动的光阴。通常情况下，它并不发声。它只在心里轻轻地唱，轻轻地吟诵。当它偶尔出声吟诵它的诗歌，或是放开喉咙歌唱时，所有的娃娃都会在一片静穆中用心地听着。无论是它的诗还是歌，都会打动所有的娃娃。它们会在吟诵和歌唱声中泪水盈眶。而蝴蝶小妹甚至可能会放声大哭。

当娃娃们在小家伙的号召和鼓动下准备起义时，四眼哥开始在心中作词谱曲，它觉得它们应当有一首起义的歌，在心中反复吟唱了数遍之后，它终于在黑暗中唱了起来——

> 醒来，
> 天生高贵的娃娃们！
> 起来，
> 我们肩并肩投入战斗！

打开黑暗之门,

我们要像飞蛾一般,

扑向光明!

我们已在死亡的门口,

没有退路,

也没有回旋的时间,

只有以死相拼,

杀出一条自由的大路。

今天,就在今天,

我们要告别绝望的昨天,

张开双臂去迎接明天!

明天!明天!

灿烂的明天!

醒来,娃娃们!

起来,娃娃们!

歌声中,所有的娃娃都挺起胸膛,坚定地站着。

小家伙说:"让我们每个人都会唱这首歌。我们要唱着这首歌举行起义,彻底埋葬我们的昨天!"

现在的问题是:怎么样才能打开这扇门?

大头说:"据我这些年的观察,这扇门的锁位置很高,大约有一米五左右,而我们中间,最高的也不到一米,谁也够不着。"

长臂猿说:"那我们把它撞开!"

大头说："那是一扇铁门。"

长臂猿说："够着也没有用，马林先生已从外面用钥匙把门锁上了。"

大头说："据我这些年的观察，这种锁是可以从里面打开的。"

长臂猿摸到门下，连跳了几次，也没有能够摸到门锁。

一直没有吭声的小家伙说："其实，够到门锁是件很容易的事情。"

它对大头说："你过来蹲下，用手扶着铁门，在我们中间，你力气最大，你当然应该在最下边。"

它又对四眼哥说："过来，爬到大头的身上，你用你的左脚踩在它的左肩上，你用你的右脚踩在它的右肩上。"

大头似乎明白了什么："这些年，我怎么就没有想到这一点呢？"

小家伙说："很简单，因为你，你们就没有想到你们可以冲出这牢笼！"

它对长臂猿说："现在该你爬到四眼哥的身上去了，你用你的左脚踩在它的左肩上，你用你右脚踩在它的右肩上。"

等长臂猿爬到了四眼哥身上后，它对大伙说："你们过来扶着大头，大头你扶着门慢慢站起来，慢慢站起来……"

大头终于立直了身子，踩在它肩上的四眼哥也立直了身子。接下来，站在四眼哥肩上的长臂猿扶着铁门，也立直了身子。

什么也看不见，但所有的目光都投向门锁所在的位置。

现在长臂猿开始试着只用一只手扶着铁门，而慢慢将另一只手伸向门锁……

过了一会儿，就听见长臂猿叹了一口气："够不着……"

娃娃们打算走出的第一步，就受到了挫折。

黑暗里装满了沉默。

这时，小家伙轻轻哼唱起昂扬而悲壮的"起义歌"：

> 醒来，
> 天生高贵的娃娃们！
> 起来，
> 我们肩并肩投入战斗！
> ……

小家伙一边哼唱着，一边爬上大头的身体。它的身体很轻，没有使大头感到增加了什么重量。大头感觉到小家伙在抱着它的胳膊往它的肩上爬上去时，似乎并不吃力，甚至还觉得有点儿轻松。

大头也轻声哼唱起来。

所有的娃娃随着小家伙的歌声移动，仿佛看到了它的攀缘。一个个都唱了起来，并且声音越唱越大。

小家伙爬到了长臂猿的身上："我希望你能在四眼哥的肩上站稳，然后用你的双手托着我，将我送到门锁旁……"

歌声依然，但渐渐变小。

小家伙终于爬到了长臂猿的手掌里。

长臂猿慢慢将小家伙向上举起……

时间似乎停在了那儿。

仿佛过了一个世纪,黑暗里响起"咔嚓"一声,门打开了。

门正对着一条长长的过道,过道里有风,随着锁被打开,风像久困在笼中的怪兽扑向了铁门,铁门被风一下吹开了,"咣当"一声。

大头、四眼哥、长臂猿被门击倒在地,而小家伙却在门被风猛地吹开的一刹那间,用双手紧紧地抓住了与门锁相连的门把。

亮光,像被闸门闸住的水,随着铁门——闸的打开,"哗啦啦"倾泻到了一年四季都在黑暗中的半地下室里。

娃娃一时不能适应亮光,或转过身去,或用双手捂住眼睛。

"冲出去!"小家伙吊在门把上,大声喊叫着。

随即,一百多个娃娃,争先恐后地沿着台阶,往清澈的亮光扑去……

这是早晨八点钟。

起义的队伍沿着过道,一口气冲进了布娃娃商店的铺面。

这是一个很大的铺面,有十多个架子,上面摆放着的也都是布娃娃——是被马林先生选中的布娃娃。

当时,这些布娃娃还在睡梦中,忽地听到歌声和跑步声,一个个都惊醒了。等它们完全醒来时,眼前的情景让它们几乎要呆掉了:怎么这么多布娃娃?都是从哪里冒出来的?

架子上的布娃娃低头看着地上的布娃娃,地上的布娃娃仰头看着架子上的布娃娃。

架子上的布娃娃很快发现,地上的布娃娃一个个眼中都充满了敌意,甚至是杀气。它们不由得一个个心哆嗦了一下,往后退去,将身子贴在架子的背板上。

小家伙们暂时放弃了对架子上的布娃娃们的注意，而沉浸到冲出黑暗之后的快乐中。

早晨的阳光，透过三面墙壁上的六扇大窗，照到了柜台前一块很大的空白地面。有风，窗外有树，阳光透过摇曳的树枝投照进来时，在不停地晃动，就如荡漾的水波，娃娃被这样的阳光搞得有点儿迷醉。它们的身子情不自禁地摇晃着，仿佛此刻乘坐一只大船，正漂流在宁静的河面上。

阳光多么的迷人，又是多么的珍贵。

阳光下，娃娃们开始互相打量自己。漫长而深厚的黑暗里，它们虽然一起生活了很久，但，它们彼此从未真正地看清楚过对方。偶尔一次从门缝里闪进的亮光，使长久渴望亮光的它们，将注意力高度集中在那一刻就会消逝的亮光上，根本无暇顾及打量身边的同伴们。

现在，它们终于可以好好地、仔细地打量同伴们了。

在它们的目光里，所有的同伴都是这个世界上最棒的娃娃。女娃娃们漂亮，男娃娃们英俊，一些不能以"漂亮"和"英俊"这样的标准去衡量的娃娃，不是俏皮可爱，就是天真烂漫得让人疼爱，恨不能在它们的面颊上亲上一口。

它们互相赞美着，互相拥抱着。

蝴蝶小妹更是被无数的目光注视着。它羞涩地低着头，因为长期不见阳光，它的脸色有点儿苍白。

小家伙不知是在什么时候爬到了窗台上。

大头对小家伙说："你的个头，实在太小了一些。可是，你也实在太英俊了！"

"不，不是英俊。"四眼哥说，"是帅气！"它侧脸对小家伙又打量一番，"还有点儿霸气——不，不是'有点儿'，是十足，霸气十足！"

娃娃们的目光又转向了架子上面的娃娃们。

架子上的娃娃们一直在悄悄地观察着地上的娃娃们。它们中间，绝大部分都不太清楚在这座屋子里有一个半地下室，那里关着上百个娃娃。

它们根本无法体会地上这些娃娃们的心情，只是觉得地上的这些娃娃有点儿疯狂，有点儿古怪，无论是哪一个，目光深处都藏着怨恨与冷酷。虽然也都是布娃娃，但，地上的这些布娃娃与它们——架子上的布娃娃大不一样，太不一样了。

架子上的娃娃们都感到紧张和不安。

地上的娃娃们只是一动不动地站在地上，冷冷地看着架子上的娃娃们，但过了一会儿，就开始不安稳起来。有的爬到了窗台上，有的爬到了椅子上，又从椅子上爬到了桌子上，再从桌子上爬到了柜台上。

窗下有一盆花。

一个抓着一把剑的娃娃走上去，挥起剑，向那盆花胡乱地劈杀着。转眼间，就有两朵深红色的花朵被劈落在地上，而被劈落的花叶撒了一地。

大头爬到桌子上，存心碰倒了一只水杯。那水杯里的水流了一桌子。水杯骨碌碌滚落到地上，粉碎声中，好端端的一只杯子碎成了一堆碎片。大头冲架子上的娃娃一笑："对不起哦，我是无意的。噢，即使有意的，也不是冲你们来的。并不是你们把我们关在黑屋里的。"

从黑屋中冲出来的娃娃们，此刻都有一种强烈的愿望：毁坏眼前的一切——毫不留情地毁坏！

笔筒被踢翻在地，里面长长短短的笔撒落一地。电话筒上的线被拔了，电话筒被丢到了鱼缸里。

柜台上有一只花瓶，里面插着五颜六色的纸花。

两个娃娃一起抱住花瓶，再一起用力，把花瓶抛到了地上。花瓶碎了，男娃娃们捡起散落在地上的花，送给了女娃娃们。

一个娃娃从柜子里翻出一小桶颜料，又不知从哪儿翻出一把刷子。它把刷子深深地插进颜料桶里，然后拿出滴答流淌着颜料的刷子，在墙壁上胡乱地画着。还剩下小半桶颜料时，它索性扔掉刷子，将颜料泼浇在了墙上。

上百个娃娃，在屋里爬上爬下，横冲直撞，变得越来越疯狂了。

蝴蝶小妹一直躲在窗帘后面看着，既激动又惊恐。

当把满屋弄得一片狼藉时，娃娃们开始将面孔转向架子上的娃娃。

架子上的娃娃一直胆战心惊地看着眼前的这场破坏。现在，它们预感到，地上的娃娃们马上就要冲上来爬上架子，然后将它们一个个扔下去。

大头讥讽地对架子上的娃娃们说："待在架子上好舒服呀！"

长臂猿说："凭什么就应该是你们待在架子上？"

一个娃娃在人群背后说："我们应当将它们一个个地扔到那间小黑屋里！"

这句话之后，屋里一片寂静。

架子上的一些娃娃已开始发抖。

就在地上的娃娃凶神恶煞地慢慢向架子上的娃娃逼近时,顺着窗帘爬到高处的小家伙哧溜滑落到地上。它跳上椅子,再跳上桌子,再跳上柜台,用手指着地上的娃娃:"你们原来是一帮无耻的家伙!你们就配关在那黑屋子里!永远!我知道你们心里在想什么?你们想爬上这些架子,而要将它们……"它转身,指了指架子上的娃娃,"送进曾关过我们的黑屋子!它们是无辜的。它们和我们一样,只不过是任人摆布的布娃娃!你们竟在你们的心中产生如此肮脏卑鄙的想法,不害臊吗?一群懦夫!我们在黑暗里待得太久了,心都待冷了,待黑了……"

小家伙难过地低下了头。

"刚才,看到你们那样疯狂地破坏着,我心里也感到无比的痛快。可是,我们从黑暗里冲出,我们起义,就是因为要出来毁坏这个世界吗?……"

地上的娃娃们都低下了头。

架子上,有一个娃娃哭了起来:"前天,我也差一点被扔到黑屋里……"

小家伙抬头看了一眼墙上的挂钟,叹了一口气:"九点半钟开门,再过半个小时,马林先生就要从家里来了,你们就在这里疯狂吧!等他把你们一个个再扔回黑屋里,然后在那里等死吧!"

开门前十五分钟,风度非凡的马林先生来到了布娃娃店门口。他穿着十分整洁、庄重,头发梳得一丝不苟,很像一个绅士。他从口袋里掏出钥匙来开门,却怎么也打不开。

"见鬼了!"马林先生很不服气,反反复复地将钥匙插进锁孔里数十次,最终也没有能够把门打开。

就在他终于放弃用钥匙去打开门锁而开始想另外的办法时,他听到了来自屋内的歌声——

　　醒来,
　　天生高贵的娃娃们!
　　起来,
　　我们肩并肩投入战斗!
　　……

歌声先是低低的,不一会儿渐渐大了起来,越来越大。

这执着、坚定、悲凉而雄沉的歌声使马林先生感到不安,甚至是恐惧。他离开门,跑到了窗下,将脸靠近玻璃窗,眼前的情景让他感到无比震惊:

地上,椅子上,桌子上,柜台上,窗台上,到处站着娃娃,它们或几个一组,或十几个一组地站着,在大声歌唱着。屋子里,被毁坏得一塌糊涂。

马林先生的目光,在这一组组的娃娃的脸上滑过,他在回忆着什么。他还不能认出所有的娃娃——时间太久了。但还是认出了许多。现在,他明白了一个事实:它们,都是被他扔进黑暗里的娃娃。

"门一定是被它们反锁上了!"

马林先生很愤怒,他一手抓住一根防盗窗上的钢筋,大声地说:

"你们要干什么?你们要造反吗?!"

  打开黑暗之门,
  我们要像飞蛾一般
  扑向光明!
  ……

"你们长得太丑了!你们只配待在那里——地下室里!"

  没有退路,
  也没有回旋的时间,
  只有以死相拼,
  杀出一条自由的大路。
  ……

"我卖了一辈子布娃娃,这座城市,没有谁不知道我的店。为什么?那是因为,从这个门里走出去的布娃娃,一个个都十分好看——好看到完美无缺。是,我有点儿苛刻,甚至有点儿残忍,但这一切,都是为了这个店。"他朝娃娃们吼叫着,"赶紧给我把门打开!"

  今天,就在今天,
  我们要告别绝望的昨天,
  张开双臂去迎接明天!

明天！明天！

灿烂的明天！

……

"你们根本就没有什么明天！"马林先生说，"你们的明天就在那间黑屋里！我把你们留下来，那是因为我动了悲悯之情。我本可以把你们直接扔到垃圾桶里。现在还来得及，在我打开这扇门之前，你们一个个乖乖地回到你们原先待的地方，一旦错过了时间，你们就只能被扔到垃圾桶里，然后被开过来的垃圾车将你们紧紧地埋葬在又酸又臭的垃圾堆里。把门给我打开！把门给我打开！……"

歌声始终没有停息……

今天是星期天，前来买布娃娃的人很多。见店门关闭着，都问："怎么还没开门？"

马林先生很尴尬，结结巴巴地说："一……一群死娃娃，造……造反，把……把门反锁上……"

顾客以为是马林先生的孩子恶作剧，将店门反插上了。转念一想：不对，一群死娃娃——一群得有多少呀？他怎么会有一群孩子呢？

"是布娃娃，是我扔在地下室里的布娃娃，一群很丑的布娃娃！"马林先生说。

顾客们觉得这马林先生在说疯话：布娃娃？布娃娃们造反了？布娃娃们把店门反锁上了？

他们心里揣着一团疑惑，纷纷拥到了窗口。

那时,一百多个娃娃正在悲壮地唱歌。

顾客们不敢相信眼前的情景,怀疑在做梦。可是抬头看看天空,那天空分明是一个实实在在的天空,有云朵飘过,还有一群鸽子在翱翔。再去看大街,那大街分明是一条实实在在的大街,车水马龙,汽车的喇叭声、自行车的铃声,响得真真切切。

看着看着,他们终于相信了,这是一个事实,一个他们无法不相信的事实。

他们惊奇,他们振奋,他们觉得眼前这个世界实在是神秘莫测、妙不可言。他们一个个都充满了好奇心,围着马林先生,向他打听着,追问着事情的经过。这时,他们全然忘记了此时依然还在高歌的娃娃只不过是布娃娃。在他们眼里,它们是一支造反的队伍,起义的队伍,它们是被抛弃,被剥夺了生存权利,在死亡边缘挣扎,终于揭竿而起的人们。

马林先生向娃娃们做出退步的姿态,说:"我可以让你们走出地下室,但你们现在必须先回到那儿,然后,我让你们一批一批地走出。"

娃娃们一眼就看穿了这是马林先生的一个阴谋,根本不予理睬。

围观的人越来越多。

一向好面子的马林先生觉得这个局面太丢人了,用手指着屋里的娃娃们:"你……你们等……等着吧!"

他拨开人群,气哼哼地走掉了。

歌声停了。

小家伙对娃娃们说:"我们必须赶紧寻找一个安全的地方。镇压,马上就要开始!"

娃娃们一阵骚动。

架子上,有一个娃娃说:"你们可以爬上阁楼,阁楼上有一个天窗,你们可以爬到屋顶上。"

地上的娃娃全部抬起头来去看阁楼。

有一个梯子通向阁楼。

娃娃们一拥而上,爬上梯子,向阁楼爬去,不时地,会有一个娃娃被挤出梯子掉在地上。

局面相当混乱。

小家伙大声叫着:"不要拥挤!不要拥挤!"

可是,没有一个娃娃听它的。

这时,马林先生带领他的两个身强力壮的儿子往这边赶来了。兄弟两人扛了一根木头。

在娃娃们还没有都撤到阁楼上时,马林先生和他的两个儿子已经开始抱着木头撞击店门:"咚!咚!……"

声音犹如炮声,整座房子似乎都在被撼动,在发颤。

当最后一批娃娃们爬上梯子时,店门在木头的一次又一次有力的撞击之下,忽然倒下了——倒下时,仿佛有一道巨大的黑影压了过来。

已爬上阁楼的小家伙看到了梯子上的蝴蝶小妹,连忙向它伸过手去,正要将它拉上来时,蝴蝶小妹因其他娃娃的拥挤,脚下一滑,从梯子上掉了下去。

架子上,那个娃娃大声叫着:"赶紧关上阁楼的门!赶紧关上阁楼的门!"样子很着急,像要随时从架子上跳下来。

梯子上,又有几个娃娃掉了下去。没有掉下去的,拼命向上爬着。而这时,马林先生已和他的两个儿子冲进了店里。

小家伙一看,立即和其他几个娃娃关上了阁楼的门,并随即以叠罗汉的方式,将阁楼的门又反锁上了。

那时,大部分娃娃已从天窗里爬到了房顶上。不一会儿,房顶上的娃娃们又把下面的娃娃都拉到了房顶上。

房顶连着房顶,娃娃们可以轻而易举地逃向四面八方。

但,它们没有离开,因为还有好几个娃娃没有能够逃出。现在,大概都已被抓回那间黑屋里去了。

天高云淡,娃娃们看到了一个无比广阔的世界。

它们看到了长长的大街,看到了遥远的天边。这是中午,一天最好的阳光,正从高空流淌下来,洒满大地。它们一时忘记了它们还在危局之中,也一时忘记了还有同伴还在黑暗之中。自由。它们无比喜悦,无比兴奋,在房顶上奔跑着,蹦跳着。

只有小家伙独自一人坐在屋脊上,双手抱着双膝。它的眼前,还是刚才那一幕:蝴蝶小妹从梯子上掉下去了,在下坠时,双手一直伸向它,眼睛一直看着它。

马林先生开始领着他的两个儿子,又开始用那根木头撞击阁楼的门。但因阁楼的门在高处,他们很难使上力气。门虽然难以撞开,但每一次震动,依然使娃娃们心惊。

大头说:"我们往四处逃散吧!"

小家伙站了起来:"我们谁也不能走。我们还有十几个伙伴没有获得自由呢！我们一走，也许它们终身再也不会自由了，终身再也不会成为真正的布娃娃了。别忘了，我们曾经一起在黑暗中度过，我们不能丢下它们其中任何一个。"它看了看下面的街——那时，人们从四面八方向这边赶来。"我们不用害怕，瞧！地面上的人越来越多。让我们唱起来，用我们的歌声，告诉他们一切！……"

四眼哥第一个唱起来——

醒来，
天生高贵的娃娃们！
起来，
我们肩并肩投入战斗！
……

随即，娃娃们纷纷投入了合唱。

在很短的时间内，娃娃们起义的消息就传遍了这座城市的大街小巷，轰动了全城，人们络绎不绝地赶往这里。

当马林先生和他的两个儿子看到窗外潮水般的人群时，感到无比震惊。当他们从人们的脸上读出了什么时，他们放下了木头。

"爸爸，也许你错了。"大儿子说。

"我想也是这样。"二儿子说。

马林先生瘫坐在椅子上。

连警察都来了。四五辆警车停在不远处的街边，警灯一直在闪烁。

马林先生低着头走出店铺。人们投向他的全都是疑惑不解和谴责的目光。

娃娃们全都来到了屋顶的低处,使下面的人都看到了它们。

所有的人,无论男女,无论老少,都在赞美着这些娃娃。

"漂亮呀!"

"可爱呀!"

"如果能拥有这样一个娃娃,该有多好!"

一个小男孩指着长臂猿,对他的爸爸说:"爸爸,我喜欢它!"

又一个小男孩指着个手持宝剑的娃娃,对他的妈妈说:"爸爸,我们将它领回家吧!"

一个被母亲抱在怀里的女孩,才刚刚学会说话,指着一个满头金发的洋娃娃:"妈妈,我要!"

连市长都赶来了。

市长问:"谁是马林先生?"

马林先生走上前去:"我是,市长先生。"

"你就是马林先生?"市长看着他,讥讽地向他点点头,然后压低声音说:"我为我的城市有你这样一个市民而感到羞耻!"

"市长先生,难道这么多年,我一直在犯错?"

"不是犯错,简直是犯罪!"市长抬头看着屋顶上的娃娃们,"看了真让人心疼!"

警察们拿来了一块巨大的帆布。许多市民走上前来,与警察们一起抓住帆布的边缘,将它展开成一张巨大的悬空软床。

人们向娃娃们叫道:"孩子们,跳下来吧!跳下来吧!现在谁也伤害不了你们!"

娃娃们依然在歌唱。

市长从一个警察手中接过喇叭,向房顶上的娃娃们大声说道:"孩子们,人生而平等,你们也一样!跳下来吧!我向你们保证,整个城市会保护你们。跳下来吧!你们看看,人山人海呀!他们中间的任何一个都十分愿意领你们回家!一个又一个温暖的家,在等着你们呢!……"

娃娃们依然坚守在屋顶。

马林先生垂着头走到市长身边,对市长说:"市长先生,我知道它们为什么坚持不下来。"说完,他领着两个儿子返回店里,将关在黑屋里的所有娃娃都抱了出来,轻轻地放在那张软床上。

屋顶上的娃娃往软床上仔细看了看,确定所有的娃娃都获得了自由后,在屋顶上一阵狂欢。

软床上的娃娃们弹跳起来,向屋顶上的娃娃们欢呼着。

蝴蝶小妹也在跳,一边跳,一边泪水盈盈。

一个娃娃从屋顶上跳了下来,随即,娃娃们纷纷从屋顶上跳了下来。

许多人围了上来,还未等市长发话,也未等马林先生同意,就开始抱起那些娃娃,转眼间,那张软床就成了空床。

人们开始离开这里。

一个小时后,人都走尽了。

不知道为什么,马林先生蹲在墙根下,抱着头呜呜地哭泣起来。

一个衣衫褴褛的老太婆拄着拐棍走了过来。实际上,她早已站在不远处。她满脸的皱纹，形成了深深的肉褶。她的头发是灰白色的，被风吹起时，一缕缕地在阳光下闪亮。她的眼睛不住地流着水，她不时地用衣袖在眼角上擦一擦，胳膊上挎了一只篮子。

马林先生察觉到有人站在他面前，抬起头来。

老太婆用苍老而沙哑的声音问道："那个娃娃，我可以领走吗？"

马林先生掉头看了看，周围已不剩一个娃娃："都被人家领走了。"

老太婆用手指了指不远处的草地上："那边还有一个。"

草丛中站着那个小家伙。

刚才，它都已被一个小男孩拿到手上了，可是，当那个小男孩看上了另一个体形大一点儿的娃娃后，就又把它丢掉了——丢在了墙根的草丛中。草很高，淹没了他。

马林先生看到了小家伙，对老太婆说："你问它愿不愿跟你走吧。"

老太婆弯下腰对小家伙说："我只是一个要饭的老太婆。我什么也没有，但我喜欢你，孩子，你愿意跟着我吗？"

小家伙慢慢从草丛中走出，一直走到老太婆的脚下。

老太婆伸出双臂，把小家伙抱到怀里。然后，沿着青瓦大街，慢慢地走去，那时，已是下午四点多钟，偏西的太阳，斜照在大街上……

2013年9月4日凌晨零点25分
改定于北京大学蓝旗营住宅

沈居德

SHEN JU DE

一

每天上午，当太阳已升起很高的时候，三面傍水的乌雀镇的小街上，都要晃悠悠走过一个臂挎竹篮的老头。他一路频频点头与人打招呼，一路说着笑话、客气话。在他一路走过去时，从街的两旁会不时地朝他飞过一支支杂牌烟来。他好酒，并不沾烟。然而，他绝不拒礼、驳人面子，且将那烟一一地接住，然后稳稳地夹在肥大的耳朵根旁，常常一边夹上好几根。

此人便是乌雀镇民政干事，姓沈名居德。

此地，有人叫他"判官"。笔者好生奇怪，查字典后得知："判官"一词原出于唐代，指那些协助地方长官的办事者，后才被迷信借用，专指阴间掌管生死簿的。乌雀镇人称沈居德老头为"判官"，大概一是因为古时的吴、越地区，至今仍然沿用"判官"一词的原意（许多词都是这样）；二又带几分戏谑、捉弄的味道；三、沈居德的工作性质确实就具有一个判官的工作性质——谁对谁错、谁是谁非，往往就在他嘴里一句。

沈居德块头高大，但并不显得魁梧，更无威风可言，从头到脚，浑身上下，似乎没有一个部位是能经得起推敲的，一副疲疲沓沓的样子。完全秃顶，眉毛也差不多脱落殆尽，就剩光光的两条眉骨，无神的眼下吊着两只软乎乎的眼袋子，下巴短得滑稽。二十世纪七十年代中期的中国南方，镇干部们的穿着已经很讲究了。就说冬天吧，不少人都有件呢子中山装，当然质量大多不算理想，穿不出一年成麻袋片的也有。家庭经济宽绰、喜欢几分风度的镇长，披件呢子大衣的，也不是绝无人在。而沈居德却还是几十年前的老装束，又肥又大的棉裤。然而，却有一点，又比一般的镇干部更富有现代派的味道：寸毛不生的秃脑袋上永远戴着一顶略大的草绿色军帽。这副打扮，使得那些与他初次相见的人往往忍俊不禁，很有点儿失礼。他知道别人是笑他，也知道是为什么而笑，并不很在意，依然将一顶绿色的军帽戴在那颗秃脑袋上。

乌雀镇下管二十三个大队，设有民政、公安、民兵、文教等十个部门，部门的头目，其职务都以"干事"相称。

这里的人凡事爱做个总结，谈到这十个干事的工作，就说，十大干事十种劲：生产干事要有腿劲，公安干事要有狠劲，财经干事要有抠劲，文教干事得有股斯文劲……民政干事得有耐劲。沈居德的耐劲超出常人，足以把一般民政干事比得矮下去半截。一年三百六十五日，民政办公室每天都是门庭若市、乱哄哄的像鸭场，门槛都快被踏没了。一会儿，两个中年男人为争夺一块房基地，一路打架而来，不是这方的脸被抓出几道血印，就是那方胸脯上被拳头砸青一块。一会儿，两个泼辣女人为小孩打架的事，互相揪着一把头发骂来了，一个骂"臭婊子"，一个骂"没裤带的骚货"，甚至毫不在乎那被扯破衣服后袒露在光天化日之下的乳房……无所不有，无奇不有。喊冤声、叫骂声、哭泣声、故作严重的呻吟声不绝于耳。因此，谁也不愿跟沈居德老头做邻居。财经干事说："鸭上栏了，吵得你脑壳'嗡嗡'地响，净拨错算盘珠。"报道组地说："哭爹叫娘，跟屠宰场似的，没法动笔。"沈居德属于那种三脚踢不出个闷屁来的慢性子，他居然稳如泰山地坐着，用一个大茶缸慢条斯理地喝他的茶，还会与偶尔从门口走过的同僚们笑嘻嘻地打招呼。觉得脚在鞋里闷得慌了，他就把一只大光脚丫子拉到凉丝丝的椅面上，一只大手在葫芦瓢似的秃顶上不停地抓挠，另一只大手费力地捉着一支黑杆儿钢笔记着。那钢笔也不知是什么年头的货色了，鸭舌似的大笔头，又粗又憨的杆儿，裂了，缠着胶布。他只读过两年私塾，那笔在纸上笨拙地爬行了半天，核桃大的字还没写满一页。遇到过于复杂的情况，他就只好劳驾报道组的小陈代笔。

每天快近中午时分，他不管公事是否处理完毕，便要离开办公室，到河那边小镇上买小鱼小虾。有轰不出门的，他也不使劲轰，说："那你就帮我看好屋子。"去镇上买小鱼小虾，这是他每天雷打不动的一件事。花钱很少，却很鲜美，下饭，还下酒。他喝得不多，可总喜欢喝，一喝就迷糊。下午，常常是太阳没多高了，才从一里外的家中晃晃荡荡地往镇上大院赶。那里，他的门口早堵了许多等他的人。为此，有几个因他的判决而觉得吃亏的人报复性地向县里头捅了一封"人民来信"，检举他"常常喝得烂醉如泥，民政办公室十天有八天大门紧锁，老百姓头打破了都没人管"。民政局压根儿不理这碴。因为，全县数乌雀镇民事纠纷率最低——即使有几桩事，也都被沈居德利利索索地解决了，很少有人再闹到县里头的。

　　沈居德的工作何以能在全县首屈一指呢？

　　一、他处理民事纠纷，除依据那些官方制定的条条以外，还有自己的一套法规。你说它具有封建主义色彩也好，说它独断专行也罢，反正，那些庄稼人采纳了，接受了，最后还心悦诚服。"谁先动手谁没理！"——这是一条，而且简直是他的铁规。谁触犯了这条，至少理输一半。他有详细注解："都是一根藤上的瓜，干嘛打人？侵犯人权嘛。不说如今宪法上写着打人犯法，古人有话：君子动口，小人动手。……""父子干戈，儿子必无理！"——这又是一条。当然，等将事情都处理完了，他准要对做父亲的进行一番严厉斥责，然后再心平气和地劝道："算啦，自己身上掉的肉。古人有话：天能盖地，大能容小嘛。"……他这一大套自定法规，大大弥补了官方"条条"过于原则化、简单化的缺陷，而使解决纠纷的效率提高数倍。

　　二、在策略和方法上，沈居德老头也是匠心独运，令人钦佩不已的。一个民政干事如果没有一大套招数，那可不是闹着玩的，许多事人命关天。同样一件事，对已解怀的大娘和对未出闺阁的姑娘，对胸怀豁达开朗和对心胸狭隘钻牛角尖的人,那方法是绝对不能一样的。火候、分寸,都得掌握好。也有许多事是在诙谐、风趣、轻松的调子中完成的。一对小夫妻,为芝麻大点事吵起来,女的一赌气,说要离婚,碰上男的是个倔头:"离,漂亮的排着队呢!"两人越说越上火,真的跑到他这里。"真离?"他带着笑问。"真离!"小两口一个比一个嘴硬。他点起一支烟来,装着不在意的样子,将红红的烟头凑近了小伙子那簇新的的卡上装,女的一见,急了,上去就捅男的一把:"杀千刀的,眼珠被乌鸦啄啦?没看见沈干事的烟!"沈居德老头笑着挥挥手:"走吧走吧,你们也要离婚!"小两口你望我,我望你,最后憋不住笑了。还有一些事,他处理得硬是让人感到痛快。周桥大队有个赖皮阿四,"文化大革命"那阵抢了东西打了人,后来碰上一位硬茬子,没捞到便宜,闹到他这里,躺在椅子上,捂着胸口龇牙咧嘴,说他被打出内伤,疼痛难熬,哼着叫着,赖着不走。沈居德老头挠挠光头,从镇医院叫来医生。那医生这儿摸摸,那儿捶捶,看一下沈居德老头的眼色,将一铝盒长长短短、寒光闪闪的银针"哗"地倒在桌上:"给你针灸吧!"话音刚落,一根针早扎进赖皮阿四的鼻子底下,疼得他嘴都歪了,"呀呀"叫唤。"医生,给他好好治。"沈居德老头捋着袖子,不动声色地指挥。"是!"医生遵命,又接着扎下四五根去。赖皮阿四浑身哆嗦,连连摇手:"好了,好了,别扎了,别扎了,我浑身都舒服啦。"那医生又煞有介事地狠捻了几下,才将针一根根拔出。在一片哄笑声中,赖皮阿四拍屁股溜了。"这种人……"沈居德老头摸着秃顶在肉乎乎的大鼻子里"哼"了一声。

又一桩案子来了……

二

　　江村三队有个老实的年轻农民叫朱家岩，老婆三十出头，身体单薄，却显得苗条；眼睛不大，却水灵，很有一番农家女子的妩媚。自从嫁到江村，队长王常松就绿头苍蝇似的盯住了。她害怕见到他那馋巴巴、狠巴巴的目光，怕得心都发抖。可又不敢对他拉下脸来，只好东躲西避——这几年为给婆婆看病，家里欠了生产队一屁股债，她怕惹翻了他，找借口逼朱家岩还债。朱家岩还不了这个债——朱家岩家里穷得叮当响，除非拆房、卖人。王常松不想再玩猫抓老鼠的游戏了，他想，该把那女人做了。终于有一天，趁朱家岩出远门挖河去，晚上拨开柴门，进了朱家茅屋……那女人天性软弱，不敢大叫，等王常松打了一个哈欠出了茅屋，抓着被撕破的衣服，丢了魂似的哭到天亮。她想去告诉丈夫，怕挨打，又怕张扬出去，她无脸再在人前走动，更怕王常松使手腕，暗地里让她丈夫吃苦头。那毛胡子凶煞，没有做不出的事情。再说，他哥哥是镇书记，告了还不是白告？她就想将耻辱和着眼泪默默吞进肚里算了。哪知隔壁做屠夫的叔叔夜间杀猪归来，借着月光瞧见了刚出门的王常松。老头子等朱家岩回来，憋不住就把事告诉了侄儿。这个平日与世无争、只知下牛力气干活的老实人，顿然暴怒了，竖眉横眼，操起叔叔的杀猪刀就要找王常松，吓得叔叔一把拖住他。邻居们闻声也都赶来劝阻。可是，他却把那刀子死死地抓在手里，像一头困兽那样喘息着，谁也不敢走近。

沈居德老头接到电话，匆匆赶到江村，轰走众人，关起院门，好不容易才把朱家岩稳住。

"私闯民宅，糟蹋良家妇女，天地不容！"在赶回镇上的路上，他气哼哼，嘟噜着腮帮子。"老子绝不客气！"跨进镇大院，他直奔镇书记的办公室而去。然而，当他举手欲去叩门时，顿觉那注满力量的身躯，一下松软下来。过去，他没少得罪上头的人，可那都是跟他这个小小民政干事隔着好几层的人物。用他自己的话说："隔河粘知了，差着一竿子呢。"风来浪去，他连毛也没损耗半根。这回，可是低头不见抬头见的顶头上司。到乌雀时间不长的镇书记王常柏会持什么态度？他心里没底，有点儿掌不住舵了。举在空中的手慢慢垂落下来。他转身慢慢走向自己的办公室，那肥大的裤子似乎都要掉下来了。回到办公室，他在椅子上坐下，双手摸着那闪光的秃顶。

正当他处在万分为难之际，镇玻璃厂的周厂长又匆匆赶到，向他急告：在玻璃厂做工的他的儿子，赌输了钱，偷厂里的东西卖被抓住了！

听罢，他一时竟目瞪口呆。

周厂长说完详情，便走了。他独坐在椅子上，如同一尊光头大脑的石头塑像。大脚丫子也不再拉到桌面上：他并不感到鞋窠儿里闷热，反觉得脚底直透出一股凉气来。

这孩子，是他兄弟所生。那年，孩子还小，兄弟得了结肠癌，临终前，把他唤到床前，用瘦骨嶙峋的双手抓住他的手，哆哆嗦嗦、断断续续地交代他："把孩子带大带好。"他点点头。兄弟也点点头，流出最后一滴泪珠，便去了。弟媳妇很快改嫁，他便将这孩子收养了。他老伴从未解怀，因此，将这孩子当眼珠一样护着。他除了回家喝上两盅,倒在床上迷糊一阵,其余时间全泡在那间办公室里,对这孩子,很少管教。天长日久,这孩子便染上一些坏毛病。

两桩事搅在一起,同时而来,弄得他六神无主,只觉得头脑沉甸甸的。他关上门,朝家走去。路过小镇时,那个卖鱼的老头向他打招呼:"一斤小鱼给你留着呢。"他摇摇大手:"卖给别人吧。"便迈着无力的步子走了……

三

晚上,沈居德老头烦恼地甩开一把眼泪一把鼻涕的老伴,径直走到王常柏家。

王常柏一见,很尊敬地说:"沈老来啦。"立即叫老婆烧好几盘菜端上桌来,不容推脱地招呼他坐下,并给他满斟一杯"双沟":"喝点!"

沈居德老头急忙用手推开酒杯:"书记,今日……不想喝。"

王常柏放下酒瓶,拉下一副沉重的面孔,过了好一阵,说:"下午,我碰到老周了。"他把酒杯塞到他手中,"古人有话,杯酒浇百愁呀。"

镇书记悲天悯人的神色、低沉厚重的语调,使沈居德老头觉得心里热乎乎的。他与王常柏碰了一下酒杯,眼一挤,一口抿下大半杯。

王常柏反倒舒坦地笑了:"别急,商量商量办法嘛。"

沈居德老头摇了摇头："犯法得服法，这是铁炮轰不倒的规矩！"

王常柏不说话，吃菜，喝酒。

"脚上的泡，自己走的，没人可怜！"沈居德老头大喝一口，似乎要从心头冲刷掉什么东西。

王常柏说："才二十多岁，不能刚开头就毁了他。"

"我……不管他了！"

"看这个劲头，这事我还不能让你来处理了。"王常柏斟酒。

"书记呀，谁处理还不都一样。"沈居德老头出汗了，摘了帽子，露出光秃秃的脑袋来。他把帽子放在桌上，"秃子头上的虱子——明摆着！"

"年轻人，又是头一次犯错误。"王常柏对沈居德老头撒手不管的做法表示出有点儿责怪的意思。

已喝了几杯酒的沈居德老头，内心感激不已："书记，如果是我亲生的，一枪崩了他，我不伤心。可这，你是知道的，是我那兄弟托付给我的。临死前……"他停住了：说这些干什么？莫不是求书记宽恕？他摇了摇头，连忙说，"不管是谁，按规矩来，不好客气的！"

"你就甭插手了。"王常柏在他杯里加满酒，"这案子由你来处理，重了轻了都不合适，我来亲自处理。"

沈居德老头喝着闷酒。他心里还有另一件事在翻腾着。他要探探镇书记的口气。

"沈老，喝呀。"

沈居德老头点点头，用手捂着酒杯，望着王常柏："书记……你兄弟的事……听说了吧？"

"什么事?"

沈居德老头只好从头说起。没等他说完,王常柏暴跳如雷:"这个王八蛋!"

"书记,你别发火。"沈居德老头把酒杯塞到王常柏手上。

"丢脸——丢我的脸!"王常柏气得把酒杯狠狠地摔在桌上,酒冒起老高,"沈老……"

沈居德老头连忙抬起头。

过了一会儿,王常柏问道:"这事,你说怎么办?"

"你说呢?"沈居德是个鬼老头。

王常柏用手敲着桌子指示:"严肃处理,绝不宽容!不然,我们以后没法工作。"

镇书记把底亮出来了,凝聚在沈居德老头心上的一切顾虑顿然烟消云散。他长吁一口气,心里好不痛快,端起酒杯,一仰脖子,"咕嘟"一饮而尽:"书记……"他佩服地点点头。三杯酒落肚,他有点迷糊了,眼皮往下沉,鼻头也红了,脑门上油汗闪闪发亮,名副其实的秃顶,与那五十瓦灯泡相映生辉。他一得意,竟扒掉鞋子,把分得很开、没点儿规矩的大脚丫子拉到椅面上,凉爽开了。

王常柏低下头去,玩命地抽着烟。

沈居德老头觉得新来的镇书记不错,体贴别人,却又大义灭亲,很是高兴,便不客气地自己动手倒了一杯酒:"书记……"他不免有点儿同情,"一人做事一人当,不必难过。"

"沈老呀,"王常柏把椅子往他身边拉了拉,推心置腹地说,"我真恨不能扒了他的皮,抽了他的筋!"转而,又长叹一声,"哎……! 娘老子死得早哇,是我把他拉扯大的。小时候,差点没饿死。这些年,我常年在外,管不到,他放荡了!……早知今日当初就该让他活活饿死!"

醉眼的沈居德老头,不知如何安慰镇书记了。

一直在张罗饭菜的王常柏的老婆,这时走出来:"沈老,老王他兄弟的事,就一点儿挽回余地也没有了吗?"

王常柏回头瞪了老婆一眼:"怎么?想包庇?门儿也没有!沈老,按规矩办,我是全力支持,绝不给你半个'难'字写。"

王的老婆没走:"沈老,就……"

王常柏恼火地挥了挥手:"走走。"他给沈居德老头又添了酒,"别提那东西!沈老,还是说说你小子的事。"

沈居德老头使劲眨着眼睛,仿佛要从混混沌沌的脑海里搞明白一件什么事似的。老头喝多了。

"老周那人很认真呀。听说,以前就有两个青工被他开除掉了……"

王常柏的老婆又走出来:"沈老,老王他兄弟,也是第一次。"

"两码事!"王常柏挥了挥手,"这儿没你的事。"

一阵凉风吹进窗来,沈居德老头打了个寒噤,醉意顿时去了一半……

"我要杀死他!——"

一个令人汗毛倒竖的声音,使沈居德老头猛然震撼了一下。他低下头去,白天的事,活生生地浮在眼前:

朱家岩手握一把寒光闪闪的杀猪刀,剧烈地喘息着,仇恨的烈焰,透过耻辱的泪水喷射出来,灼灼的叫人害怕。

他跟朱家岩对视着……

突然,朱家岩"扑通"跪倒在他脚下,刀"铛"地落在地上。朱家岩紧紧抱住他的腿,像受人凌辱的孩子突然见到了老父亲似的大哭起来。

他听着这难听的沙哑的男人的哭声,用手摇着朱家岩宽厚的肩膀:"别嚎了,让人听了笑话!"

……

沈居德老头像被什么压抑着,喘着气。

"怎么啦,沈老?"王常柏关切地问。

"书记,喝多啦。"沈居德老头出了一身冷汗,酒意全消,摸摸秃脑袋,戴上草绿色的军帽,用手正了正,起身告辞。

"再喝点嘛。"

他摇摇头,走出门去。那松松垮垮的高大的身体,一颠一颠的,不一会儿,便消失在茫茫的夜空下……

四

第二天一早,沈居德老头叫报道组的小陈一起跟他下江村去做笔录。小陈说急着要给报社写篇稿子,去不了,沈居德老头只好一人去了。

沈居德觉得事情做起来很不顺利。种田人也一个个学鬼了,不愿惹是生非,拿绳往自己脖上套,偌大一个江村,竟没一人站出来揭发王常松。就连朱家岩的叔叔,此时也捏着鼻子不肯露面。那毛胡子来神了,见着沈居德老头,双眼朝天,像猪似的在鼻子里"哼哼",背地里,更是有恃无恐,吐着烟圈儿扬言:"那娘儿们,爷睡了,滋味真好。谁想怎的?"

沈居德老头听说后,也不恼怒,只是在心里暗自一笑。过了两天,他召开了一个群众大会。会上,他将众人臭骂了一顿:"你们是一群小人!你们是以小人之心度君子之腹!你们竟这般看待王书记!"然后,他将王常柏的话倒背如流,统统抖搂出来,"书记他是个堂堂正正的人!你们他妈的眼瞎了!你们将王书记当什么人了?……"

随后,朱家岩的叔叔第一个在陈述笔录上,按下了带印泥的手指……

沈居德老头后来听说王常松跑到王常柏家,撕破脸皮大闹了一通,兄弟俩还差点儿动手干仗,就在心里笑笑。遇见王常柏,他说:"书记,按你那天晚上的指示,我办了!"

"好!好!"王常柏点点头,又点点头。

……沈居德老头突然犹豫了:据王常柏派人调查,他儿子的偷窃已超千元,而且偷的是工厂生产用的机器!这事说大,可能要惊动司法部门;说小,退了赔了,写份检讨,屁事没有。老伴整天哭哭啼啼。那孩子不吃不喝,瘦成了一副骨头架,可怜巴巴。风声一阵紧似一阵。老伴急了,拉着儿子去找王常柏……

"回来!"沈居德老头怒吼一声。

老伴站住:"那你就去!"她不再怕他。

沈居德老头抓着军帽,走出家门。他不知走了多远,却又走上岔路,去江村把最后一份笔录搞完,回到办公室,默然呆坐了好一阵,然后拧开笔杆儿,在六份详尽的陈述笔录上,抖抖索索地签了字,交给了分管民政、公安工作的常务副书记。

过了两天,王常柏被迫召开常委会,研究决定将王常松的材料上报。

散会后,沈居德老头往家走,路过镇上礼堂时,只见灯火通明、人声鼎沸:镇直机关团员青年正在开大会"帮助"他儿子。年轻人是不肯放弃任何机会来显示自己的正义和铁面无私的。斥问、指责、谩骂,一齐朝着他孤立无助的儿子抛来。

沈居德老头站在后门的黑暗处,只见强烈的灯光下,儿子站在台角上,蓬乱的头发散落在瘦削的额头,脸色苍白,滚着汗珠,两条腿直打哆嗦。

他默默地离开了。他已听说,弄不好,儿子要劳教一年半载。儿子也许会学好,也许从此毁了。他走不动了,在一棵大树下坐下,双手抱着头。他就这么坐着,他要在这里等他儿子一起回去。

月光很亮,照着安静的田野、河流、村庄……

五

在王常松被戴上手铐从江村押走后不久,县委组织部收到一份乌雀镇呈上的报告。其中，有这样一段足以使铁石心肠的人也为之泪下的话：

"几十年来，沈老从事民政工作，兢兢业业，功德无量。现年事已高，目前，民事纠纷又连连不断，建议组织部早卸其重任，以便沈老能早日安度晚年。这是全镇一万七千人民的共同心愿。"

沈居德老头被组织部召去，在宣布他退休之后，问他有什么要求，他摇摇头，一句话也没说。

这天，是沈居德老头将要永远离开镇大院的日子。他早早来到那间九平方米半的民政办公室，开始收拾东西。他把墙上那一排写着"上级来文""调查报告"的十几个夹子挂正，将抽屉里一堆杂牌烟，分等级装进几个信封……一切收拾停当，他坐了下来。他没有像往日那样习惯地把大脚丫子拉到椅子上，也没有用手去摸那似乎永远痒闹闹的秃顶，只是两只大手交叉着，端正、安稳地坐在办公桌前。他似乎在静静地等待一对女人，或者一对男人，不，应该是一个女人和一个男人骂骂咧咧地来到这里请他裁决他们的是非……

他的同事们都纷纷来看他。平日，他们都不愿跟他做邻居。可是，工作干腻了，或者闲得无聊时，一个个却喜欢往他这里跑，听一听某老汉诉说儿子怎么窝囊，怎么怕老婆，老婆怎么让他跪搓板，或者是看看沈老怎么用圆滑、近乎荒诞的方法解决一些纠纷，处治那些存心捣乱的痞子、二流子。他们从这里得到了其他任何地方都得不到的乐趣。有时，事情太大，闹得太凶，他们就一起出动来为他助威、劝说、恫吓，造成威力强大的声势，把风波平息下去，然后再由他慢慢地去裁决。他这摊工作，跟妇女工作部门、公安工作部门、青年工作部门……差不多所有部门都有联系。他们配合默契,关系甚为融洽。现在,他们一个个变得口齿笨拙,只说一些互相重复了不知多少遍的话:"有空来玩"或者"有空去看你"。

他把那朵王常柏亲手送给他的大红花,丢在了纸篓里,走出门来。他将那顶依旧很新的草绿色军帽戴到秃顶上,双手扶正,头也不回地离去了。

他的胳膊上没有挎那只总是散发着鱼腥味的小篮子……

六

卖鱼老头跟沈居德老头感情深笃,每日留下斤把小鱼,傻呆呆地等到午后,方肯卖给别人。一连半个月,也没见到他的影儿。

这天,他终于又在小镇上出现了,依然挎着竹篮,但身体却瘦弱了许多。

"你……你怎么瘦成这样?"卖鱼老头大吃一惊。

"多少日子没吃你的小鱼小虾了,没有不瘦的道理。"他说道。

称鱼、收钱。卖鱼老头问:"明天还来?"

"往后,天天来。"他掖了掖那由于腰杆变细而老往下出溜的大裤子,肯定地说。

打这以后,每天上午八九点钟的时辰,镇上的人就会看到他挎着竹篮从小镇上的那头走过来。他像许多赋闲的人一样，坐到小镇上的小酒馆里，捏一颗花生米，抿上一口酒，与那些瘪嘴老人谈谈陈年古事，谈谈小道新闻。

　　有意思的是，这个百十米长的狭窄的直筒子小街似乎很需要他。或许是日子的寂寞，或许是乡下人脾气大一些，争吵成了家常便饭，因此，总得有一些人要出来承担评理与判断是非的角色。这些人的威望是在漫长的岁月里建立起来的。很自然，沈居德老头要承担这种角色。即使他本人不愿意，也不行，事情由不得他。没有他，这里就要乱，就要打架，就要闹翻天。尤其是遇到逢场赶集，就更不能没有他。黑压压的人头在攒动，人挤人，人撞人，人推人，火气大的，脚一旦被踩得生疼，就要挥拳头，对方若也是火爆脾气，便会立即动起手来，人群便会炸开，拥呀挤呀，弄翻了街边的小摊，摊贩又是不好惹的，就要顺手抓住一个，让人赔钱，不赔就扒衣服……哪儿有动乱，就有人喊："叫沈老，叫沈老！"他闻讯，丢下酒杯，一扫那蔫头蔫脑的劲头，大步踏来，人群自动闪开一条路。他有办法，他知道他该怎么处理。他说话了，句句在理，句句说到人心里，众人点头，纠纷者，该认错的认错，该赔礼的赔礼。人们自觉自愿地听从他的调解、裁决。哪怕有时候他不免有点儿武断，人们也还是听从。每逢这种时候，沈居德老头便忘记他已"削职为民"，那专注、显得很有权威的神态跟在位时一样。

　　不知过了几年。一天，沈居德老头坐在酒馆里，忽听到门外闹哄哄，宛如大坝决了口。他赶紧出来，朝这浪潮的漩涡挤去。

　　那个卖鱼的老头正揪着一个满腮黑胡子的中年男人。那中年男人掉过头来，凶恶地揪住卖鱼老头的衣领，一拉一甩，把他"通"地掼倒在地上。干瘦矮小的卖鱼老头瘫在地上哼着起不来了。那中年男人想扬长而去，却被几个打抱不平的人挡住了。

沈居德老头赶到："怎么回事？"

七嘴八舌。

他摇摇手，对被人扶着的卖鱼老头："你说。"

"他……！"老头指着那中年男人，"这人买我一条鲤鱼，少给一块钱，屁股一拍就想走了。我说我年纪大了，打点儿鱼也不容易，跟他要钱。他说我短斤少两。我把小秤拿给别人称，他一把将小秤夺过去甩在了地上。"卖鱼老头从地上抓起跌断的秤，"沈干事，你看看！你们大伙都看看！我要他赔。他恶呀，把我摔在地上。我都这么大年纪啦！……"老头黑色的脸颊和手被摔破，流着紫色的血。

沈居德老头沉着地问别人："是不是这个情况？"

挨着卖鱼老头的小摊贩作证："没错！"

沈居德老头跟这卖鱼老头打了多年交道，对他很熟悉：为人老实，从不耍滑，卖鱼卖虾，秤杆儿都翘到天上去了，临了还要往你篮子里扔几条小鱼。他望着那中年男人，厉声指责道："你——太恶！"

那中年男人满不在乎地走上前来，讥讽地点点头："沈居德！"

"王常松！"沈居德老头认出来了。他已听说，王常松放出来了，被他哥哥安插在镇玻璃厂。沈居德朝王常松也嘲弄地点了点头。

"你他妈的还逞什么威风，你是民政干事吗？光屁溜一个！"

"你给我嘴里干净些！"沈居德老头指着他的鼻子。

"老子就这般说话，你还敢对老子怎么着，老甲鱼！"

"你敢骂沈干事!"有人觉得这个毛胡子胆也太大了。

"别他妈的沈干事沈干事的,他个鸡巴干事啊?骂他?老子还要啐他!"

"敢!"众人嚷道,"不啐,你就是龟孙子!"

"不敢?看老子敢不敢!"王常松示威地仰起脖子,眼睛里闪烁着复仇的冷焰。

直筒子小街鸦雀无声。

王常松憋足一口气,还没等人们反应过来,一口唾沫"噗"地飞到了沈居德老头的脸上。

直筒子小街一时更加寂静,就在这寂静之中,空气开始迅猛地变得紧张。

明亮的天空,传来一阵清脆的鸽哨声。

沈居德老头没有擦他脸上的唾沫。他面部的肌肉仿佛被火烧红了,那双平素和气的细眼,发出寒丝丝的光芒。他久久地盯着那张满腮胡茬阴沉着的脸。僵持了很久,突然,他抡起巴掌,只听见"啪"的一声脆响,捆在了王常松的嘴巴上。

"打得好!"人群爆发出一片疯狂的欢呼声。

王常松要朝沈居德扑过来,人群却像浪潮一层一层地汹涌而上,将沈居德老头层层地包围在了当中……

王常松露出绝不罢休的样子:"老逼养的,除非你藏到逼洞里一辈子不出来。"

有人大声说:"钱干事来了。"

新来的民政干事得到报告,正朝这边走来。这是一个很年轻的民政干事。人们自动闪开一条道,让他走到了中间。他做了一个简单的现场调查,对王常松说:"将鱼钱付了,再赔老头一杆秤。"

王常松说:"钱干事,我……我是王常松……"

钱干事未等他将话说完,摇摇头:"我不认识你。"

王常松还在说:"我……是王常松……"

钱干事皱起眉头:"说了,我不认识你。别废话,将钱付了!"

王常松指着沈居德:"他动手打人了!"

钱干事说:"他是他,你是你。我放不过他!"

王常松只好向老头付了钱。

钱干事冲着沈居德:"你,跟我走一趟。光天化日之下打人?无法无天了!"

有人立即站出来说:"钱干事,这是沈干事——沈居德。"

钱干事疑惑地:"沈干事?"

"就是。你刚来,还不认识。"

钱干事说:"你们就别胡说八道了。沈居德会打人?他怎么会打人?"转而对沈居德,"走啊,到镇委会走一趟。"

沈居德走了出来。

钱干事头里走。

沈居德摇摇晃晃地跟在后边。

走到通往镇委会的桥上,钱干事停住了,从口袋里掏出一包烟,拔出一根来递给了沈居德老头。

沈居德老头说:"我不吃烟。"

"吃一根嘛。"

沈居德接过烟，放到了耳根旁。

水面上游过一群鸭子。

钱干事说："这群鸭真肥。"

沈居德说："这是镇西周大嘴家的，常到地里糟蹋人家庄稼，总闹纠纷。"

鸭子快游到桥了，钱干事忽然起了要吓唬这群鸭子的心思，沈居德立即阻止他："正在下蛋期间，别惊了它们。"

这群鸭子游到桥跟前，歪起脑袋看了看正趴在桥栏杆上的两个人。

鸭子从桥下游过，往西去了。

趴在东栏杆上的这两个人，转身又趴到了西栏杆上，一直看到那群鸭子游到远处的芦苇丛里。

钱干事说："王常松八成是离开了。我还有点儿事，就不陪你看鸭子了。"说完，就走了。

……

散集了，直筒子街上，人已稀落起来。等人们几乎走尽，沈居德这才刹一刹裤子，挎着盛有小鱼小虾的小篮，慢悠悠，晃荡荡，松垮垮地离开了小镇……

1983 年 4 月 5 日于北京大学 21 楼 106 室

枪魅

QIANG MEI

一

野鸭阿西醒来时,发现自己在一只柳条编织而成的笼中。

它想,它一定被猎人的枪打伤了,并且伤得很重,便呻吟起来。可是,它慢慢感觉到,它身上并无疼痛的地方。它歪着脑袋,仔细检查了自己,并未发现伤痕。它又用扁嘴掀起羽毛细察,终未找到枪伤。"那我怎么被关到笼中了呢?"它很有点儿困惑。

它大胆朝笼外看去,猎人正坐在凳子上擦他的猎枪。阿西一阵哆嗦,抖得翎子索索地响。

它隐隐约约地记得，当时它和阿秀它们正在水面上嬉闹，突然一声枪响，它眼前一阵发黑，便什么也不知道了。

它自然害怕这杆枪。

当它明白了这一点——它不是被枪打晕，而是吓昏过去——以后，它确实有点儿害臊。

这个猎人（它现在当然不知道他将是它的主人）长得糊里糊涂的，眼睛、鼻子、嘴拥挤在一张黑黄的脸上，两只耳朵被蓬乱而枯焦的头发掩去一半。但眼中闪出的狡诈，却是分明的，甚至能穿透灵魂。他聚精会神地擦他的枪。这支枪我们实在不敢恭维——一支老枪。稍有出息的猎人，都不再使用这种家伙了。但他似乎很爱这个宝贝，擦得认真而有耐心，直至把它擦得锃亮。他站起身，用一种很不入眼的姿势端起这杆枪，朝前瞄着，并仿佛眼前有什么飞物，一本正经地盯住，而随之转动着身体……枪口一下对准了笼中的阿西。

阿西又几乎要昏厥过去了。

猎人放下枪，走过来，望着它，发出一阵怪笑："我不会杀死你的，我要将你驯成一只出色的枪魅！"

这地方，有不少猎人将他们捕获的活的猎物加以驯导，使它们专门干将其同类引诱到他们枪口之下的勾当。它们被称为"枪魅"。

猎人把阿西抛进了池塘。

阿西有点儿惶惑：他把我放了？它不敢贸然起飞，先用嘴"吧唧吧唧"喝了几口水，又用嘴撩起水，战战兢兢地洗了洗脖子。水珠在它的背上滴溜溜滚动着。它一歪脑袋，琥珀色的眼睛在阳光下反射出一束光芒。它又见到了那瓦蓝而广阔的天空：好自由的天空啊！阿西的心头涌起一阵兴奋。它简直要哭了。空气清新、湿润。微风轻轻拂动,掀翻着它一身好看的羽毛。一支陌生的鸭队从池塘边的白杨树顶上飞过,不紧不慢地朝远空飞去了。

坐在池塘边的猎人在闭目养神。

这使阿西的心紧缩成一团。它用爪朝前划动着。当它看准了猎人确实闭着眼睛时,它突然起飞,展开双翅,朝着蓝色的天空飞去。当它满以为重新获得了天空时,它觉得飞不动了。它使劲扇动着翅膀,最终还是"扑通"一声倒栽在池塘里——它的腿上被拴了一根长长的绳子。

猎人朝它大笑起来,直笑得前仰后合,气接不上来,捧着肚子,流出眼泪,最后一头栽倒在池塘里。他钻出水面后,依然还用雄鸭一般的嗓音笑个不停。

阿西哭了。

猎人像收钓鱼线一样,将绳子一圈一圈往手上绕着。

阿西一点儿也不反抗,像只死鸭子,耷拉着翅膀,让绳子牵着,被猎人毫不留情地拽向岸边。

二

猎人抓住湿漉漉的阿西,重新将它扔进笼子里。

笼子被猎人挂在池塘边的树丫上。阿西见着水见着天，可被囚着。清清池水的涟漪，空中飞鸟的翱翔，所有这一切，都刺激着阿西。它渴望着自由自在的生活。

多么惬意的翱翔！

可是猎人根本不理会它，扔下它走了。

阿西蹲在笼中，默默地想念着那些美好的光景。

它跟随一支庞大的鸭队，几乎飞过半个地球。飞过一座座树林、一条条大河和一汪汪湖泊。有时飞得极高，在云层里穿行。气流像水一样漫过脊背，两只翅膀在空气中划动，发出动听的"沙沙"声。它们一个挨一个，姿势优雅而轻松，像一页页纸在空中悠然飘动。沉、浮，浮、沉，飞行是那么的惬意。鸭队在空中不时变化着队形，但从来不乱。它们在蓝色的天空上，留下一个又一个优美的图形，使寂寞单调的天空有了内容。常常是在夜空下飞行。那时，阿西有一种说不清的神秘感和宁静感。看不见河流和村庄，什么也看不见。它们就这样在凉丝丝、蓝幽幽的空气中往前飞。飞向什么具体地方，它们并不清楚。但它们都能凭着自己的感觉，飞向它们愿意到达的地方。即使夜间的飞行，它们都是很有秩序的。听着同伴双翅划破空气的声音，各自都能准确地保持在自己的航线上。黑夜的柔纱似有似无地抚摸着它们。高远处的星光，常使它们迷离恍惚地觉得自己是在飞向天堂。

它们随时都可能降落。或落在一片芦苇荡中，或落在一汪林间湖泊之上，或落在一片水田里。降落是一件让阿西身心愉悦的事情。它们斜着身子盘旋着，盘旋着。湿润的水汽，对长旅的它们，具有极大的诱惑力。它们越飞越低，终于一个个"扑啦啦"落进水中。有时，阿西会禁不住仰空长叫一声，声音在宁静的世界里显得极为纯净动听。

也许水下世界比空中世界更使阿西着迷。

阿西一撅屁股，朝深水中扎去。小水泡"咕噜咕噜"地响着。潜到一定深度，它便伸长脖子朝前游去。四周水晶般透明。水草像一股股袅袅飘动的烟。各种各样的鱼，在水中闪烁着亮光。一只只白玉般的虾，或攀附在水草和芦苇秆上，或以一种奇怪的游动方式，向前推进。有一种鱼的额头，像缀了一颗蓝晶晶的宝石，在水底世界发出十分美丽的光芒。几只河蚌在沉寂荒凉的河底，留下一道道永不为世人所知的线条。

阿西让羽毛蓬松开，让清纯冰凉的河水浸泡着。那时的阿西，是很陶醉的。

当然，阿西最怀恋的还是妹妹阿秀。

阿西还隐隐约约地记得，那天，它啄开了蛋壳，正用新奇的目光打量着一个光明的世界，只听见身旁另一只蛋中发出的"笃笃"的声响。它用耳朵贴在那只蛋上听了一会，问："你是谁呀？""我是阿秀。""你使劲啄呀！"阿秀猛一啄，出来了。阿秀毛茸茸的，那张小小的、金黄色的嘴可比阿西那张嘴秀气多了。阿西挺喜欢阿秀，便带着它，走出芦苇丛，走进了湖泊。从此，它们形影不离。阿秀总是"阿西阿西"地叫着，跟随着阿西，从北方飞向南方，又从南方飞向北方。

"阿秀在哪儿呢？"

阿西很伤感地望着笼外那片没有动静的天空……

三

一连三天,猎人没有给阿西一口食、一口水。阿西饿得皮包骨头,立不起身子来。

小鱼小虾就在眼前的池塘里游动着,似乎带着一点儿挑逗性。

猎人终于端着一瓢水来了。

阿西急切地伸过脖子去,想痛饮几口这生命之水。

然而猎人却发一声冷笑,把瓢端开,高高举起,慢慢地将水倾倒在池塘中。

阿西只好可怜巴巴地望着那小瀑布似的水。

又过了两天,猎人把一群家鸭赶进了池塘。那群家伙在池塘里得意得要命。喝水,捕捉鱼虾,惬意地扇动翅膀,激起一蓬蓬水花。它们吃吃喝喝,然后就呱呱呱地欢叫。

阿西眼馋得很,可是只能伸长脖子干咽。

猎人出现了。他手中拿着一支点着的纸芒,把猎枪架在河坎上。

正当阿西琢磨猎人的行为时,猎人过来,打开笼门,把阿西放到水池中。

猎人趴到地上,吹了一口纸芒,朝装在猎枪上的导火线凑去。

阿西一见,一头扎到池塘里。过了一会儿,它便听见砰的一声,枪响了。

不知为什么,猎人把阿西从水中拖出来,笑眯眯地赏给它好几只虾好几条鱼好几口清水。

阿西吞咽了食物之后,又被猎人放回池塘。猎人又趴到地上,又吹了一口纸芒,又朝导火线凑去。阿西又照样扎进水中。枪声再次响起。阿西又再次得到了猎人奖赏的食物。

猎人的这种奇怪行为,重复了十几回,阿西终于在脑海中形成了一个记忆:当猎人将要点燃导火线时,我便扎进水中,枪响之后,就能得到食物。

以后几天,猎人还教会阿西,当把它放到水上时,它应当很高兴地唱它过去最爱唱的歌。

这天,猎人带着阿西,驾着小船,驶进了茫茫的芦苇荡。

芦苇深处,是一大片水面。猎人将小船藏到芦苇丛中,架好枪,点着纸芒,把阿西放到了水中。

于是阿西便唱起那支歌:

　　水好清澄呀,
　　水草好茂盛呀,
　　鱼好多呀,
　　虾好肥呀,
　　鸭们,快快落下来呀……

一队野鸭正从天空飞过,听见阿西的歌声,便一圈一圈旋转下来,落进水里。

猎人吹了一口纸芒,朝导火线凑去。

阿西犹豫了一下，赶紧扎入水中。

枪声过后，阿西从水中钻出。眼前情景好惨：水面上，像草把一样，漂浮着一片野鸭，它们的血将水都染红了。

四

阿西呆呆地停泊在那一大片尸体中间。

天阴沉沉的，水阴森森的。四周是一片凄凉的宁静。

猎人荡着小船，喜滋滋地过来，将那些野鸭捞起扔到船舱里，最后将麻木了的阿西抓进笼中。这回猎人更加慷慨，端了满满一小盆鱼虾，放到阿西嘴边。阿西依然麻木着。

归途中，阿西醒来了。当它回忆起刚才所见的惨状时，它发疯似的朝笼外挣扎着，弄得羽毛纷纷掉下，额头上撞出血来，后来，便软瘫了下去。

阿西一连几天拒绝进餐。

但，最终还是凶恶狡诈、惯于软硬兼施的猎人胜利了。阿西一次又一次地将同类引诱到猎人的枪口下。现在，当阿西再看到水面上同类的尸体时，已没有痛苦，一副麻木不仁的样子。

这种血腥的捕杀每完成一次，猎人总要给予阿西一连好几日的奖赏。猎人甚至毁掉了囚笼，只用绳子拴着它的腿，让它自由地在池塘中游荡。猎人还将几只漂亮的母家鸭赶到池塘，陪伴着它。家鸭们对它很崇拜，因为它们不能飞上天。池塘虽小，且又不能远走高飞，但阿西还是有了几分得意。

阿西心情一好，留意起自己的形象来。它歪着脖子，仔细打量着映在水中的自己。它发现自己很英俊。

阿西确实已是一只长得很帅的公鸭了。一身厚厚实实的羽毛，包住了结实的身体。羽毛油光水滑，在阳光下闪闪发亮。修长的脖子，质地如同牛角一般的嘴巴，金灿灿的双爪，明亮的眸，与那群家鸭比起来，阿西更是光彩夺目。最值得阿西骄傲的，是脖子上那圈紫金色的羽毛。那羽毛是多么高贵啊，尤其是在阳光下。那是一个美丽的光环。

阿西游动起来也极有样子，高着脖子，在水面上轻盈如一片羽毛朝前滑行，不像家鸭们很没有必要也很不文明地弄出许多水花和一条水道来。

猎人居然让它站在他的肩头上，走到人们面前去。

它常常听到人们对它的赞美。

这天，猎人用肩头带着它来到集市上。

"这只枪魅卖吗？"有人开玩笑地问。

"卖。"猎人说。

"你开玩笑。"

"不，真卖。"猎人很认真。

这一说可不得了，围过来许多猎人：

"多少钱？"

"你们自己出价,我捡最高价出手。"

"一百!"

"一百五!"

"二百!"

"二百五,不能再高了。"

"谁说不能再高了,我出三百!"

最后,有人竟敢出五百块钱。

猎人从肩上抱下阿西,放在手上:"多漂亮的一只枪魅啊!"

那个出五百块钱的人,伸手过来取阿西。

猎人摇头大笑:"开个玩笑。这枪魅难道是能用钱买得的吗?无价之宝啊,无价之宝!"说罢,将阿西放在肩头,拨开人群,朝前走去。

人群着了魔一样,"呼啦啦"尾随其后。

阿西像只鹰,一动不动,高傲地站立在猎人的肩头。

五

阿西又被猎人带到芦苇荡中的一片水面上。

将近中午时,终于等来了一支野鸭队。

于是,阿西唱起来。

于是，那支野鸭队盘旋下落。

"阿西——！"

阿西正要细瞧，阿秀一个旋转，已经落到了它的面前。一年多不见了，阿西忘记了一切，激动得用嘴不住地点水，向阿秀诉说着思念之情。阿秀已经出落成一只漂亮的母鸭，只是清瘦了一些。这是阿西熟悉的鸭队。鸭们围着它们兄妹俩，都为它们的团圆而高兴。

"阿秀一直在寻找你。"

阿秀温柔而喜悦地望着阿西。

水面上，充满了鸭们的欢乐。

阿西用嘴亲昵地给阿秀梳理着羽毛。

"阿西哥，这一年里，你就独自到处流浪？"阿秀伤心地问。

阿西愣了一下，随即点点头。

"那回，从北边来了一只鸭，硬对我说，你还在想阿西，真傻！阿西已经做了枪魅啦……"

阿西浑身一震。

"它还说，不知有多少鸭队被你引诱到猎人的枪口下……"

阿西低下头去："它胡说。"

"它说，你还不信，我就是死里逃生。我就骂它：不准你污蔑我阿西哥！我阿西哥才不是那样的鸭呢！它还要说，我就用嘴咬它，一边咬一边哭。谁让它污蔑我阿西哥呢！"

阿秀乖巧地偎依在阿西的身边。

"它就满天下打听你的下落。不知飞过多少森林，多少村庄和田野。有时夜里突然失声大叫，惊得大伙都醒来。它想你想急了，不管谁劝，它也不听，愣要深更半夜就启程去找你。我们只好陪着它。"

阿西一转脑袋，看见了猎人手中已经点着了的纸芒。

"你们走吧。"阿西说。

"怎么？你不跟我们一起走？"鸭们纷纷围过来。

"不……"

"阿秀，你快跟大伙一起走吧。"阿西说。

阿秀很吃惊："你……不要我啦？"

"不……不是……"

"我哪儿也不去。我就要和你待一块。"阿秀用嘴去摩挲着阿西的脖子。

猎人吹亮了纸芒，示意阿西潜入水中并将纸芒凑向导火线。

"你们快飞呀！有枪！"

鸭们并不相信阿西的话。因为，所有的鸭们都相信阿西是一只好鸭。

阿西一头扎进水中。它突然想起阿秀那对带着泪光的眼睛和那支日夜兼程四处寻找它的鸭队，猛地钻出水面，发出一阵谁也不敢当做玩笑的鸭们只在特别紧急的情况下才使用的警报声。

鸭们"哗啦啦"飞向天空。

枪响了。阿西最后看了一眼已在空中的阿秀和鸭队，慢慢闭上了眼睛。

萧瑟的秋风吹皱了它身体周围一汪阴凉阴凉的湖水……

1988年4月26日于北京大学21楼106室

第十一根红布条

DI SHI YI GEN HONG BU TIAO

　　麻子爷爷是一个让村里的孩子们很不愉快，甚至感到可怕的老头儿。

　　他没有成过家。他那一间低矮的旧茅屋，孤零零地坐落在村子后边的小河边上，四周都是树和藤蔓。他长得很不好看，满脸的黑麻子，个头又矮，还驼背，像背了一口沉重的铁锅。在孩子们的印象中从来就没有见他笑过。他总是独自一人，从不搭理别人。他除了用那头独角牛耕地、拖石磙，就很少从那片树林子走出来。

　　反正孩子们不喜欢他。他也太不近人情了，连那头独角牛都不让孩子们碰一碰。

　　独角牛之所以吸引孩子们，也正在于独角。听大人们说，它的一只角是在它买回来不久,被麻子爷爷绑在一棵腰一般粗的大树上,用钢锯给锯掉的,因为锯得太挨根了,弄得鲜血淋淋的,疼得牛直淌眼泪。不是别人劝阻,他还要锯掉它的另一只角呢。

孩子们常悄悄地来逗弄独角牛,甚至想骑到它的背上,在田野上疯两圈。

有一次,真的有一个孩子这么干了。麻子爷爷一眼看到了,不吱一声,闷着头追了过来,一把抓住牛绳,紧接着将那个孩子从牛背上拽下来,摔在地上。那孩子哭了,麻子爷爷一点也不心软,还用那对叫人心里发怵的眼睛瞪了他一眼,一声不吭地把独角牛拉走了。背后,孩子们都在心里用劲骂:"麻子麻,扔钉耙,扔到大河边,屁股跌成两半边!"

孩子们知道了他的古怪与冷漠,不愿再理他,也很少光顾那片林子。大人们似乎也不怎么把他放在心里。村里有什么事情开会,从没有谁会想起来去叫他。地里干活,也觉得他这个人并不存在,他们干他们的,谈他们的。那年,人口普查,负责登记的小学校的一个女老师竟将在林子里住着的这个麻子爷爷给忘了。

全村人都把他忘了。

只有在小孩子落水后需要抢救的时候,人们才忽然想起他——严格地说,是想起他的那头独角牛来。

这一带是水网地区,大河小沟纵横交错,家家户户住在水边上,门一开就是水。太阳上来,波光在各户人家屋里直晃动。"吱呀吱呀"的橹声、"哗啦哗啦"的水声,不时地在人们耳边响着。水,水,到处是水。这里倒不缺鱼虾,可是,这里的人却十分担心孩子掉进水里被淹死。

　　你到这里来，就会看见：生活在船上的孩子一会走动，大人们就用根布带将他拴着；生活在岸上的孩子一会走动，则常常被新搭的篱笆挡在院子里。他们的爸爸妈妈出门时，总忘不了对看孩子的老人说："奶奶，看着他，水！"那些老爷爷老奶奶腿脚不灵活了，撵不上孩子，就吓唬说："别到水边去，水里有鬼呢！"这里的孩子长到十几岁了，还有小时候造成的恐怖心理，晚上死活不肯到水边去，生怕那里冒出一个黑乎乎的东西来。

　　可就是这样，也还是免不了有些孩子要落水。水太吸引那些不知道它的厉害的孩子了。小一点的孩子总喜欢用手用脚去玩水，稍大些的孩子，则喜欢到河边放芦叶船或爬上拴在河边的放鸭船，解了缆绳荡到河心去玩。河流上漂过一件什么东西来，有放鱼鹰的船路过，卖泥螺的船来了……这一切，都能使他们忘记爷爷奶奶的告诫，而被吸引到水边去。脚一滑，码头上的石块一晃，小船一歪斜……断不了有孩子掉进水里。有的自己会游泳，当然不碍事。没有学会游泳的，有机灵的，一把死死抓住水边的芦苇，灌了几口水，自己爬上来了，吐了几口水，突然哇哇大哭。有的幸运，淹得半死被大人发现了救上来。有的则永远也不会回来了。特别是到了发大水的季节，方圆三五里，三天五天就传说哪里哪里又淹死了个孩子。

　　落水的孩子被捞上来，不管有救没救，总要进行一番紧张的抢救。这地方上的抢救方法很特别：牵一头牛来，把孩子横在牛背上，然后让牛不停地在打谷场上跑动。那牛一颠一颠的，背上的孩子也跟着一下一下地跳动，这大概是起到人工呼吸的作用吧？有救的孩子，在牛跑了数圈以后，自然会"哇"地吐出肚里的水，接着"哇哇"哭出声来："妈妈……妈妈……"

麻子爷爷的独角牛，是全村人最信得过的牛。只要有孩子落水，便立即听见人们四下里大声吵嚷着："快！牵麻子爷爷的独角牛！"也只有这时人们才会想起麻子爷爷，可心里想着的只是牛而绝不是麻子爷爷。

如今，连他那头独角牛，也很少被人提到了。它老了，牙齿被磨钝了，跑起路来慢慢吞吞地，几乎不能再拉犁、拖石磙子。包产到户，分农具、牲口时，谁也不肯要它。只是麻子爷爷什么也不要，一声不吭，牵着他养了几十年的独角牛，就往林间的茅屋走。牛老了，村里又有了医生，所以再有孩子落水时，人们不再想起去牵独角牛了。至于麻子爷爷，那更没有人提到了。他老得更快，除了守着那间破茅屋和老独角牛，很少走动。他几乎终年不再与村里的人打交道，孩子们也难得看见他。

这是发了秋水后的一个少有的好天气。太阳在阴了半个月后的天空出现了，照着水满得就要往外溢的河流。芦苇浸泡在水里，只有穗子晃动着。阳光下，是一片又一片水泊，波光把天空映得刷亮。一个打鱼的叔叔正在一座小石桥上往下撒网，一抬头，看见远处水面上浮着个什么东西，心里一惊，扔下网就沿河边跑过去，走近一看，掉过头扯破嗓子大声呼喊："有孩子落水啦——！"

不一会，四下里都有人喊："有孩子落水啦——！"

于是河边上响起纷沓的脚步声和焦急的询问声："救上来没有？""谁家的孩子？""有没有气啦？"等那个打鱼的叔叔把那个孩子抱

《故乡的路》

上岸,河边上已围满了人。有人忽然认出了那个孩子:"亮仔!"

亮仔双眼紧闭,肚皮鼓得高高的,手脚发白,脸色青紫,鼻孔里没有一丝气息,浑身瘫软。看样子,没有多大救头了。

在地里干活的亮仔妈妈闻讯,两腿一软,扑倒在地上:"亮仔——"双手把地面抠出两个坑来。人们把她架到出事地点,见了自己的独生子,她一头扑过来,紧紧搂住,大声呼唤着:"亮仔!亮仔!"

很多人跟着呼唤:"亮仔!亮仔!"

孩子们都吓傻了,一个个睁大眼睛,有的吓哭了,紧紧地抓住大人的胳膊不放。

"快去叫医生!"每逢这种时候,总有些沉着的人。

话很快地传过来了:"医生进城购药去了!"

大家紧张了,胡乱地出一些主意:"快送镇上医院!""快去打电话!"立即有人说:"来不及!"又没有人会人工呼吸,大家束手无策,河边上只有叹息声、哭泣声、吵嚷声,乱成一片。终于有人想起来了:"快去牵麻子爷爷的独角牛!"

一个小伙子蹿出人群,向村后那片林子跑去。

麻子爷爷像虾米一般蜷曲在小铺上,他已像所有将入土的老人一样,很多时间是靠卧床度过的。他不停地喘气和咳嗽,像一辆磨损得很厉害的独轮车,让人觉得很快就不能运转了。他的耳朵有点背,勉勉强强地听懂了小伙子的话后,就颤颤抖抖地翻身下床,急跑几步,扑到拴牛的树下。他的手僵硬了,哆嗦了好一阵,也没有把牛绳解开。小伙子想帮忙,可是独角牛可怕地喷着鼻子,除了麻子爷爷能牵这根牛绳,这头独角牛是任何人也碰不得的。他到底解开了牛绳,拉着它就朝林子外走。

河边的人正拥着抱亮仔的叔叔往打谷场上涌。

麻子爷爷用劲地抬着发硬无力的双腿,虽然踉踉跄跄,但还是跑出了超乎寻常的速度。他的眼睛不看脚下坑洼不平的路,却死死盯着朝打谷场涌去的人群:那里边有一个落水的孩子!

当把亮仔抱到打谷场时,麻子爷爷居然也将他的牛牵到了。

"放!"还没等独角牛站稳,人们就把亮仔横趴到它的背上。喧闹的人群突然变得鸦雀无声,无数目光一齐看着独角牛:走还是不走呢?

不管事实是否真的如此,但这里的人都说,只要孩子有救,牛就会走动,要是没有救了,就是用鞭子抽,火烧屁股腚,牛也绝不肯跨前一步。大家都屏气看着,连亮仔的妈妈也不敢哭出声来。

独角牛"哞"地叫了一声,两只前蹄不安地刨着,却不肯往前走。

麻子爷爷紧紧地抓住牛绳,用那对混浊的眼睛逼视着独角牛的眼睛。

牛终于走动了,慢慢地,沿着打谷场的边沿。

人们圈成一个大圆圈。亮仔的妈妈用沙哑的声音呼唤着:

"亮仔,乖乖,回来吧!"

"亮仔,回来吧!"孩子和大人们一边跟着不停地呼唤,一边用目光紧紧盯着独角牛。他们都在心里希望它能飞开四蹄迅跑——据说,牛跑得越快,它背上的孩子就越有救。

被麻子爷爷牵着的独角牛真的跑起来了。它低着头,沿着打谷场"哧通哧通"地转着,一会儿工夫,蹄印叠蹄印,土场上扬起灰尘来。

"亮仔，回来吧！"呼唤声此起彼伏，像是真的有一个小小的灵魂跑到哪里游荡去了。

独角牛老了，跑了一阵，嘴里往外溢着白沫，鼻子里喷着粗气。但这畜生似乎明白人的心情，不肯放慢脚步，拼命地跑着。扶着亮仔不让他从牛背上颠落下来的，是全村力气最大的一个叔叔。他曾把打谷场上的石磙抱起来绕场走了三圈。就这样一个叔叔也跟得有点气喘吁吁了。又跑了一阵，独角牛"哞"地叫了一声，速度猛地加快了，一蹿一蹿，屁股一颠一颠，简直是在跳跃。那个叔叔张着大嘴喘气，汗流满面。他差点赶不上它的速度，险些松手让牛把亮仔掀翻在地上。

至于麻子爷爷现在怎么样，可想而知了。他脸色发灰，尖尖的下颏不停地滴着汗珠。他咬着牙，拼命搬动着那双老腿。他不时地闭起眼睛，就这样昏头昏脑地跟着牛，脸上满是痛苦。有几次他差点跌倒，可是用手撑了一下地面，跌跌撞撞地向前扑了两下，居然又挺起身来，依然牵着独角牛跑动。

有一个叔叔眼看着麻子爷爷不行了，跑进圈里要替换他。麻子爷爷用胳膊肘把他狠狠地撞开了。

牛在跑动，麻子爷爷在跑动，牛背上的亮仔突然吐出一口水来，紧接着"哇"的一声哭了。

"亮仔！"人们欢呼起来。孩子们高兴得抱成一团。亮仔的妈妈向亮仔扑去。

独角牛站住了。

麻子爷爷抬头看了一眼活过来的亮仔，手一松，牛绳落在地上。

他用手捂着脑门，朝前走着，大概是想去歇一会，可是力气全部耗尽，摇晃了几下，扑倒在地上。有人连忙过来扶起他。他用手指着不远的草垛，人们立即明白了他的意思：他要到草垛下歇息。

于是他们把他扶到草垛下。

现在所有的人都围着亮仔。这孩子在妈妈的怀里慢慢睁开了眼睛。妈妈突然把他的头按到自己的怀里大哭起来，亮仔自己也哭了，像是受了多大的委屈。人们从心底舒出一口气来：亮仔回来了！

独角牛在一旁"哞哞"叫起来。

"拴根红布条吧！"一位大爷说。

这里的风俗，凡是在牛救活孩子以后，这个孩子家都要在牛角上拴根红布条。是庆幸？是认为这头牛救了孩子光荣？还是对上苍表示谢意而挂红？这里的人并没有一个明确的说法，只知道，牛救了人，就得拴根红布条。

亮仔家里的人，立即撕来一根红布条。人们都不吱声，庄重地看着这根红布条拴到了独角牛的那根长长的独角上。

亮仔已换上干衣服，打谷场上的紧张气氛也已飘散得一丝不剩。惊慌了一场的人们在说："真险哪，再迟一刻⋯⋯"老人们不失时机地教训孩子们："看见亮仔了吗？别到水边去！"人们开始准备离开了。

独角牛"哞哞"地对着天空叫起来，并在草垛下来回走动，尾巴不停地甩着。

"噢，麻子爷爷⋯⋯"人们突然想起他来了，有人便走过去，叫他，"麻子爷爷！"

麻子爷爷背靠草垛，脸斜冲着天空，垂着两只软而无力的胳膊，合着眼睛。那张麻脸上的汗水已经被风吹干，留下一道道白色的汗迹。

"麻子爷爷！"

"他累了，睡着了。"

可那头独角牛用嘴巴在他身下拱着，像是要推醒它的主人，让他回去。见主人不起来，它又来回走动着，喉咙里不停地发出"呜呜"的声音。

一个内行的老人突然从麻子爷爷的脸上发现了什么，连忙推开众人，走到麻子爷爷面前，把手放到他鼻子底下。大家看见老人的手忽然控制不住地颤抖起来。过了一会儿，老人用发哑的声音说："他死啦！"

打谷场上顿时一片寂静。

人们看着他：他的身体因衰老而缩小了，灰白的头发上沾着草屑，脸庞清瘦，因为太瘦，牙床外凸，微微露出发黄的牙齿，整个面部还隐隐显出刚才拼搏着牵动独角牛而留下的痛苦。

不知为什么，人们长久地站着不发出一点声息，像是都在认真回忆着，想从往日的岁月里获得什么，又像是在思索，在内心深处自问什么。

亮仔的妈妈抱着亮仔，第一个大声哭起来。

"麻子爷爷！麻子爷爷！"那个力气最大的叔叔使劲摇晃着他——但他确实永远地睡着了。

忽地许多人哭起来，悲痛里含着悔恨和歉疚。

独角牛先是在打谷场上乱蹦乱跳，然后一动不动地卧在麻子爷爷的身边。它的双眼分明汪着洁净的水——牛难道会流泪吗？它跟随麻子爷爷几十年了。麻子爷爷确实锯掉了它的一只角，可是，它如果真的懂得人心，是永远不会恨他的。那时，它刚被卖到这里，就碰上一个孩子落水，它还不可能听主人的指挥，去打谷场的一路上，它不是赖着不走，就是胡乱奔跑，好不容易牵到打谷场，它又乱蹦乱跳，用犄角顶人。那个孩子当然没有救活，有人叹息说："这孩子被耽搁了。"就是那天，它的一只角被麻子爷爷锯掉了。也就是在那天，它比村里人还早地就认识了自己的主人。

那个气力最大的叔叔背起麻子爷爷，走向那片林子，他的身后，是一条长长的默不作声的队伍……

在给他换衣服下葬的时候，从他怀里落下一个布包，人们打开一看，里面有十根红布条，也就是说，加上亮仔，他用他的独角牛救活过十一条小小的生命。

麻子爷爷下葬的第二天，村里的孩子首先发现，林子里的那间茅草屋倒塌了。大人们看了看，猜说是独角牛撞倒了的。

那天独角牛突然失踪了。几天后，几个孩子驾船捕鱼去，在滩头发现它死了，一半在滩上，一半在水中。人们一致认为，它是想游过河去的——麻子爷爷埋葬在对岸的野地里，后来游到河中心，它大概没有力气了，被水淹死了。

它的那只独角朝天竖着，拴在它角上的第十一根鲜艳的红布条，在河上吹来的风里飘动着……

箍桶匠

一

GU TONG JIANG

　　这地方上出木匠，且又将木匠分为两类，一类谓之"方木匠"，一类称作"圆木匠"。方木匠专事直线活，常闭上一只眼来瞄线，如做门、做窗、做桌子甚至做棺材等。圆木匠则长于做有弧形的活，如木桶、木盆、木舀子等，他们用的是圆刨、圆凿。圆木匠又被叫作"箍桶匠"。这种叫法，也许更接近圆木匠工作的实质。因为，从某种意义上讲，圆木匠的本事全在那几道箍上。

　　不知什么缘故，北方是很少见到箍桶匠。这或许是北方天气干燥，木头容易收缩而生缝隙，木盆之类则要发生漏滴现象，故不宜用此类家什。又或许是北方人干脆就不喜欢木制的盆桶。反正江浙一带人家都喜欢用。有些地方，无论是哪一位姑娘出嫁，娘家的嫁妆里，必不可少一套漆得很有功夫的木制盆桶之类。不同的仅仅是在那道箍上,有竹篾箍,有铁条箍。高级的是铜箍,擦得很亮,与漆光交相生辉,倒也能生出几分豪华的贵族气派来。你到南方的一些小城小镇,便会常在小街小巷里碰见那些把扁担晃悠得"咯吱"有声的箍桶匠,并能听见他们嘹亮、高亢、肆无忌惮的喊声:"箍桶哟——!"

阿四是一个很棒的箍桶匠。

阿四家在乡村,生于斯,长于斯,却从不在乡村做活。因为阿四的手艺出类拔萃。那些出现于乡村小道、走村串乡、有气无力地吆喝的箍桶匠,无疑都是些蹩脚货。他们的手艺只配对付乡下人,是断然拿不到苛刻的城里人面前去的。阿四当然不能跌下身份,与他们那些蠢东西为伍。即使在家里晃二郎腿歇着,也绝不在乡下做活。偶尔谁家有幸得了一件阿四做的木盆或木桶,主人便总要扬扬得意地炫耀邻里:"这是阿四的手艺!"阿四只肯为城里人做活。他难得在家,一年里至少有大半年在城里生活。因此,阿四也至少算得上半个城里人。他在乡下人面前,自然就有了几分矜持、几分傲气、几分优越和几分雍容大度的大人物的气概。尽管他身材矮小,且又背驼得很不像话,但这并不妨碍他觉得自己比这地方上的一般庄稼人要高大些。

"你们知道什么!"他常用这样的口气与他的乡亲们说话,样子傲慢得很。其实,他也未必就一定知道什么。

他极现实地赞美着城里的生活:"夜里玩牌玩饿了,到馆子里来一碗阳春面,切五角钱猪头肉,真快活得没地方抓痒呢!电影院、戏院好几个,有古装戏,有打仗的电影,想看什么你就看什么。城里用水都比乡下方便,龙头一拧,水哗哗的,不像乡下,拎桶水要跑出三里地。城里人家晚上都要洗脚,干净……"他能一口气至少说出城市的十大好处来。说狂了,他免不了要数典忘祖,全然记不得他的祖辈们都是乡下人,而以城里人自居,"你们乡下人……"他把自己从乡下人的队伍里划出去了。那不可一世的口气,那四下飞溅的唾沫星,那发亮的眼睛,那副狭肩一耸一耸、鼻子一皱一皱的派头,都让人觉得那城就是他阿四的,城里的一切都有阿四的记号,他可以到任何一个大饭店去可着劲用餐,到任何一个大宾馆去随意下榻。

他总是轻描淡写地吹嘘:"其实,我也挣不了多少,只不过干半天玩半天,总比你们干十天半月挣得多。"他老婆却总是怕人要分他的钱,逢人就抵制:"信他吹呢!才挣几个大钱!活见他妈的鬼!"于是,他对老婆很不满意,梗着瘦脖子:"我也没偷人家抢人家的,瞒什么!"瞅见老婆不在,他赶紧慷慨地在片刻工夫里把一包烟分得一根不剩。那些舒舒服服抽着烟卷的人,从心里认定,阿四就是有钱。

只有二黑子不这样认为。二黑子高中毕业,连考三年大学,每次都名落孙山,也就只好委屈着伺候田禾了。因此,常有怀才不遇的悲凉心境,老给人摆出一副郁郁不得志、孤傲不群的姿态。他坚持说:"阿四算什么城里人!"他似乎对阿四在城里的生活十分了解,便偏不给阿四面子:"他在城东住着。那也叫房子?只不过是在人家廊下搭了一个狗窝一样的小棚子。即使这样,他每月还得交人家两块钱的。那回,我进城挑粪,亲眼看到的,阿四在饭馆里吃人家剩下的鱼尾巴。"他甚至揭露了一件阿四在城里的丑闻:"阿四偷人家工厂里的铁条做箍,被人家捉住了,扣押了他的箍桶担子,他像孙子一样央求人家,就差没磕头了,最后罚了他五块钱,才把担子还给他。他都快哭了，可怜巴巴的。城里人瞧得起他吗？他也算城里人？哼！哼！哼哼！"

二黑子的话并没有抹黑阿四。因为阿四可以分烟，他二黑子做不到。

阿四骨子里实际上并不喜欢城里人，与他们有许多格格不入的地方。首先他看不惯城里人的"精"和"鬼"。这地方上所说的"精"与"鬼"，就是北方人讲的"抠""抠门"，官话"吝啬"。"城里人精得伤脑筋！""城里人一个个都是鬼头！"对此，阿四尽他一个农民的智慧和狡黠，毫不留情地给予挖苦、讽刺和抨击："一个橘子分给八个人吃，一个人得一瓣，还让孩子细细吃，说吃多了不消化。""用鸡屁眼大那么一点儿的碗吃饭。""一块钱肉能弄出十七八个菜来。""你抱只老母鸡给他，他买两盒饼干答对你。"……城里的"精"和"鬼"之事实，简直举不胜举。一日，阿四率小徒弟到一户人家做澡盆，做到中午，主人家盘盘碟碟地摆了一桌，阿四以为主人自然会请他和徒弟吃饭的，没想到主人早打定了主意：我是给了工钱的，没有请你们白吃饭的义务，于是只顾自家人闷声不响地用餐。勺碟盘子的清音、吧唧的喝汤声、啃啮排骨时牙齿与骨头的碰撞声，以及食物通过喉咙发出的咕咚声，大大地伤害了阿四的自尊心。再不进行报复，他就枉做人了。他一边干活，一边给小徒弟讲了一个故事：

乡下蚊子跟城里蚊子相处得很好，你来我往，交情很深。一次，乡下蚊子说："天热了，我请你们到乡下好好吃一顿吧。"到了约定的日期，城里蚊子带了一大帮蚊子，"嗡嗡嗡"地都飞去了。乡下蚊子很大方，领它们到猪圈里吃了一顿，又引它们到牛棚，最后又引它们到人家里。乡下人穷,蚊帐破,城里蚊子钻进去大吃一顿,一个个把肚皮吃得圆溜溜的。完了,城里蚊子说:"老兄,什么时候我也回请你们到城里去吃一顿。"到了约定日期,乡下蚊子也带了一帮蚊子"嗡嗡嗡"地飞到城里去了。可是,城里人家门窗、蚊帐太严,到这一家进不去,到那一家也进不去,没吃的,乡下蚊子老大不快活:"你们搞什么鬼呀,一点吃的也没有。"城里蚊子过意不去,一想,有了。它把乡下蚊子领到城隍庙,那里有菩萨,又有罗汉,一个个又大又胖。"你们吃吧!"城里蚊子说。可是乡下蚊子叮了半天,也没叮进去,便议论开了:"城里人不肯出血。""城里人脸皮太厚,我们吃不动。"便都飞回去了。

这则含沙射影的故事,句句都让那家城里人听到了,但竟然毫不奏效。那位主人也许没有听出阿四的弦外之音,也许就真的"脸皮太厚",依然"不肯出血",继续心安理得地大吃,直吃得额上汗淋淋的,眼珠子涨凸了出来,最后一家子连连心满意足地打饱嗝,并将残羹剩菜通通撤回厨房。

阿四瞧一眼徒弟,哼起"快活调"来了。见身边没有主人家的人,他一使眼色,小徒弟麻利地把五六块上等的桶料塞进了箍桶担里。那木料是从木头中间削出来的,一块少说也值一块钱。这还不够,临了上箍时,阿四故意把箍松了点儿。出了门,他对徒弟说:"鬼头,让你洗澡,水都漏尽!"

何止是看不惯城里人,他简直有点儿仇恨他们。看来,城里人一定有诸多不恭之处,把阿四的心伤得太狠、太深了。一个丑陋的、沿街叫唤的箍桶匠在城里人眼中值几文呢?当然,阿四一般不会向乡亲们诉说他那些被城里人捉弄或是丧他人格的故事的。他重面子。他在乡下人面前，永远是出人头地的、高贵的。但暗地里，他一定要不动声色地向城里人显示他一个农民、一个乡下人的价值和自尊、聪明和人权，使城里人要看到他的颜色。有时，他近乎刻毒了。

那天，他到地里去灌水，挖开缺口后，便坐在田埂上守着，就听有人叫："那位大爷!"他抬头一看，一个女人站在独木桥头不敢走过来。"大爷？叫大爷干嘛？"阿四心里说，拿眼打量那女人。"细皮嫩肉的，是城里人!"阿四不予理睬，依然看他的缺口。

"大爷……"这女人的声音很温柔，并含有一丝乞求的意味。

"大爷"阿四站起身来，走到河边上，把两只胳膊交叠在胸前，一言不发，只望着那胆小的女人。"你个城里女人，闯到我们乡下人的地面上来了!"阿四心里狠狠地想，并为获得这次机会而庆幸，那脸相说：也有碰到我手上的一天!

"我过不去桥。"

"把你高跟鞋脱了，光脚丫子。"

那女人脸臊红了。

阿四走过桥去，把手伸给那女人："搀你。"

那女人犹豫了一下，只好把手伸过来。阿四见过无数城里的女人。"城里女人就是比乡下女人漂亮。"对此，他坚定不移地坚持这种看法。但，他还从未有幸接触过任何一个城里的女人。"那手像面捏的，又细，又软。"事后，他向人们说，一副满面春风、三生有幸的陶醉神态。他真坏，把那女人搀到独木桥中间，突然把她的手松了，撇下她，独自一人走回岸上。那女人像走在钢丝上的一只母鸡，摇晃着身体，眼看控制不住了。只好不顾体面地蹲下，用两手扶住独木，样子十分狼狈。她颤颤抖抖地:"大爷,你……"

"大爷"坐到田埂上看他的缺口去了。幸亏不久来了一只船,驾船的老头帮了那女人。

阿四是得罪不起的,但城市显然把阿四得罪了。阿四绝不肯宽恕他们。"我是谁!"他想让全世界都知道他阿四。这种对城里人耿耿于怀、不共戴天的情感,一直毫无理由地扩大到比他身份高贵的一切人身上。他顽梗地要与他们作对。"我要让你们认识我阿四大爷!"

这天,他挑着箍桶担子往城里去,心里大为不快。早晨,他把担子挑出门一块地远,忽然想起进城要走三十几里,路上不便,又转身回来蹲茅房。等完了出来,看见二黑子像挑花篮一样在田埂上耍玩他的箍桶担子,立即恼怒如挨了鞭抽的公牛。阿四不是一般的箍桶匠,阿四是有传统、有规矩、有各种各样讲究的正宗地道的箍桶匠。过年,他要极为虔诚地向箍桶担进香,并把"福"字贴到担子上去。早晨挑担出门,别人不能随便叫他(叫他就要让他做活,不做活叫他,等于是向他预示今天的生意做不成),更不能与他说一些荤话(那会激怒扁担神)。而最不能容忍的是别人挑他的担子。一大早上有人挑他的担子又尤其不能容忍。那意味着他对自己的担子不虔诚,玩忽职守,要沾上晦气。换上另一个人耍玩这副担子,他也许还能容忍,偏偏又是二黑子。在阿四看来,二黑子是很可恶的。"×高中生!"阿四是不大瞧得起这个小知识分子的。"我大学生还见过几箩筐呢!我还给一个博士的老婆箍过洗脚盆呢!"阿四虽不识字,但他认定了,识字的人不一定比不识字的混得好,二黑子就是一例。"什么东西!"阿四不把二黑子放在眼里,并对他的"酸相"表示由衷的蔑视。他"呼哧呼哧"地冲上去，一把夺下扁担，继而一声不吭，用眼睛恶狠狠地盯着二黑子，随后往地上啐了一口，说了一句很毒的话："我早晨没有洗脸！"（意思是遭鬼迷了）这使小知识分子二黑子非常尴尬，事后在笔记本里奋笔疾书，写下了这样的句子："阿四，这条丑恶的猪猡，朝我的自尊心上狠狠地插了一把刀子，我的心在流血！"并写出了两泡羞辱的泪。阿四才不管二黑子的自尊心，挑起担子，故意突然将扁担换到另一个肩上，那担子便旋转起来，又不轻不重地打了一下二黑子。这依然没有使自己心情好转，一路上窝着火，并诅咒二黑子"找不到婆娘！"以前曾有媒人说媒，让他把女儿嫁给二黑子。现在，这事正好让他嘲弄二黑子："也不尿泡尿照照，嫁你？扔下河也不嫁你！"

前面来了辆吉普车，鸣着喇叭，示意他让路。

在这种情绪之下，更容易使阿四把那种乡下人的傲气和"平起平坐"的平民精神顽强而可笑地表现出来。"凭什么我要让路！"他稍稍踟蹰了一下，挑着担子，踏着小步，很快地朝前走去，任喇叭鸣叫，死活不肯让路。

吉普车在离他两米远的地方被迫一下刹住了。刹车声尖厉刺耳，把阿四吓得心抖索了一下，但脸上绝无恐惧，镇静得叫人不敢相信。

从车上跳下驾驶员："你长耳朵没有？"

阿四放下担子："问谁哪？"

"你！"

"你眼瞎了！你对着人就开过来了！"

"你他妈眼瞎了！"

阿四抽下扁担："你个婊子养的，胆大！"

驾驶员抓住扁担,两人就扭打起来。

路边地里有很多人干活,扔下家伙,嗷嗷乱叫,斜横里跑上公路来看热闹。他们并不劝架,只是围着,叫着,跳着,拍屁股,拍巴掌。不可思议的是,这些庄稼人一律都歪在阿四一边,为他呐喊,为他助威。对吉普车以及吉普车上的人,他们莫名其妙地有一种反感和仇恨。有两个人作劝架状,但实际上与阿四合着力量巧妙地在暗中给驾驶员以打击,驾驶员只能靠着车身招架了。

"婊子养的,打不死你!"阿四叫着,"你也不认认老子是谁!"

车里又下来一个书生模样的人:"你们别打了,这是周县长的车!"

周县长下车了。

围着的人往后撤去,只有阿四坚如磐石地立着,绝不动摇。阿四就是阿四。阿四是见过世面的,是有胆有识的。阿四怕什么?阿四阎王老子也不怕!

周县长毕竟是周县长。他不能混同于戴白手套、架墨镜的驾驶员,他得有涵养和气量,得有一个父母官的宽厚和大度。他走上来,极符合身份地把手放在阿四的肩上:

"我的车没有碰着你吧?"

肩上这只没有一点分量的手,却使阿四感到有点儿气虚了,但嘴还是十分的英勇:"碰我?碰碰看!"阿四竟然对周县长吹牛了,"我学过气功!"

人群中挤出一个大队书记来,认出了周县长:"这不是周县长吗?"随即问阿四,"你为什么不让道?"

"为什么要让呢?"

"这是周县长的车!"

"哦,原来是这样。"阿四把扁担一头搁在一只桶上,在扁担上坐下,并翘起腿,"县长是人,我也是人。他当他的县长,我箍我的桶;我做不了他的县长,他也箍不了我的桶。我俩没有高低。凭什么我就要让他呀?"

大队书记:"大胆!阿四,你有多大本事,好跟周县长比?啊?!"

阿四极有风采地把胸脯一拍:"不是我阿四吹牛皮,对面河边有一只粪桶,我只要在河这边瞄它一眼,在河这边打一个箍,你们拿过去,若不正好箍在它的肚子当中,大了,小了,你们把我脑袋拿了去当便壶。"

这就使他的同伙们也不敢相信了:"这阿四把牛皮吹得太大了。"

周县长笑了起来:"你真能吗?"

"泰山不是堆的,牛皮不是吹的。"

这周县长很乐于平易近人。跌下身份,跟百姓们开个玩笑,打个赌,也许更有县长的风度。于是便说:"好,我见识见识。"

阿四听不出这是好话还是坏话,直愣着。

周围的人怂恿他:"阿四,你可不要说空话。""阿四,露一手!""阿四,来呀!""来呀!"……

阿四"哗"地揭开桶盖,拿出一根篾条来:"人闪开!"

人闪开。

阿四坐在桶上,朝对岸的粪桶瞄了瞄,眨眼间打了一个篾条箍,扔在地上。

有人把那只粪桶拿过来,将篾条箍往粪桶上一套,果然不大不小正好箍在粪桶中间。众人先是一片寂静,随即大哗。

周县长一拍阿四的肩:"了不得,了不得!我没想到我们县里有这么一个箍桶匠!"转身叫道,"李秘书。"

"在这里。"

"你把我家的地址留给这位师傅。"又问阿四,"请您帮我箍两只桶,怎么样?"

"只要你瞧得起我。"

"小王,"周县长叫驾驶员,"我们应该给他让道。"

"哪能叫县长让道。阿四,还不快把你的担子挪开!"大队书记说。

阿四心里想这样,可又怕众人笑话他,亏得有人过来帮他拿开担子,给了他台阶下。

吉普车绝尘而去。

"这周县长人好!"

"瞧人家县长!狗日的驾驶员反而凶神恶煞的。"

阿四不屑于与他们议论这些,挑起担子,看也没看那些庄稼人,步伐稳健地朝城的方向走去。等离人群远了,他掏出那个李秘书给他留下的周县长的地址。他不识字,但却把那张两指宽的纸条翻过来倒过去地看。他有点儿受宠若惊了。他又哼起快活调来,二黑子给他的不快顿时荡然无存。

这次具有古代传奇色彩的狭道相逢,是珍贵的。

阿四尽管说了很多羞辱城里人的话，但却又是极愿意自己的女儿进城做工的，无奈自己只是一个箍桶匠。他常常想到这一点，又常常尖刻地讥诮自己："做梦呢。"他认定这是奢望。没想老婆突发奇想："你就不能请周县长帮个忙，把两个丫头弄一个进城?"老婆讲这话，多半是无聊极了寻开心的，可阿四却真的活动起这个念头来："我给周县长做了整整两天活，那活做得让周县长一家子叫绝。早早晚晚地加起来，我和周县长聊天足有一个半小时。我们两个谈得来。他还给我说笑话，说一天一个瞎子碰到一头驴子……干完活那天晚上，他跟我一人一面对喝，还和我碰杯，少说三回。我们有交情。"于是不久后的一个早晨，人们看到阿四肩扛一只米袋（刚收下的新米），右腋下夹着一只老母鸡，左手拎一篓鸡蛋进城了。

周县长答应"在可能的情况下"可以帮他这个忙。

随即，阿四家充满了紧张欲爆的气氛。大女儿和二女儿都争着要进城，先是嘀咕，后是吵嘴，再后来索性互相打将起来，一个一把揪住对方的头发，一个两手抓住对方的衣领，在茅庐中，像两位交手后难分胜负的武林女侠在地上转动着，嘴里互相恶狠狠地说："让你进城去享福！"阿四拍桌子呵斥，骂"狗日的"，也全然无济于事。最后只好气哼哼地去请丫头们的舅舅。这地方上谁家发生内讧，总是请舅舅，舅舅是最高裁判。舅舅裁决的结果是："上茅房还论个先来后到，大丫头去。"

大丫头去了。工作是帮助屠宰场拔鸡毛，计件工资，每只一角，一天能收拾十五六只。这份薄酬对于一个乡下丫头来说，也就够令人情绪亢奋和感到幸福无疆了。

阿四的想象力变得异常丰富了：两个丫头，城里一个，乡下一个，我城里住半个月，乡下住半个月；城里待烦了，去乡下，乡下住腻了，去城里；城里有城里的好处，乡下有乡下的好处，我都占；我想喝酒，有酒喝，想看戏，有戏看，想怎么着就怎么着；再挑几年箍桶担子我不挑了，我阿四也是个有福之人！

走在众乡亲面前，阿四觉得又高大了许多，烟卷扔得也就更慷慨了。有几个人家有人在城里工作呢？城里！当然，对女儿具体干什么工作，他守口如瓶。拔鸡毛——这不好听。有人追问，他便会机智地将人的思路岔开去。"管它干什么，反正是在城里工作。"

但，阿四绝没有因为家里有了城里人而"忘本变色"。他对城里人的讥诮永远充满兴致和热情。

一群人在地里干活。阿四挑着箍桶担子回来了。他把担子搁下，坐在扁担上。像吃惯了食的鱼们，人们从地里纷纷走到田埂上，来接受阿四的烟卷。这已成为一种习惯。

"阿四，又有什么新鲜事？"

阿四每次总能有新的谈料："真让人发笑！前天，我去剧场看戏，看完了，来了一群警察，叫穿裙子的女人都留下。你们猜干什么？检查！检查里面有没有穿裤衩……"

"听说城里女人都是光屁股穿裙子。"

几个凑热闹的女人捂着嘴咯咯地笑。

阿四说："你们以为这是假的？真的！后来一查呀，十个有九个是光屁股。罚款！让家里人送裤衩来领人。"

男人们也笑了。

"凉快。"

"舒服。"

二黑子马上就来一条新近从书上学来的歇后语:"光屁股穿裙子——与人方便与己方便。"

于是,男人女人一起大笑。甚者,笑得死去活来。

远远地走来一个穿裙子的姑娘。

于是,全体男人和女人把这个姑娘当作活靶子,进行了极有创造力、极有快感的形容、嘲笑和挖苦。笑声此起彼伏。其中两个女人笑得趴在了地上,一个男人笑得口涎垂垂。

阿四不大笑。阿四不比他们这些粗俗的人。但心中暗暗为自己的讲话才能和能给他人带来快乐的品质而自愉、自得、自足。

人们的笑声渐渐稀落下来,后来像刀切一般,全都同时打住。

阿四脸上的表情一时来不及收回去,凝在了脸上,一副窘相。

走来的正是城市姑娘——阿四的大丫头。那艳丽的红裙子,如一团烈火,熊熊地滚动而来,灼人眼睛。大丫头虽说进城时间不长,但一踏上乡间野路,便冒出城里人的清高之气,不太容易把乡下人放在眼里。奶油色高跟鞋,加上这条裙子和那两条被城市闷白了的大腿,使乡下姑娘黯然失色。这一点,她从那些姑娘羡慕和忌妒的眼神中已经感觉到。往常嘴挺乖的大丫头,现在见了那些大伯大婶,居然不叫一声,只是一笑,从他们面前燃烧着过去了。

阿四把脑袋压到了两腿间。

大家都显得非常尴尬,偷瞧阿四。

二黑子忽然狂笑起来。

阿四立起,走过来,一把将二黑子嘴里的烟拔出,扔于地,用脚尖狠狠研磨,直至碎末。然后,挑起箍桶担走了,头也不回。

路上,阿四在心里挥舞着拳头,发狠要像拆一只旧脚盆一样,把大丫头"打散架"。他将担子从左肩换到右肩,再从右肩换到左肩,样子很像一位江湖侠客与冤家对头决斗前在运气。

然而,回到家中,他却并未发作。

自从大丫头成为城里人,毫无觉察之中,他对她似乎有了几分敬畏。大丫头一回家,他称她"宝宝",并问:"宝宝饿吗?"不等大丫头作答,便令老婆"给宝宝炒两只蛋去!"他不想偏心,可还是不由得偏心了,晚上竟让二丫头"给姐姐弄盆洗脚水!""把姐姐的洗脚水倒了!"后来二丫头终于起来捍卫自己的平等和尊严了,把眼一斜,走进房里,给他一个响亮的"咣当"关门声。对此,他也无由发火。他自己竟然给大丫头倒了两回洗脚水。

现在,他只冷冷地瞥着大丫头的裙子,没叫"宝宝"。

晚上,他埋头进餐,稀饭喝得特别多,满屋子"稀溜稀溜"声,直至胃不肯再容纳,才把碗掷在桌上,以示"老子今天有气"。

吃完了,他就睡,倒也很快就响起鼾声来。到了半夜,整个世界都一片静寂时,他却醒来,继续生起气来,并辗转不安。这气在他的血管里流窜,在他的太阳穴里跳动,在他的胸腔里鼓胀,真是"气不打一处来"。后来,他终于再也无法忍受,揭被而起,气哼哼地跳到地上。惊醒了的老婆问:

"老头子,你怎么啦?"

他从碗橱里掏出一个碗来,举起——可又放到桌上。继而,他大声嚷嚷:"她也学起城里人来了,穿裙子!"他努力要把大丫头嚷醒。

大丫头醒了,回嘴:"穿裙子碍你什么事?"

"你给我滚回来!"他把碗重新抓住,高高扬起,毅然决然地用尽全身力气将它掼在地上,瓷的粉碎声在静夜中十分清脆。

大丫头不加理会。

他气哼哼地上床了,嘴里不住地说着"你给我滚回来",只是声音渐弱,后来就又入睡了,呼噜声渐渐强烈起来。

半年后,大丫头真的"滚回来了"。不过,是人家让她"滚回来"的。

关于大丫头"滚回来"的原因,村里说法不一。有的说,大丫头是个临时工,有活干就干,没活干就请回了。有的说,大丫头被城里小流氓诱惑了,做了那种事叫人抓住了,让厂里开除了。还有的则说,大丫头手脚笨,做不来城里活,给辞了。二黑子不知哪来的消息,说大丫头正如阿四所言,光屁股穿裙子被发现后,认为有伤风化,给撵回来了。

"活该!"阿四道,"就知道你不会待长久!"

大丫头就哭。

二丫头就唱。

阿四一连半个月没挑箍桶担出门,只是待在家中,时不时地显出幸灾乐祸的样子,来一句:"回来好!"

可是一天早晨,二黑子叫了起来:"你们看呀!"

阿四肩扛一只米袋,右腋下夹着一只老母鸡,左手拎一篓鸡蛋,又进城去了。

1985 年 3 月 6 日于北京大学 21 楼 106 室

灰娃的高地

HUI WA DE GAO DI

一

灰娃家从曾祖父那一代,便开始衰败。

情形就像是一棵大树,那大树本来很高很大,枝繁叶茂时,竟能遮天蔽日。但不知是从什么时候开始的,这地下的水一天一天地枯竭,而天上又终年不见一滴雨珠落下,最后泥土板结到如石头一般坚硬,铁锹挖下去,几乎能碰出火星。树叶开始卷叶,然后变干,变黄,一阵干燥的大风吹来,那叶子,如成千上万只死亡的蝴蝶,纷纷坠落在尘埃里。随后,光秃秃的树枝又在人们不知不觉之中开始枯萎,一阵干燥的大风吹来,粗细不一的树枝"咔嚓咔嚓"

地折断，只落了一地的干柴等人去捡。虽说这棵大树并未完全死去，但树枝已经不住地脱落，树头不断地折断，到如今，只剩下了粗矮的一段树干，还有一两根细枝有点儿活气，在天空下，飘动着几片瘦弱的叶子。

许多年前，这座有一条长街的小镇，差不多有大半条街是属于灰娃家的。而现在，灰娃家还只剩下一座低矮的茅屋。这茅屋坐落在一条巷子的巷尾。它本是灰娃家的牲口房，门窗早已破损，墙壁到处是裂缝，到了冬天，尖厉的寒风从这些缝隙钻进屋里，直吹得灰娃家的人缩在薄被里瑟瑟发抖。

灰娃的老子是个跛脚。

跛脚老子经常喝酒，一喝就醉。醉了，就会抓住灰娃的胳膊，把他拉到门外，对他说："瞧见这些瓦房没有？瞧见没有？这一幢一幢的瓦房，早先都是我们家的！从你爷爷的爷爷那一辈，开始卖这些房子，一幢一幢地卖了出去。也不都是卖掉的，还有不少幢，是被他们……"

那时，跛脚老子的眼珠儿红得像黑暗中燃烧的烟蒂。

他颤抖着手，指着那些瓦房："是……是被他们硬……硬抢去的！"

有时，跛脚老子，会像小孩一样"呜呜呜"地哭起来。

"我们家，哼！早先我们家，是这镇上最风光的！"跛脚老子顿时满面红光，身子摇晃着，抓在手里的酒瓶，像钟摆一样摆动着。

灰娃总是疑惑地看着跛脚老子。因为，有一次，他对天鱼和黑葵说了一句"你们家的瓦房原先都是我们家的"，结果被他们拳打脚踢，狠狠地揍了一顿,并且得到严厉的警告:"以后,你要再胡说八道,就一定揍扁了你!"

当跛脚老子再一次喝醉,再一次向灰娃吹嘘昔日的荣华,而灰娃再一次疑惑地看着他时,他一把揪住灰娃的衣领,将他往镇子后面的那片荒野拖去:"你还不信!走,去看看我家的祖坟!"

灰娃赖着不走。

酒后的跛脚老子,力大如牛,由不得灰娃赖着不走,像拖一条不肯回猪栏的越栏放荡的小猪,硬是把他拖到了镇子后面那片荒野。

荒野早已是一大片坟场,无数的土坟,星罗棋布,一直延伸到远处的大河边。有一座超大的坟墓,恰如一座山头,矗立在那些大大小小的土坟中间,一番鹤立鸡群的神气。

"那,就是我们家的祖坟!"

跛脚老子指着那座大坟,对灰娃大声地说,浓烈的酒气从口中喷出,融入荒野清纯的空气。

"瞧瞧那些人家的坟,不就是一捧一捧黄土嘛!可我们家的祖坟是什么?是座山!"

跛脚老子坐了下来,将手中的酒瓶用力往浮土里一杵,顺手将灰娃拉到他身边坐下,接着滔滔不绝地向他诉说那些早已逝去的辉煌。他告诉灰娃,他们家曾经拥有过五条大船、七条小船、八头牛、五条驴、两个磨坊、一个商铺、房屋无其数、田地一直延伸到天尽头……

跛脚老子说到兴奋处,抓起酒瓶,仰面朝天,"咕嘟咕嘟"几口。

不一会儿,跛脚老子醉倒在了草丛里。

灰娃没有走开,依然坐在那里,眺望着远处的那座"山"。

有几只乌鸦，不时地从一棵老树上飞到一座坟上，又从坟上飞到老树上。一只野兔立直身子，机警地向灰娃看了看，放下身子，转瞬间消失得无影无踪。

跛脚老子的鼾声，在灰娃的身边声势浩大地响着。

太阳光强烈起来，荒野深处，天空下，空气开始微微地颤抖起来，并不时地闪耀着亮斑，坟场仿佛处在梦幻般的水帘里。那水帘，薄而透明，又像是冬季大河上刚刚结上的冰。

十三岁的灰娃，眼睛半眯着，目光里满是迷茫和疑惑……

二

灰娃是一个不很机灵的孩子，甚至显得有点儿呆头呆脑。他不太爱说话。说话时，显得很费力，脸都憋红了，憋大了，才说出几句话来。坐在教室里听课，双眼倒是瞪得大大地看着黑板，但很明显，老师讲的话，只是像风在他耳边轻轻吹过，并没有往脑子里去。他已留级两回了，坐在比他都要小两三岁的孩子们中间，高出一头，他感到很不自然，常常将身子缩成一团，像一条受了惊动的虫子。

镇上，所有的孩子都不爱搭理他——也谈不上爱搭理不爱搭理，在他们的感觉里，这小镇上，就好像没有一个叫灰娃的人。他只是他们脚底下的一块石板,天天在上面走,却又总不注意到它。

他只能待在他们旁边,或是跟在他们的屁股后面。他一旁看他们打架,看他们争吵,看他们躲猫猫,看他们翻墙入院偷人家树上的柿子;他跟着他们奔跑,他们欢叫时,他也欢叫,他甚至有时会跑到他们的前头,但不一会儿发现,他们往另一个方向跑去了,他又落在了后面。他们是一群鸟,一群一样的鸟,它们有它们的天空、大树,或飞或落,好像都有一个同一的心思。而他却是另一种鸟,甚至都不是一只鸟,而只是一片与鸟毫不相干的东西,一片树叶,或是被吹到天空或大树上去的一张破报纸。

他们本应一眼就能注意到他的,因为,他永远穿着这镇上最脏最破的衣服。

可是,他们眼里,就是没有灰娃。

灰娃把锅底灰抹在脸上,在街上跑,从东跑到西,再从西跑到东,倒也吸引了不少孩子观望,甚至还跟着他跑了一个来回,但不久,就对他失去了兴趣,回他们的世界里去了。

有一回,他爬到了砖窑的大烟囱上。那烟囱有三十米高,朝顶上看,就见飘动的云彩,都快要碰撞上了,只要想一想爬到最上面,心都会颤,双腿都会抖。

这一回,观望他的不仅有镇上的孩子,还有镇上的大人,烟囱下挤满了人。他们一个个仰望着他。

他往下一看,看到了无数亮闪闪的眼睛。

他盘腿坐在烟囱顶上,将双臂抱在胸前,面孔微微上扬,望着乱云飞渡的天空。

大人们呼唤他赶紧下来，孩子们则向他拍手欢叫着。

他没有很快下来，依然坐在烟囱顶上，那样子仿佛在告诉下面的人：我不下去了！

大人们终于失去耐心，或是回到各自的屋里，或是去忙要忙的事情去了。不一会儿，孩子们仅为一只被老鹰击伤的鸽子，"呼啦"，全都跑掉了——他们看到，那只鸽子，摇摇摆摆地飞了一阵之后，往镇东头的庄稼地里落去了。

烟囱下空无一人，只偶尔走过一条狗。

灰娃还坐在烟囱顶上。有个大人出门办事，一抬头见到他还在烟囱顶上坐着，对一个迎面走过来的人说："这小子还坐在烟囱顶上呢。"那人抬头看了一眼："摔下来能摔死！"两人对答着，各自往自己的方向走了。

傍晚时，他才从高高的烟囱上爬下来。

有一条狗蹲在那儿，好像在等他。

他决定把这条狗带回家。

这是一条小狗，灰黑色，很脏，很瘦。它不是这个镇上的，不知从什么地方流浪到了这儿。

他把小狗抱了起来，用脸蛋在它的脸上贴了两下，往家走去。

小狗很乖巧地待在他怀里。他心里很高兴。当小狗伸出软乎乎、湿漉漉的舌头在他的脸上舔了几下之后，他的鼻子酸溜溜的，眼泪差点儿流了出来。

第二天，他带上小狗走出了那幢低矮的茅屋，走出一条狭窄的长巷，走上了贯穿东西的长街。

仅仅一夜，小狗已与他混熟了，不住地迈动四腿，紧紧地跟着他。

他很有点儿得意，眼睛只看前方，绝不向街两边张望。

有几个孩子看到了，一时不知如何对待眼前这一情景，只是一声不吭地看着。

灰娃大摇大摆地走着，脚步声有点儿大。

小狗有时会暂时偏离他的路线，往街边走去，绕着一团破布嗅着，或跑到一个人家的门口，将前爪搭在门槛上，向屋里张望着。

灰娃就会喊一声："狗!"

小狗听见了，立即又回到了他的身后。

在灰娃领着小狗从街的西头走向街的东头时，坐在门槛上、双手抱着一只大碗在喝粥的黑葵就已经看到了。他不再喝粥了，而是将碗放在双膝之间，默不作声地看着。当灰娃领着小狗从街东头往街西头走时，他已早早地站在了街当中。

灰娃领着小狗走过来时，黑葵还主动往旁边闪了一下。等灰娃领着小狗走过他的身边之后，他又回站到街当中。他没有做出任何动作，只是望着挺着身子、头也不回地向前走去的灰娃和闪着细步跟在灰娃身后的小狗。

灰娃领着小狗已走出去四五十米远了。

"狗!"黑葵忽然叫了一声。

灰娃和小狗都回过头去。但灰娃只看了一眼黑葵，就又掉过头去。

小狗却一直向黑葵张望着，仿佛在辨认着他。

黑葵胖胖的，穿着一身干干净净的衣服，一边望着小狗，一边慢慢地蹲了下去，嘴里不住地唤着："狗！狗！狗！……"

灰娃发觉小狗没有跟上来，回过头来："狗！"

小狗惊了一下，立即掉过头去望灰娃。

"走！"灰娃说罢，掉过头去，继续往街西头走去。

小狗稍稍犹豫了一下，跟上灰娃。

"狗！"黑葵大声唤道。

小狗听见了，又转身面对着黑葵。

黑葵从口袋里不知掏出了什么食物，放在地上，一边用手指不住地点着地上的食物，一边唤着："狗！狗！……"

小狗回头看了一眼灰娃，向黑葵跑去。

"狗！"转过身来的灰娃狠狠地在青石板上跺了一脚。

小狗停住了，一会儿看看灰娃，一会儿看看黑葵，一副犹疑不定的样子。

"狗！……"灰娃和黑葵都在不住地唤着。

小狗在考虑着究竟走向哪一方。最终，它歉意地看了看灰娃，朝黑葵跑去了。

灰娃追了过来，但黑葵领着小狗，已进了他家的院子，并随即把院门关上了。

灰娃趴在门缝上往里头看了看，只见小狗摇头摆尾地跟着黑葵，心里很愤怒。他抬起脚，本想朝黑葵家的院门踢一脚的，不知是因为黑葵家的院门又高又大又结实，怕踢疼了脚，还是因为不敢，就又将抬起的脚放下了。最后，只是向黑葵家的院门吐了一口唾沫，扭头走了。

灰娃没有回家,往镇子后面的荒野走去了。

他在大大小小的土坟间穿行,最后来到了那座大坟跟前。

真的很高大呀!

他久久地仰望着大坟。

树上,有乌鸦叫唤。

灰娃爬上了大坟。当他站在大坟顶上,向前看去时,只觉得大地十分辽阔。他转动着身体,向四周眺望着。后来,他在坟头上坐了下来。他低头去看其他的坟丘,觉得它们是那么的灰暗,那么的荒凉,又是那么的渺小。他一撇嘴,讥讽地笑了……

三

只过了两三天,黑葵对小狗就失去了兴趣,将它赶到了门外。

但小狗在门外呜咽着,用前爪不时地抓挠院门,不肯离去。

黑葵打开门,吼叫了一声:"去!""哐当"将院门关上了。

灰娃正走到这儿,看见小狗可怜巴巴的样子,想再次收留它,就走了过去。可就在他打算将小狗抱起来时,小狗抬头看了他一眼,随即在他的胳膊上咬了一口。

灰娃立即扔掉了小狗。

咬得倒不算厉害，只留下两道血印，但灰娃沮丧极了，趿拉着一双破鞋，在青石板路上情绪低沉地走着。

不一会儿，黑葵从他的身边跑了过去，那小狗一路上跟着。黑葵几次转身轰赶，并大吼一声"滚"，小狗却缩着身子蹲在地上，见黑葵转身跑向前去，又厚皮赖脸地跟了上去。

前面有一个小小的广场。

今天星期天，那里已聚集了许多孩子。他们好像在等黑葵。

等灰娃慢吞吞地走到小广场时，孩子们已分成两拨，天鱼一拨，黑葵一拨。他们今天要玩"攻打"。所谓的攻打，就是一拨孩子守卫一座废弃的粮仓，另一拨孩子攻打粮仓。但因还缺一个人，两边的人数无法做到相等，这攻打一时还不能进行。他们一边在搜罗攻守的武器，一边在等待另一个孩子的走来。

走来的是灰娃。

但他们好像没有看到灰娃似的，依然在为缺一个人而焦急着。

灰娃在他们眼前晃动着。他讨好地向他们笑着。

孩子们的目光，要么等他走开时再往前看，要么就把目光转向另一边。

等了一阵，见没有孩子再走过来，担当攻打的黑葵说："我们少一个就少一个。"

黑葵的这句话刚说完，孩子们"呼啦"都跑向了小镇南边的粮仓。

小广场上，就只剩下了灰娃。

他看着有点儿懵头懵脑的小狗，轻轻唤了一声："狗！"那条小狗却毫不理会，"呼哧呼哧"地追赶孩子们去了。

《我曾经住过的海》

灰娃像一根木头立在那儿,眼睛看着粮仓的方向。那时,奔跑的孩子们身后是滚滚的灰尘。

那小狗在灰尘里时隐时现。

孩子们,还有小狗,终于消失了。

随即,响起热火朝天、汹涌澎湃的厮杀声。

其间,还有"哎哟哎哟"的叫唤声,很显然,有人被瓦片砸中,或是挨了一木棍。这种带有几分血腥味的叫唤声,让人感到很刺激。

过了一会儿,那小狗"哇哇哇"地叫唤起来,很痛苦。大概是因为它在孩子们脚下乱走,被谁一脚踩着了。

灰娃盼望它回来,但最终也没有看到它的影子。

厮杀声越来越激烈,好像攻打已到了白热化的阶段。受伤之后的叫唤声、呻吟声也越来越严重了。

灰娃禁不住向粮仓方向跑了十几步后停住了。过了一会儿,他用双手捂住双耳,掉转身往与粮仓相反的方向跑去。

他一口气跑进了那片坟场。

他爬上了他们家那座大坟,盘腿在坟头上坐了下来。

燥热而喧闹的夏天已经过去,现在已是秋天。秋天是多彩的,却又是宁静的。天很高,仿佛正一天一天地飘向无限的高处。也很蓝,是那种水洗之后没有一丝杂质的蓝。坟场周围的稻田已变成金黄色,此时,正在阳光下反射着金子一般的光芒。坟场的杂草正在枯黄,但却有一些要在秋天开放的花,东一丛西一簇地开放在杂草丛中。乌鸦们歇在树上,仿佛在考虑一个问题:秋天过去,便是冬天,树叶将全部落空,那时,我们该飞往哪里?

灰娃坐在坟头上，俯瞰着大地上的景色，心渐渐安静了下来。

不知是从什么时候开始，有南风吹来，那一个个立在稻地里的稻草人都活动了起来。展开的双臂上悬挂的草把或是破旧的芭蕉扇，在风中一个劲地晃动。

灰娃仿佛看到了一群孩子。这群孩子正跃跃欲试，要向他发动进攻。

他站了起来。

一眼望去，到处都是稻草人。

他冲下大坟，跑向稻地，跑向稻草人。他将这些稻草人接二连三拔了起来，然后分几次抱到了坟场里。有十多个稻草人，他或是把它们放在坟丘上和草丛中，摆出一副埋伏的样子，或是将它们斜插在泥土里，摆出一副冲锋的样子。这一布置，花了他很多时间。他回到大坟顶上之后，往下看了看，非常满意。他再一次冲上大坟，然后在坟场里搜罗一切在他看来可当成武器弹药的东西：碎砖、瓦片、石子、棍棒……他来回十几次，把它们都运到了坟头。

现在，他有足够的武器和弹药。

他冲着那些稻草人叫喊起来："有种的，就冲上来呀！"

随即，他开始对它们展开了第一轮的轰炸。当碎砖、瓦片击中稻草人时，他就会在坟头上跳起来欢呼。

几轮轰炸之后，他拿起一根木棍，像端一支带刺刀的长枪一般，从坟顶上冲了下来。嘴里不住地喊叫着："冲呀——！""杀呀——！"他或是用棍子的一头捅向趴在坟丘上的稻草人，或是挥舞棍子，将立着的稻草人打倒在地。

他的眼睛瞪得溜圆,目光里满是仇恨。而当他连连得手之后,快意浓浓地流露在嘴角和眼睛里。他的嗓子因呐喊,因奋力杀敌导致口渴嗓子冒烟,从而变得嘶哑。

在他认为他的敌人已全部被歼灭之后,他拖着棍棒,高傲地回到了坟头,然后他以胜利者的姿势,威风凛凛地站在高处,看着已经被他扫平的战场。

太阳很亮,空气里飘散着稻子成熟的香味……

四

从此,灰娃再也不在乎镇上的孩子们,他们有他们的世界,而他有他的世界。他的世界就是这片坟场,就是大大小小的坟丘,就是那座大如小山的坟,而那座大坟是他家的!

他或在坟丘之间埋伏、躬身穿行、突然立起冲向一座坟丘,或是端起一根棍子,当它是威力无穷的机枪,对下面的敌人——稻草人进行痛快淋漓的扫射,或是……这片坟场,被他想象成各种样子、各种情景,那些坟丘、那些稻草人,还有草丛、大树与乌鸦、野兔、狐狸,都会编织进他的想象。

在坟场,其乐无穷。

而最让他感到满足的就是坐在大坟的坟头,静静地傲视下面那些坟丘。

他有时能从早上进入坟场,一直待到月上梢头。这期间,他饿了,就在草丛里采一些野果子吃,或溜到不远处的瓜地、果园,去偷摘人家的瓜果。

这坟场,本是大人小孩感到阴森恐怖的地方,平常是很少有人走入的。当人们看到灰娃独自一人,毫无顾忌、整天待在坟场时,目光里越发有了异样的东西。当他从青石板街上走过时,就会有目光在门口或窗下无声地看他。

孩子们更是离他远远的,仿佛他身上有一股从坟场里带来的阴气。

秋去了,冬也去了,春来了。

说来就来,几夜春风,就把坟场吹绿,枯寂的坟场,在暖烘烘的阳光下,流动着一派生机。雄鸦们烦躁不安地鼓噪,在树与树之间、树与坟丘之间,不停地飞行,互相追击,有时竟打得空中黑羽乱飞。

灰娃会大声地呵斥它们:"吵死人啦,吵死人啦!"

它们只安静了片刻,便又开始鼓噪、打闹。

春天是一个各种欲望生长的季节。镇上的孩子们,想深入坟场看个究竟的欲望,越来越强烈了。这个平常他们从来不进入的地方,凭什么吸引了灰娃,使他整天待在这里?

这天下午三点多钟,黑葵他们出现在了镇子后面,大大小小的有三四十个孩子。他们几乎每人手里都操了一件东西,无非棍呀棒的。他们没有马上进入坟场,而是站在那里观望着。

灰娃立即紧张起来，但当他看到坟头堆积了大量武器弹药之后，悬着的心又放了下来，代之而起的，是一番得意：看吧看吧，我屁股坐着的是我们家的大坟！他看了一眼下面几乎多得数不清的小坟丘，嘴角流淌出一丝蔑视的笑容。

黑葵紧了紧裤带，抓着一根结结实实的木棒，回头看了一眼他身后的孩子，走向坟场。

紧跟在后面的是天鱼。

一支浩浩荡荡的队伍，行进在春天里。

灰娃开始警觉起来。他还看不见黑葵短而圆的眼睛，但却分明感觉到了他目光里的恶意。他抓住了一根他认为是最结实有力的棍子。

黑葵的队伍开进了坟场。

这里，除了十几个已经被灰娃击烂了稻草人，就是坟丘，再也没有别的东西了。他们实在看不出灰娃整天待在坟场的理由，每人的眼睛里不禁流露出疑惑。

他们把目光转向灰娃，这时，他们必须一个个仰起头来。灰娃竟坐在那样高的高处，这使他们感到很不舒服。

灰娃的面孔是朝天的，只是偶尔瞥他们一眼。

黑葵先是一副不屑一顾的神情，在坟场里胡乱地走动着，仿佛在告诉灰娃：我们只是来这里玩玩，与你无关，不是冲你来的，你算个什么东西呢！

但，装模作样了一阵之后，他终于没有耐心了，抓着棍子，直往大坟走来。

随着他们的脚步，灰娃抓握木棒的手，越来越紧。

他们一会儿就来到了大坟脚下。一会儿工夫,他们把大坟包围了起来。

黑葵在草丛里坐下了。

情形很像是一支军队包围一个高地,只等攻击的时刻了。

孩子们都坐了下来,谁也不说话。

大坟上,长满杂草,十分茂盛。其间,开着蓝的或黄的花朵。那花朵不大,却高出杂草,在风中无声地摇曳着……

五

天鱼低头看了一眼杂草,忽然叫了起来:"茅针!"

茅针是一种茅草的芯,可以拔出,如果它还没有长老,嫩嫩的,软软的,可以放入嘴中咀嚼,汁液很甜,是一种特别的甜。这里的孩子们,每到春天,就会到田埂上去寻找这种茅草,然后把它们的芯拔出来细嚼。因为孩子太多,那些茅针,很快就被拔完了。他们没有想到,这坟场里还有——不仅是有,而且还很多。

孩子们一下子兴奋了起来,一边在地上爬着,一边寻找着,找到了就拔,拔了就送进嘴里,然后一边嚼着,一边继续寻找着。

有个孩子很快发现,那座大坟上,到处长着那种可以拔出茅针的茅草。转眼间,就有很多孩子爬在了大坟上。

"坟是我家的!"

灰娃忽地站起来,并将手中的棒子冲着正在往上爬来的孩子。

孩子们一时被吓住了,纷纷退到大坟脚下。

黑葵用双臂把孩子们拉拨拉到一旁,望着灰娃说:"这大坟是你们家的,我们承认!可是,这又能怎么样?我们要拔茅针!"

"茅针也是我们家的!"灰娃说。

黑葵笑了笑,然后回过头,向孩子们一挥手:"上!拔!"

孩子们稍微犹豫了一下,又纷纷扑到大坟上。

灰娃突然从坟顶上冲了下来,手中的棒子抵住了一个孩子的胸膛,猛一用力,只见那孩子骨碌碌从大坟上滚落了下去。

其他孩子一见,又全都退回到大坟脚下。

黑葵和天鱼没退却。这时,他们想的已不再是拔茅针了,而是进攻——攻上坟头。此时,在他们脑海里呈现的,尽是电影中那些悲壮而惨烈的镜头:山头,或是高地,进攻,炮火,枪弹,不断地进攻,中弹,倒下,呐喊,前赴后继……

而站在高处的灰娃,闪现在脑海里的竟然也是这样的镜头。

黑葵看了看灰娃——以前,他从来就没有这么仔细地看过灰娃,然后在天鱼身边嘀嘀咕咕说了些话,天鱼在不住地点头。

他们退了下去,把孩子们叫到了一起,又嘀嘀咕咕地说了一通,很快,灰娃发现,他们已经分成了两拨,一拨由黑葵率领,一拨由天鱼率领,未等灰娃弄明白他们的心机,只见两拨人,一拨从左侧,一拨从右侧,同时向坟顶发起冲锋。

灰娃端着木棒,一会儿冲向左侧,一会儿冲向右侧。他出手很狠,在左侧,木棒刺中了一个孩子的裤裆,那孩子尖利地叫了一声,双手捂住了裤裆,"扑通"跪在了坟上。

几次俯冲,几次退回,灰娃发现,两侧的队伍越来越接近坟头了。他扔下木棒,开始使用碎砖与瓦片。他看也不看,一会儿向左侧倾泻出去一批碎砖瓦片,一会儿向右侧倾泻出去一批碎砖瓦片,显然有人被击中了,左右两侧都传来了"哎哟哎哟"的叫唤声。

黑葵与天鱼冲在前面,不断地朝他们身后的孩子挥手:"冲呀——!"

天鱼的面颊好像被瓦片击中了,正往嘴角流着血。

灰娃看到,他们手中的棍棒,像树林一般举在空中,并且马上就要击打到身上。

灰娃再次拿起那根木棒,将眼睛一闭,向从左侧攻上来的黑葵他们劈杀了下去,但立即有好几根木棒同时招架,他只觉得双手被震得又麻又痛,再想举起木棒劈杀时,却已被黑葵双手死死抓住了他的木棒。两人经过几番争夺,黑葵猛一拔,将木棒从灰娃手中拔出,灰娃的身子一时失去平衡,跌倒在坟上,骨碌碌滚了下去。

在灰娃控制不住地向下滚动时,有几根木棒打在他的身上,又有几个孩子顺势踢了他几脚。

灰娃滚到坟脚时,左右两侧的队伍,都已占领坟头。他们举着棍棒跳跃着,欢呼着。

那只小狗一直跟随着孩子们,这时也冲上坟头,随着孩子们的欢呼,"汪汪汪"地大声叫唤着。

六

灰娃忍着疼痛,从地上爬了起来。

他看到坟头上,有一双双瞪得圆溜溜的眼睛在看着他。他们的个头,一个个显得那么的高大。

他从被践踏的草丛里捡到了两块碎砖,一手抓了一块,突然向上冲去。

立即,有十几根木棒对准了他。

灰娃高高地举起碎砖,做出随时要把碎砖砍向对方脸上的架势。

站在最前面的孩子一见,不由自主地向后退去。后面站着的孩子,忽然受到挤压,向后倒去,一排压向一排,力量越来越大,站在最后面的孩子身子后倾,双手乱摆,终于倒下,"哗啦啦"滚下去一堆孩子。

一片混乱之中,灰娃趁机往上跑了两步。

但,上面的孩子很快又稳住了阵脚,七八根棍子又一齐指向了灰娃,并且做出随时俯冲而下的架势。

僵持了一会儿,几乎是在同时,灰娃往上冲来,而黑葵他们则往下冲去。当黑葵他们的棍棒一齐捅向灰娃时,灰娃手中的碎砖也已飞向了坟头。当棍棒一下将灰娃狠狠地推倒、灰娃滚向坟脚时,碎砖落在了坟头,像爆炸一般,坟顶上的孩子一哄而散,只见他们满坟乱滚。

碎砖居然落在了黑葵的肩上。他立即蹲在了地上，一边用手捂住锐利疼痛的肩头，一边龇牙咧嘴，愤怒地看着坟脚下还未爬起来的灰娃。

小狗蹲在黑葵的脚边，"汪汪汪"地叫个不停。

灰娃挣扎起来，他什么也没有拿，赤手空拳地又冲向了坟头。

黑葵霍地蹦起，还未等灰娃反应过来，就猛地向灰娃扑了过去，一下就把灰娃扑倒了，当然，他自己也跌倒了。他扭抱着灰娃，与灰娃一起滚落到坟脚下，经过几番扭打，黑葵终于制服了灰娃，并反剪灰娃的双臂，骑在了他的身子。

孩子们都冲上了坟头，向下看着黑葵和灰娃。

黑葵扭头向坟顶望去，大声地叫道："下来！揍这个傻瓜！"

孩子们愣着不动。

黑葵很生气："下来，揍这个傻瓜！"

面颊还在流血的天鱼，第一个冲了下来。

随即，挨打的和没有挨打的孩子也纷纷冲了下来。他们将黑葵与灰娃围在中间。孩子们很愤怒。他们万万没有想到，这个从来没有被他们放在眼里的灰娃，今天怎么变得如此凶狠！

他也太张狂了吧？凭什么！

这个穿着小镇上最脏最破的衣服的孩子，今天真的触犯了他们，这简直是不可饶恕的！

不可饶恕！

他们用脚踢他，用拳头击他，用巴掌扇他，用手指掐他，还下流地用手摸他的裤裆。

"揍！揍这跛脚的儿子！揍！揍这酒鬼的儿子！"黑葵的肩头又是

一阵钻心的疼痛,他抹了一把额头上的冷汗,向孩子们大声喊叫着。

殴打,挣扎;挣扎,殴打,灰娃终于一丝力气也没有了。他像一头受伤的小兽在喉咙里哼唧着,将十指抓进泥土里。

孩子们扔下了他,全都爬到了大坟上。

"脏拉巴几的!"

"穷拉巴几的!"

孩子们说道。

"他们家还欠我家肉钱呢,都两三年了!"说这话的是屠夫郑大的小儿子。

他们在大坟上屁股挨着屁股地都坐了下来,像一群秃鹫。

灰娃浑身疼痛地躺在草丛里。他好像一时忘记了这之前所发生的一切,用眼睛望着天空:有一群灰白色的大鸟,在天空下飞行着,缓慢,平稳,更像是滑行,一群麻雀不时地去干扰它们,但丝毫也影响不了它们的飞行……

坟顶上,孩子们唱起歌来。那些歌是小调,本来是由大人们唱的,现在由他们这群孩子唱出来,显得滑稽,不伦不类……

七

天鱼感到小肚子发胀,站起身来,解掉裤带,随即一股尿形成一道弧线，落在了坟上。这一形象使几乎所有的孩子都有了撒尿的欲望。他们一个个站了起来，纷纷解掉裤带。这一道道尿，却流向了同一个方向：灰娃躺着的那个地方。

尿液未被坟上的土全部吸收，数道尿液形成一道微小的水渠，不住地延伸，一直流到坟脚下，流到灰娃的身边。

灰娃手边的泥土开始变得潮湿，并很快变为烂泥。他没有立即抽回自己的手，任由他们的尿液从他的手指缝流过，流到他的身边。

孩子们撒完尿又坐了下去。他们要静静地在这高处坐一会儿。在此之前，他们中谁也没有登临过这座大坟。现在，他们要好好体味体味这一番感觉。

灰娃脑袋一歪，看到了自己的那根木棒竟在他身边不远的地方。他将手从被尿液泡烂的泥里拔出，慢慢伸向了那根木棒。他的眼睛依然看着天空，五根手指头，像五只小动物，向木棒走去。当他把木棒抓在手中时，并没有立即爬起来，而是反复地抓握木棒，仿佛仔细地在心中掂量着究竟抓握住木棒的哪一个部位为好。

终于握定。

他慢慢地爬起来，样子像一棵倒伏的禾苗得了阳光后开始有了挺拔的力量。他看了一眼坟头，嘴角似乎还荡出一丝微笑。

这一神情，让坟头上的孩子们不禁觉到了一份凉意。

灰娃摇摇晃晃地站了起来。

接着，他向前倾着身子，头也不抬地向坟头爬去。

孩子们纷纷站了起来。他们发现，坟头上已无一根棍棒，刚才都丢在了坟脚下的草丛里。

灰娃向前爬着，仿佛真的在爬一座山，而这座山上没有一个人。

有人要从坟头上向他冲下来，他没有看他们一眼，却突然摆出要用棍子劈杀的架势，使那几个准备冲下来的孩子收回了这番心思。

"守住!"黑葵大叫着，却不知为什么往后退了一步。按理说，这时，即使是他独自一人忽然冲下来，也能把灰娃冲撞到大坟脚下。但，他就是忽然地害怕了。

终于有个孩子从坟头捡起一块刚才灰娃砍来的碎砖，并立即砍向了灰娃。灰娃"扑通"栽倒在坟上。

所有的孩子都吓得面如土色。

只见灰娃抓着木棒，又慢慢地爬了起来：他的额头，一缕头发被鲜血粘住，紧紧地贴在额头上，两三道长短不一的细细血流，正缓缓地向下流淌着。他的眼珠子似乎是红的。

他抓着木棒，依然旁若无人地向上走着——走向他的高地。

孩子们在一步一步地后退，后排已有好几个孩子滚下了大坟。

灰娃的嘴角真的流露出一丝微笑。在临近坟头时，他仰起面孔，露出两排雪白的牙齿。

已在夕阳西下之时，乌鸦归来了，在空旷的荒野里发出几声有点儿凄厉的喊叫。

还在坚持的七八个孩子，也一下溃散了。他们在仓皇逃窜，在离开大坟好长一段距离后，才站住，然后转过身来看大坟。

灰娃稳稳地站在坟头上，不知是在什么时候，他撕掉了衬衫的一只衣袖，将它裹在了额头上。

鲜血还是从白布上渗了出来。

他脱掉了衬衫，将另一只衣袖缚在了木棒的端处，然后用力将木棒插进了泥土里。

晚风很大，他的衬衫在风中飘动，猎猎作响。

夕阳还剩半轮，血一样的红。阳光从灰娃的身后反射上来，使大坟和他的身影皆变为黑色。

孩子们已经看不清灰娃的面孔，但却又分明感觉到了他一双发红的目光。

天晚了，远处，镇里已有不少人家的大人在呼唤孩子回家，孩子们纷纷答应着，趁机一个个地溜了……

      2012年12月3日夜初稿于北京大学蓝旗营住宅
      2013年1月3日晚改定于北京大学蓝旗营住宅

十一月的雨滴

SHI YI YUE DE YU DI

一

母亲坐在轮椅上。我推着,在十一月薄而透明的雨幕里……

母亲的眼睛痴迷而固执地望着在空中飘动、摇晃着的犹如钻石一般晶莹的雨滴。我知道她想唱歌,然而,她已哑了。我还知道她想唱那首叫《十一月的雨滴》的歌,因为那是一首从此使她在歌坛上扶摇直上、也是她始终迷恋的歌。

我是有罪的……

我永远承认,我读初中的时候,曾是一个厚颜无耻的孩子。我学会了赌博——是在我的同学阿明家学会的。那几天，我正为期末考试考砸了而在心里烦恼不已。阿明说："管他呢！走，到我家玩去。"他哥正和一伙人关在屋里赌博。他们吞云吐雾，而门窗又都严严实实地关着，满屋子云山雾罩，立即让人感到迷迷蒙蒙，像是离开地面飘到了另一个世界。

应当说，我出生在一个高贵的家庭。我的父亲是鼎鼎大名的电影明星，而我的母亲也是名噪一时的女高音歌唱家。我跟下层社会少有接触，尤其是与这些生活在阴暗胡同里的人，更无来往。因此，我从未见过赌博。在一股战栗的好奇心驱使下，我和阿明插到了这群赌徒中间观望着。

我一辈子都要悔恨这次观望。

那场景的魔力太恐怖了，它会将任何一个意志坚如磐石的人拉进这罪恶的深渊。

赌徒们的眼睛都布满血丝，含着恐惧、贪婪、侥幸、企求和仇恨。每一个人对另外一个人来说，都是敌人。他们互相用阴冷的目光斜视着，当对方输了的时候，嘴角上就会爆出一个很残酷又很痛快的冷笑。在他们摸牌的时候，屋子里坟墓一般静寂，又像在远古的洪荒之中。他们有的颤颤抖抖、迟迟疑疑地伸手去抓牌，像是抓什么令人害怕但又抵挡不住它的诱惑的怪物。有的突然将手伸出，闪电般地抓住一张牌，又闪电般地将手收回，把牌紧捂在胸前。有的显得若无其事，满不在乎，无所谓，很安闲，像是在考虑一件跟赌博毫无关系的事情，然而，他的眼睛却瞒不过人，他的心一片焦灼。牌到手后，谁也不敢立即一下子全都看个究竟。有的将反扣在桌上的牌一张一张地翘起，不敢正视，侧目而看。有的把牌从胸前挪开，举到空中，将合着的牌，一张张地捻开，出现一个数字要花很长时间，就像守候彗星从天上经过一样令人焦急。有的，干脆将牌交给我和阿明：

"喂，小老弟，帮我看一下！"

看完牌，赌徒们都战战兢兢地沉默着，互相察言观色。那些眼睛都贼溜溜的，又黑又亮。他们企图从对方的脸上窥出牌数来。然后，他们就互相催促亮牌。终于有一个人突然把牌拍在桌子上，只听见茶杯在桌子上跳动发出瓷的清响。接下去什么情况都可能发生，或是他的牌压倒群芳，或是还有更大的牌将他击得稀里哗啦。赢者，顿时显得穷凶极恶，张开两只被汗弄得湿漉漉的手，像捕获猎物一般，从别人面前将钱一下子划拉过来。有的赢者在做这些动作时，一声不吭，显得老谋深算，阴险奸诈，似乎赢早在他预料之中，甚至还露出一点怜悯别人的神情。有的，则疯狂地喊叫起来，并站起，攥紧双拳，在空中乱捅。败者，或显出一副沮丧，或挫动牙齿，或把手放在桌面上弹打着，那样子，想要在下一盘置人于死地。

一盘比一盘紧张，一盘比一盘残酷。

我直看得心惊肉跳，满头大汗，浑身一股热流狂奔乱突，处于一种莫名的亢奋与激动之中，早把烦恼抛在了脑后。

屋里的空气越来越浑浊。赌徒们一个个像鬼似的在这烟雾里伸手、摊牌、滴溜溜地转眼珠。一个个居心叵测，满腹狐疑，又一个个充满一种恐怖的快感。没涉足过赌场的人，把头发揪断了，也是绝对想象不出赌徒们的喘息声的。他们能在很长的时间里屏住呼吸，像是静听从天边传来的一种微弱的福音，而一旦恢复喘息，则像一头被猎人追赶的穷途末日的野兽。有的长叹一声,使人有世界濒于崩溃的感觉。有时,他们的喘息声索性变得有点像快要进站的火车头,其声音粗浊,让人感到心在索索地抖。

赌场,千万别去。你会进入一个魔幻世界。你一脚踏进去,就别想再原样走出来。

我忽然有点发冷,说:"阿明,我走了。"

阿明却说:"我们'带驴'玩好吗?"

"'带驴'?什么叫'带驴'?"

"就是把几分钱押在一个人的牌上。他赢,我们也赢。你看谁的手气好,就把钱押在谁的牌上。"

我赶紧逃跑,却被阿明哥哥的朋友"牲口"一把抓住了:"来玩吧,我比你还小得多的时候,就当真玩了。"

阿明说:"我们反正也不动手摸牌,这也不叫赌博。"说完,他替我把一毛钱放在牲口的钱上。

牲口手气不错。我一毛钱都变成一块钱了,才慢慢从恐惧中清醒过来,知道自己此刻正在干什么。我心里还是想撤,可却怎么也迈不开脚步。一赢一输,一惊一乍,忽而紧张得心像用脚尖使劲地踢我,忽而又高兴得要跳起来,恨不能一头钻出房顶。一种从未经历过的刺激,把我弄得痴痴呆呆。我忘记了一切关于赌博的诅咒与禁令。赌博,是一股让人昏头昏脑、丧失理智的七月热风。赌博就像传说中吊死鬼手中那只引你入颈的美丽花环,它能把人的一切良知、道德弄得模糊起来,而勾引出一切沉睡在灵魂底部的恶之品质,并使你处于它的魔爪之下而动弹不得。

这种事，走了第一步，就会走第二步，并且不由自主、鬼使神差地朝黑暗深处一直走下去，头也不回。从此，我一发不可收拾。玩这玩意儿有瘾。我才理解，一个人为什么连戒烟都那么难。瘾，懂吗？瘾！如果我不干这种事，心里就觉得空空的。输了，我受不了。想把它捞回。赢了，使我像喝醉了酒的人，抓紧杯子不放还要喝。不管是输，是赢，其结果一样：煽动起我更大的欲望。尤其是在我渐渐摸到这门人生游戏的一些机关、诀窍、奥秘之后，我常常陷入了对一种智力角斗的欣赏所引起的令人陶醉的快意之中，便愈发地将心思一股脑儿用进去。

　　越赌越凶。

　　我才知道，原来赌博竟有那么多五花八门的方式。有文雅的，有粗鲁的，有修身养性的，有如同顷刻间要焚烧掉自己一样狂烈的。比如打麻将，这就比较高雅，一边品茗一边琢磨，慢慢地，流水样，输赢也不大。在碗里玩银骰子，脑袋碰脑袋，还把脚拿到凳子上，吆五喝六，就带了点匪气。滚"五七寸"，太土且又得在野外地上玩，扎眼。我当然不会去打麻将，那是磨性子的、老头老太太的玩意儿。也不喜欢玩骰子和滚"五七寸"。我爱玩扑克牌。起先是"带驴"，后来就独占一门，直接抓牌。单扑克牌一项就有数不清的玩法。起先是"百分""敲三家"，到了后来，我玩疯了，除了"火烧洋油站"，其他一概不玩。听听这名字，你就知道这种玩法有多么的疯狂。一人只抓两张牌，输赢只在眨眼之间，只见桌上的钱来来去去地不断易主。依我看，这种玩法比国外那种轮盘赌还要疯狂。由于输赢只是瞬息间的事情，赌起来那股狠劲也就越大。一场赌下来，不论赢的输的，皆精疲力竭，像被抽去骨头似的往下瘫，恨不能一觉睡去永世不醒。

我有时也想赶紧从中拔出来。可是不行，就像陷在泥淖里，挣扎不出来了，我也不想挣扎，随自己去了。瘾头上来，我就像人们说的那种大烟鬼一样不能控制自己，抓耳挠腮，坐卧不安。这种时候万一碰不着赌友，我就和阿明两个人赌一本书的页数。我突然把书翻开扣在桌子上，问对方翻开的页数是多少，误差里外不超过三。

大家一定觉得我堕落得可以了，很丑。是的，我承认。不过，这个世界上至少还有一个比我更丑的人——我亲爱的父亲！

二

对于父亲的形象，我无法形容，我只会说："绝对的棒！"

他从不演反面角色，从他出道的那一天开始，他就只演一些品格高尚、风度优雅、气度非凡、精神高贵的角色。他从不故意做戏，脸上总是那一副宁静的、古典式的表情。他一出现在银幕上，就似乎能给予观众很多东西。戏在他深沉的目光和极为干净、准确而又稀少的几个弧度不大的动作里。无论是生活中的形象，还是银幕上的形象，直到母亲变成现在这个样子，我也不得不在心里承认，父亲确实是这个世界上最漂亮、最有风度的男人。

父亲给数以万计的观众留下了深刻的印象。他们崇拜他。

那些日子，我的手气很糟，总是输，输得身无分文，还欠了牲口一笔钱。我急了，想一把捞回来。可是，他们不让我赌了："去你妈的，谁和你赌？找钱去！"我只好难堪地坐在一边。牲口用邪恶的眼睛看了我一眼："小子，你答应让我亲你妈一下，欠我的不要了，再借你一笔，怎么样？"

我把拳头捏得"格格"响，瞪着牲口的眼睛。我爱我的母亲。她是圣洁的。谁也不能侮辱她。我走过去，突然挥起拳头，砸在牲口的鼻梁上。他趔趄了一下，一拳把我打翻在地："小兔崽子，滚回去！你一天不把钱还给我，我就一天这么说！"

我带着屈辱，痛苦而仇恨地回到家中。

父亲的那件深咖啡色的风衣挂在衣架上。我故意不去看它，却迫使目光落在那架钢琴上。牲口的那对邪恶的眼睛又在我眼前像黑夜中的野狼一般闪动着。我闭起双目，可那对眼睛却又出现在我的脑海里。我的目光又情不自禁地慢慢地转移到那件深咖啡色的风衣上。我一步一步走过去。在离它三步远的地方，我不知站了多久。我听到了自己的急促的呼吸声。突然我猛扑过去，把手伸进口袋里——没有钱！于是，我就翻其他的口袋——除了一只信封，我只摸出几枚硬币。也许这信封里装着钱。我将两根手指伸进去，夹出来的仅仅是一张纸条。我失望地看着这张纸条，正欲将它扔掉，却看见一行文字。这件事将使我悔恨终身。

倘若我没有看见这行文字，也许，在我心目中父亲永远还是过去那个高贵的父亲，母亲今天也依然还在金碧辉煌的剧院里用她那圆润婉转的歌喉在歌唱，我的家庭仍还是一个无比温暖、一片明亮、充满诗意的家庭，我们一家还在温情脉脉地生活。然而，那行文字却像颗颗子弹对我的心房直射而来：

房间订好，滨河大饭店409室，15日晚上我等你。

莉莉

父亲欺骗了我们！

昨天，我从他们的房间经过，还听见父亲对伏在他肩上的母亲（我已长这么大了，但他们至今还常常像一对初恋的情人那样难舍难分）说："等我，过几天，我看完外景就回来。"我低头走过，似乎还听见他们接吻的声音。

莉莉——这就是父亲要看的外景。

如果我没有猜错的话，这位莉莉就是那位年轻漂亮的女演员。她常来我们家，见了母亲，会像燕子一样飞过来，搂抱着母亲的脖子，"大姐大姐"地叫，亲昵得实在让人感动。于是母亲就像接待一个天真无邪、活泼可爱的小妹妹一样，甚至亲自给她剥橘子，并常常把自己最喜欢的一方头巾或一只最时髦的小包赠送给她。

"外景"，父亲，一起耍弄了我们。

我可怜起自己来，更可怜母亲。我的母亲仪态优雅、娴静，谈吐举止都极有教养，更有一颗善良温柔的心。我相信，世界上像这样的母亲并不多见。她的声音纯净如银，歌声美妙动人。这种柔和的歌声却能轻而易举地净化人的灵魂。她对这个世界几乎不抱一丝疑惑，更未有过仇恨。她相信一切。当我从赌场回来后，我常常会在她真诚而又温和的目光下不敢抬起头来，而慌慌张张地溜走。她爱父亲，爱得有时候连我都有点不好意思。几日不见，她就会如一个十八岁的女孩出神地思念，静无声息地让她的思绪飘向远方。

母亲在我心目中，是一首诗，一汪林间湖泊，一枚使人感到清凉的橄榄。世界因为有了她，似乎变得干净了。

可是，我的父亲……我忽然觉得天地倾斜，日光黯淡，空气变得浑浊，眼前的一切变得影影绰绰，极不真实。

一种抛弃感裹紧了我的心。

我将那张纸揉成一团，狠狠地掷出窗外。

我斜倚在沙发上。有一阵脑子里只是一片空白，仿佛自己已经变成淡淡的烟雾消散了。当我慢慢地又感到自己还存在时，我觉察到冰凉的泪珠正向嘴角流来。一种前所未有的空虚笼罩着我的心。此时，我只希望赌博！赌场的诱惑力现在变得让我浑身发寒。我忽然从沙发上跳起，拼命朝门外跑去，我要赌！然而，跑了一阵，我停住了——我身无分文。不知为什么，我这时觉得捍卫母亲的名誉和尊严的欲望空前的强烈和不可抵抗。我简直容不得任何人对她有任何一点不恭的言辞。我几乎想到要把牲口杀死！我要还清他的钱，并且把他赢得一丝不剩，剥光他的衣服，让他可怜巴巴地像一条狗一样哀求我。

我又返回家中，到处寻找着钱。然而终于没有搜到。我只好耷拉着脑袋，像死人一样倚在沙发上。

不知是什么时候，有一个念头像火花一样在我心中爆炸开来。当时，我禁不住浑身发抖。也就在那时，我知道自己已经变得很坏了。我很害怕。我为我的堕落而感到伤心，想大哭一场。我走到门外，找回了那张纸条，将它铺开，抓在手中。我不能让父亲觉得他所干的事情，在这个世界上没有任何人知道，从而无忧无虑、逍遥自在。我一定要让他知道，他的事情现在掌握在一个人手里，而这个人就是他的儿子！为了母亲，我不能让他安宁。因此，我还渴望能得到足够的钱去赌场。

我静静地等候着。

父亲风度翩翩地回来了。

"怎么啦？"父亲的声音当然是难得的好听，音质纯真浑厚，极富魅力。他用手拍了拍我的脑袋问。

我不回答。

他转眼看见了衣架上的风衣。当他看到翻到外面的口袋时，他大概忽然想起了那封信，急忙跑过去。

我在一旁冷冷地看着他着急慌忙地翻遍所有口袋后的紧张表情——尽管他想使自己在我面前保持冷静，不失绅士风度。

我把那张纸丢在地上。我想，我马上就能欣赏到父亲的窘态。他从未有过窘态，这回我倒要看看，他这样的人发窘是什么样子。我无端地感到一种满足。然而父亲不愧是父亲，他用眼睛瞥了一眼那张纸条，惊诧和尴尬的神情一闪而过。他若无其事、神态坦然地从纸条上走过去，坐到沙发上，解掉领带，随手翻阅着画报，姿态万分优雅。

我很恼火，从心里嫉妒他的冷静和惊人的镇定，觉得自己非常蹩脚可笑。

他始终沉默着。

我不可能再指望他恐慌了。我等待不及了，用脚尖踢了踢那张纸。把它踢开，直到那行字完全暴露出来。我斜看了一眼父亲，他依然在很舒坦地看画报，无动于衷。我觉得自己忽然变得有点软弱无力。我预感到，如果再坚持一会，我就会被他镇住，于是我赶紧结结巴巴地说："给我五十块钱。"

"钱？"父亲放下画报，"干什么用？"

"有用。"我用脚尖又踢了踢那张纸。我当时的样子一定有点像个无赖。

父亲非常大方地从西装里面的口袋里掏出钱包，送到我面前："要用多少，自己拿。不过，像你这样大的年纪是不能乱花钱的。"他非常自然地想在我面前坚定不移地保持他是一个慈爱而严格的父亲的形象。

"你不能到社会上学坏。我和你的母亲对你都非常信赖。我们对你抱有很大的希望……"

父亲真是了不起，有一阵，他语重情长的话和他那副郑重、庄严、充满呵护的神态，几乎差一点就要抹掉他给我的虚伪形象，而觉得现在的父亲才是真实的，刚才只不过是做了一个噩梦，是脑子坏了之后的一番虚幻。我甚至为自己怀疑父亲的品格而感到内疚和不安。

我赶紧从钱包里取了一些钱，把钱包放到桌上。

他打开钱包，平淡地问："够吗？"他给我心理上的感觉是：他给我钱，与那张纸条毫无关系——而且这个世界上根本就没有什么纸条，我纯粹是胡思乱想。

我在他居高临下的气势面前，觉得自己非常渺小、卑微。

然而，当我再看到那张纸条时，父亲所做的一切努力就又立即破产了。我反而更加憎恶，并对父亲这种道貌岸然的表演感到一种难忍的恶心。我把钱揣进口袋，从那张纸条上踏过，朝门外逃去。

就这样，我和父亲在一字不提那张纸条的情况下，做了一笔肮脏的交易。尽管他曾企图给我造成我们之间并没有做任何交易的印象。五十块钱，使我参与了"外景"和父亲对母亲的共同欺骗。一种罪恶感压迫着我，使我感到自己非常卑鄙。我想使自己忘掉这些，便向阿明家拼命跑去……

三

我真是个无能的家伙，又输得一塌糊涂。到天黑时，又身无分文了。愤怒、郁闷、恼羞和压抑混杂在一起，使我简直要发疯了。我在路上横冲直撞，差点要和人打架。走到家所在的胡同口，我远远地看到母亲站在路灯下等我，便不自觉地把头低垂下去。

"怎么这么晚才回来？"

"到同学家去了。"

"以后早点回家，别让我着急。"母亲没有怀疑我——她这种人根本就不知道怀疑别人。

桌上的饭菜都已摆好，我这时顿感饥饿，想动手吃饭，母亲却说："等等爸爸，我们一起吃好吗？"

"每天晚上都是这样！等他，等他！"我冷冷地说完，破天荒第一次违背了母亲多年来恪守不变的规矩，独自吃起来。

母亲有点吃惊，但并没有生气："你今天一定是饿了。"她自己一边织毛活，一边在等父亲。

过了一会，她对我说："你看看，我织的这顶贝雷帽好看吗？"

我抬头看，她把她刚织完的一顶雪白的贝雷帽举在手里欣赏着。那顶帽子当然很漂亮。

"是给你莉莉阿姨织的。"

血液"砰"的一下涌到我的脑门上。当时，我的表情一定很难看，母亲惊愕地："你怎么啦？"

我喘息着。

"到底怎么啦？"

"……"

"到底怎么啦？"

"我讨厌她！"

"你……"母亲像是不认识她的儿子似的，"你怎么好这样随随便便地讨厌人呢！"她显然生气了。

我丢开母亲，气势汹汹地跑进自己的房间，"砰"的将门关上。我把房间狠狠糟蹋了一通，最后，无力地倒在地毯上，简直就像一具尸体，动也不动。

不知过了多久，母亲叩响了我的门："出去散步吗？"

我没有回答。

"这孩子今天怎么了？"母亲大概是向父亲说了一句。然后，我就听见他们一起走出门去。

以往，晚饭后，我们全家都要沿着河滨大道散步。父亲和母亲总是手挽着手慢慢往前走，我或是走在母亲身旁，或是走在父亲身边。那时，城市很安静，晚风从水面上吹来，空气非常湿润。那种时候，我在柔和的灯光下更容易体会到一个和谐的家庭所具有的一切愉悦、甜蜜和幸福。而那一切，只不过是一道水雾中的彩虹。我走到窗口望去，父亲正像往常一样优雅地挽着母亲，沿着河滨大道很悠闲地往前走去……

四

我被一种沉重的悲哀与羞愧所纠缠，惶惶不安，不可终日。我觉得这个世界索然无味、空虚一片。而我又不得不打发日子。于是，我就欺骗学校和母亲，成天泡在赌场上。对自己的堕落，我甘心情愿，甚至渴望加速自己的堕落。

我也会不时地有一种快意，虽然这种快意是狠毒和猥琐的。这就是，我终于觉察到父亲因为我知道了他的内幕，而失去了心灵的平静，常常不安。"我的儿子知道我是虚伪的。"他无法拒绝精神上的懊丧。父亲的不自在，使我在赌场的失意得到了补偿。有时，我几乎要恫吓他："我要告诉母亲！"当然我暂时不会这样做的。我需要钱。再说，我不忍心让母亲知道。

我和父亲继续心照不宣地做着交易：我守口如瓶，他则给我钱。

当然，父亲永远也不会放下他的架子。即使干这种事情，父亲也绝不肯失掉那种优雅风度，控制不住高尚感情的流露。

不是我在推卸责任，是他将我往罪恶一步又一步推进——至少是加速了我的毁灭。

我又欠了牲口的钱。他又赤裸裸地当众说着侮辱我母亲的话。这段时间里，我对母亲的尊严特别敏感。我掀翻了桌子，跟他玩命了。我咬他，抓他，踢他，撞他，掐他。我一次又一次地被他摔倒，再一次又一次地挣扎起来扑上去。那群赌徒散开，在一边跳着叫着，非常开心。最后，我被打得鼻青脸肿，躺在地上半天不能动弹。

我被阿明扶着走到我家所在的胡同口。我扶着墙往前看去，只见母亲依然站在路灯下等我。她见我走路一瘸一拐，便跑过来问："怎么啦，你怎么啦？"当她看到我流血的脸时，简直吓坏了，连忙扶住我，哆哆嗦嗦地问，"你这是怎么啦？"

我不作声，一瘸一拐地往家走。

她把我扶到床上，然后用净水轻轻地给我洗擦。我看见她的眼睛里含着泪水。洗完后，她就坐在我身边："走路摔了？"

我不吭声。

"自行车撞的？"

我把脸转过去，直想哭。我的母亲，永远也想不到她的儿子已堕落了。既然她相信任何人，当然更相信她的儿子。她守着我。后来，她困了，竟在我身边躺下。我不由得一阵害臊，两颊灼热。我是中学生了，和母亲分床睡已经好多年了。过了一会儿，她以为我睡着了，竟然把一只胳膊慢慢垫到我头下，并把我的身体往她怀里拉了拉，让我的脸一直贴到她的胸脯上。妈妈身上特有的温馨气味和那均匀好听的心跳，我已久违了。它们使我想起童年的生活，泪禁不住涌流出来，浸湿了她胸前的衣服。她感觉到了，轻轻地梳理着我的头发："你怎么啦？"她把我紧紧搂着。我憋不住"呜呜"哭起来。我忽然意识到自己大了，在母亲的胸膛上这样不管不顾地哭，实在不像样子，就坐起身来，伏在床架上。而母亲依然还把我当成一个六七岁的孩子，抱我，抚摸我，哄我，一个劲地问："怎么啦？怎么啦？"直到我再一次安静地睡下来，她又再一次把胳膊垫到我头下，才停止那种让我的心感到无比温暖的爱抚。

我的心像一滴悬挂在叶子上的水珠那样一直颤动着。

我没有去学校。母亲就在家陪着我。

"让我给你爸打个电话。"

父亲又出门去了，但愿这次是真正的看外景。

母亲根据父亲临走时留下的地址打了半天电话，对方说父亲根本没有到过那个地方。她着急了，便到处打电话询问，均无结果。她焦躁不安地搓着手，在我房间里走动着："你爸爸在哪儿呢？"

我想，父亲莫不是又去看"外景"了？

而母亲却很可笑地为父亲担忧："不会是在半路上出什么事吧？"她就又不停地拨电话，到了后来，她竟紧张得想往外跑，找父亲去。

我冷冷地说："他丢不了的。"

她对我的口气感到很惊讶，陌生地、长时间地看着我的眼睛。过了一会儿，她说："我去找你爸爸的朋友，向他们打听打听。"她到底还是出门去了。

她把我一个人丢在家里一天，一直到天黑，才回来。她疲乏极了，瘫坐在沙发上，眼睛里含着焦急和担忧："他人在哪儿呢？谁也不知道。"她真能瞎想，竟想得自己害怕起来，坐到我身边，抓住我的手："你说，你爸爸不会出什么事吧？"她的眼睛盯着我。

我的心肠真是大大地坏了。见她这副慌张、认真的神情，莫名其妙地说出一句刻毒的话："没准儿。"

她松开我的手，往后退了一步，很生气地看着我。然后倚着窗子向夜空下的大街眺望着。当她回过头来时，我看见她的眼睛泪光闪闪。

我顿时萌生了揭穿父亲骗局的欲望……

五

我必须立即戒赌。这样我就没有必要对他进行没完没了的敲诈，就没有必要继续与他做交易。

然而，我很难做到。

我赌得入魔了。我的灵魂已不再属于我自己所有，而被攫取、反扑、复仇、折磨别人、自我麻醉等无数恶劣的欲望所牢牢地控制着。我身不由己。更何况我已处在快要接近这门"艺术"的最高境界和掌握它命脉的前夕。

我几乎就要领悟牌运了。这可是一件了不起的事情，非一日之功。牌运,懂吗?这只可意会,不可言传,不玩到那个份儿上,是无法感觉到它的——全凭感觉。在赌场的上空,它像一个长着翅膀的精灵,在悄无声息地飞翔。它一会儿落在你头上,一会儿落在我头上。但这一切,又都不是随随便便的。然而,不是每个人都能感觉到它此刻在什么地方栖息。运气来了,你抓了小牌,懊丧之极,满以为输钱已定,然而当牌都显到桌面上时,众人比你的牌还要臭了许多。倒运了,你抓了"二八杠"("2"与"8"两张牌,在"火烧洋油站"里为大牌),以为稳操胜券,满把搂钱,洋洋得意,喜于言表,但到全部显牌时,却使你目瞪口呆:有同花"二八杠"将你一口吃了!这时,你就会领略那些从无限复杂的生活现象里总结出的、你一点也不感到新鲜的俗话:"倒霉时,喝口凉水都塞牙","人走运,跌个跟头捡着金元宝"……那么人就无能为力、任命运宰割、束手待毙了?不——不不不。人完全可以掌握它,当然这很不容易。别看我学业已经荒废,但对耍牌却一日精于一日。我的神经已经被一次又一次的失败所引起的痛苦磨砺得敏锐起来,我似乎能够感应到那个无时不在、无处不在却又无影无踪的牌运了。此说,并非神乎其神,说白了,它是一种事物底部蕴藏着的规律,大千世界,皆受人几乎无法对抗的规律所制约。全部关键在于如何掌握它。当牌运像美丽的天使一般昵近你的时候,你要敢打敢拼,绝不要因偶然一败所吓而龟缩回去;而当它展翅高飞离你而去光顾别人时,你要知道自己失宠,要学会躲让,别在乎别人说你小气,只把很小的赌注押在桌上慢慢地消耗。

我几乎无时无刻不在揣摩这牌运飞行的轨迹和频率。我不再输得惨不可言了,我居然少有进项。当然我还未能彻底击垮牲口,以报仇雪恨。距精于此道，仅剩一步之遥。

这些天，我食不知甘味，衣不知冷暖，呆呆傻傻地去钻研自己的研究对象。向牲口报仇的欲望，变得越来越固执。

今天下午，我们将再次较量。

昨天晚上，我把牌一张一张地亲吻了一遍，直吻得满眼泪水。明天，我就用这副印下我唇印、印下我仇恨、印下我种种欲望的牌去与他们进行一场殊死的拼杀。

上午我要好好睡一觉，养精蓄锐。

当然，我也在时时刻刻诅咒自己，特别是从赌场回到家里看到母亲那双永远向人投以信任、柔和、恬静、纯净目光的眼睛时，我觉得自己丑陋不堪，狼心狗肺，想狠狠打自己的耳光。倘若我不知道罪恶，我当然就没有罪恶感，而我知道，却让这罪恶延伸下去，并参与这罪恶，去蒙蔽这样一位母亲，这简直太可耻了，天理难容。

有一阵子，我想：算了，今天不去赌了。

但我心里也明白，这不太可能。

母亲一早出去了。大约九点钟的光景，我听到父亲在拨电话。现在，我对他的一切行动都感兴趣。我从床上起来，走到门边，把耳朵贴在门上窃听着。

"……明天晚上八点，在黑天鹅茶座等我……"

这太过分了！他明明知道我在屋里。这太明目张胆，太肆无忌惮了。不不不，他完全有理由这样做。因为，他已一次又一次付给我钱了。我已被收买了。在他心目中，他的儿子不过就是那么一个下作的东西。对于他，我已根本不存在。我剩下的最后一点自尊心也被他无情地撕碎了！我想拉开门，光着脊梁站在他面前，但结果却是狠狠地劈打自己的耳光，继而扑到床上，压住声音大哭。

该结束这场罪恶了。

越近下午，我越惶惶不安。我一边拼命想使自己放弃赌博，一边又被它几乎不可抗拒地吸引。我神情恍惚，内心充满痛苦。做人做鬼，就在此一举了！

我忽然模模糊糊地想起那个故事来：大洋上有一座魔岛，岛上有魔女，其歌声甚为迷人，有船过此，人一旦听到，就会走失灵魂，从而，这只船就会失去掌握，立即触礁葬身洋底。又一艘船将从这里经过。船长让船员都堵上耳朵，而他却一定要听一听魔女们的歌声。但又怕真的被勾走灵魂，便让船员们把他紧紧地缚在桅杆上。船从岛边经过，船长果真听到了魔女们的歌声。正像传说中所说的那样，那声音魔力无边。船长立即不能自制，大喊大叫，要船员们松绑。然而，船员们遵照他"不管发生了什么都不能松绑"的指令，不去理会，依然驾船前进。魔岛渐渐逝去，船员们把船长解下，他已精疲力竭地软瘫在甲板上。但，他的灵魂毕竟被保住了。

当中午阿明来叫我走时，我才明白我为什么会想起这个故事。

我几乎是跪在他面前央求他："你把我捆上吧！"

他傻呆呆地望着我。

"求求你了，阿明，捆住我。"我把所有准备去报仇的钱都扔给了他。

他骂了我一句"神经病"，从地上抓起钱，塞进口袋里，用绳子将我结结实实地捆住，又按我说的，将门在外面锁上，走了。

这个下午我终生难忘。

开始，我还安静。我为自己想出这样一种遏制自己的主意而洋洋自得。我竟然轻轻地哼唱起来，全然不像是一个被缚住的人，而更像一个在风景优美的水畔徜徉或在湖上荡桨轻舟的闲客。但当客厅里的大挂钟敲响下午一点钟时，我的灵魂忽然像听到了魔鬼的召唤，立即不安起来。我产生一种奇妙的幻觉，我的屋子忽然变成了赌场，牲口他们距我近在咫尺，烟雾缭绕，使人顿生飘然出世之感。我想站起来，不能动弹，这才又意识到自己现在正被缚住。我闭紧双目，耳边却不断响着牲口的淫荡无耻的声音。我睁开眼睛，眼前分明又是赌场。赌徒们皆早已忘记了嘈杂烦恼的人世间，全部精神都在赌博的胜负中沉浮。那一张张面孔简直太诱惑人了，一声声叫喊使人肝胆发颤。牲口的嘴脸在烟雾中忽隐忽现，目光完全是一种食肉兽的目光。

我喘息起来，心底腾起熊熊的复仇烈火，浑身感到灼痛。浑蛋的牲口，我今天无论如何得收拾你了！我已完全摸透了你的招数，你的全部诡计已被我彻底戳穿。等着吧，我会很快让你变成一条狗，趴在地上舔我的脚。我要你哭丧着脸向我借钱，然后你还要笑嘻嘻地听我说一些侮辱你的语言。我要你的心像扎了针似的疼痛难熬，可还不得不忍住讨好我。我今天有很大的本钱，输掉十块，我就押上二十，输掉二十，我就押上四十……最后，我将像一个狠心的摸鱼人将塘里的水全都戽尽，将里面的鱼不分大小全都捉进鱼篓那样，把你们——全体曾耍弄过我并从我这里获得快乐的赌徒们的钱刷洗得干干净净，让你们一个个变成"光屁股"！

我浑身被胜利的冲动而弄得颤抖起来。

可是我很快从幻觉中醒悟过来。这时,我无比懊悔自己选择了这种愚蠢的办法。我想挣脱,可阿明这小子真够狠的,竟没给我留下一点挣脱的可能。

我的赌瘾这时弥漫全身。我馋极了,对面就是一张镜子,那脸上的表情把我自己都吓坏了。那是一对什么样的眼睛啊!它燃烧着贪婪的火焰。我张大嘴巴,呼吸着屋里的空气,但觉得淡而无味。赌场的烟气是多么刺激人!多么好闻!那是一种什么样的气味呀,真是令人陶醉。

我再也无法忍受这种残酷的折磨了,用胳膊肘支撑着地面,一寸一寸地向门口移动。距离很短,但我至少花了一个钟头。我爬得大汗淋漓。我倚着门歇了歇,用脑袋一下一下地撞击着门——屋里空无一人。我绝望了,最后一击,几乎把自己击昏在地上。

天光渐暗,我浑身松软如泥,像是血液全部流失。我顺着墙壁倒在地上。不知什么时候我睡着了。当我醒来时,夜幕已经降临,窗外的天空湛蓝一片,一颗颗星星璀璨夺目。晚风徐徐吹入室内,使人感到脑清目爽。我闭上眼睛,泪珠从眼缝中一滴一滴地落下……

六

这天晚上,当母亲又提出要等他一起回来用餐时,我把勺"咣当"

扔到桌上，然后十指交叉支在桌上，长时间地沉默着。我觉得我的脸快要憋得涨破了。我终于脱口而出："妈妈，他和那个莉莉……妈妈，他们一起欺骗了我们……"

母亲手中的画报掉在了地上。

我望着她的眼睛，在我心中积压了数日的话，像滔滔洪水奔涌而出："他根本就没有去看什么外景！那是一个坏透了的女人！他们都是骗子！他们越来越放肆，越来越不像话……"我一边说，一边向妈妈走过去。我激动得语调发颤，我觉得是另外一个人在说话。我气也不喘，一句接着一句。母亲发抖了，发抖了。我可怜她，却又感到一种莫名的快乐。正当我说得快要疯了的时候，母亲突然批了我一记耳光！我一阵晕眩，晃动了几下，站住了。在我的记忆里，这是我出生以来，母亲第一次打我，而且打得那么狠。我觉得嘴角湿漉漉的。我知道，那是在流血。我没有用手去擦，依然望着母亲。

母亲的声音颤不成句："最近……你学坏了……你尽编瞎话……恶毒伤人……你真不知害臊……"她指着门外，"你……你出去……"

我走向门口。当我的一只脚跨出门外时，我停住了，回过头来对她说："他们今晚上在黑天鹅茶座……"说完，我疯狂地跑进胡同里。

跑到河边，我才放慢脚步。我找了张椅子坐下来。母亲这时也许已经走出家门，在去往黑天鹅茶座的路上。她马上就要见到父亲和他的"外景"了。用不了一个小时，事实就将会向她证实她的儿子没有疯。

可是，我回到家中，发现母亲并没有去黑天鹅茶座。她默默地坐在沙发里，似乎在想什么。我进来时，她无动于衷。我站了一阵，她才把目光向我投来。我的目光和她对接了。我感觉到这目光在急切和惊慌地问："儿子，你是撒谎吧？"那对目光告诉我，她多么希望我向她承认我是在撒谎。可是，我用目光告诉她，这一切都是真的。于是，她的目光里含了惋惜和从未有过的敌意。

我走进了自己的房间。

不知过了多久，父亲回来了。

"你回来了？"母亲的声音说明她抑制不住她的紧张，像是一下子抓住了父亲。

"你怎么了？"父亲疑惑地问。

"没有什么，没有什么……"

或许父亲已感觉到我"出卖"了他。因为，在他和母亲走向餐室时，我隐隐约约地听到了一句："你是否觉察到这孩子的脑子最近好像有点问题？"

哈，哈，哈哈哈……

七

我不笨，我很机灵，我很有头脑。我对我的智慧十分欣赏。感谢赌场,现在,我对察言观色,对现象分析,对想象和推理饶有兴味,并有极高的判断能力。在做这些事情时,我很自然地把自己幻化成一个聪明过人、神机妙算的大侦探。我这人就这样子,一旦想干什么,就很容易入魔。

我倒要看看,到底谁"有点问题"。虽与赌场已经诀别,但赌场在我的性格与气质里留下了磨灭不了的印迹:不肯饶人,不战胜对手,绝不罢休。

昨天,我看到父亲把几件衬衣装进了他的皮箱。俗话说的,凡事多个头脑。他又要去看外景吗?今天早上,我看出他平静的外表下似乎有什么让他激动的东西。当然可怜的母亲是什么也看不出来的。她去乐团了。我呢,背着书包,特意从父亲眼前经过,使他知道我上学去了,现在家中就只剩他一个人。而我在外面兜了一圈,从事先开着的窗子又爬进了我的卧室。我干得很漂亮,不留一点蛛丝马迹。

外面,传来父亲的脚步声。他在屋里踱步。声音告诉我,他情绪有点焦躁,像是在等待什么。

大约在九点钟的光景,电话铃响了。父亲的脚步声急促地响着。他去接电话了。我把耳朵压在门上:

"……对,还是滨河大饭店……是508室……我们可以一起度过整整一周时间……明天下午四点,我等你,我们一起吃晚餐……"

我非常激动,说不清楚是愤怒还是高兴。如果不是这样一个电话,我也许会感到非常失望。我灵巧得像一只猫,从窗子滑出去,真正地上学去了。这一天我听课极为认真,老师的每一句话,今天在我看来,字字珠玑,我将它们一一吸进了脑海。

第二天下午，我一旁斜视着父亲和母亲依依惜别的拥抱。然后，母亲要我和她一起为父亲送行。路边早停着一辆轿车。父亲上车后向我们挥手："我每天晚上给你们打电话。"这是我和母亲最后一次看到他向我们挥手告别。

晚上八点钟，我在桌上留下一张纸条：

妈妈：

刚才接到电话，舅舅从广州来，现住滨河大饭店508室，让你今晚务必去一下。

九点钟，这是我终生难忘的时刻。因为，是在这一时间，世界让一个柔弱、纯真、情意绵绵、爱得忠贞、灵魂洁白无瑕的母亲看到了它丑恶的一面。也是这一时间，使我从此陷入追悔莫及的苦恼之中。就为了那一瞬我付出了沉重的精神代价，愧疚、自我谴责将伴随我走尽漫漫人生。如果，那个时候的我是现在的我，而不是一个乳臭未干、我行我素、没头没脑的毛孩子，便不可能有那个残酷时刻。我也许会忍受着折磨，将我所知的一切，对母亲严严实实地隐瞒，让她永远笼在温暖的光环里，直到她含笑离开这个世界。

在傍晚五点到八点的这段时间里，我脱光了身子，正浸泡在从城市中间流过的大河里。已是秋天，河水冰凉彻骨。但我只将脑袋露出水面，而让我的肉体全部埋在水中。我开始哆嗦，但我绝不想立即回到岸上。没有一丝风，河水平静之极。借着岸边路灯的蓝光，我看到因我身体的哆嗦而在我脖子周围形成的细密的波纹，它们像一盆受了震动的水所产生的情景……

九点钟,母亲叩响了滨河大饭店508室的门。

门开了,就在那一刹那间,她看到面前站着的是穿着睡衣的父亲和那个曾恩受了她许多赠品的"外景"。她用手扶了一下墙壁,没有扶住,跌倒在走廊里。

父亲和"外景"跑了出来,要去扶母亲。我从楼梯拐角的阴影里冲出来,大声向他们吼叫着:"不准你们碰她!"

八

我的母亲像一根初春时的柳枝,像一枚冬日挂于枝头的冰凌,脆弱得简直不堪一击。就那一瞬,便使她在顷刻间全部崩溃。三个月后,我把她从医院接回,她已下肢瘫痪。而那过去曾发出银铃般声音的嗓子,再也不能发出一丝声音。她只能用目光冷淡地看着前方,似乎在追忆什么。

赎回我罪孽的是我的生命。我要一辈子守着我的母亲,推着这辆轮椅,在这世界上慢慢地流动,慢慢地消耗我们的生命。

母亲现在最喜欢雨滴,尤其是十一月的雨滴,每逢这个时候,我就听从她心灵的指示,把她推进雨地里,在柳梢下,沿着河边往前缓行。我和她都被雨水浇透,但很惬意。这时,她的脸色很好看,舒展,活泛,闪着青春的光泽。她的头发被雨水淋到额上。她的眼睛像是被雨水洗刷过,黑而明媚。她的嘴唇似乎在颤动,我能清晰地听到她在用心灵唱着那支歌……

1986年1月15日于北京大学21楼106室

暮色笼罩下的祠堂

MU SE LONG ZHAO XIA DE CI TANG

　　起床后，我走出户外，见一个少年一动不动地站在院子里。他看着我，我也打量着他。

　　这是一个难得见到、很少有的英俊少年，岁数约在十七八岁，头发自成微波，黑如墨染，耷拉下来，一直遮住眉毛，脸光滑、纯净，带有女性的秀气和柔润，若不是眉间直下的挺削鼻梁和唇上刚出的茸毛显示其男性的特质，极容易使人误认为他是一个文静、安恬的女孩儿。

　　"轩哥。"他露出一种姑娘式的腼腆叫我，低着头，不断把手搓得沙沙响。

　　"你是……?"

父亲从门里探出头来，说："这是亮子。"

亮子？就是那个小时候脱光了衣服、光着身子在雪地上跑的亮子？

那年冬天，我扛一张网到野地里捕雀子。雪连下了三日，刚停，地上积了足有半尺多深的厚雪，在阳光下白皑皑地发亮。我正欲支网，听见远处有群小孩"嗷嗷"欢叫成一片。掉头一看，只见一个身上一丝不挂的小男孩在雪地里朝这边跑来。

那就是亮子，才六岁。

这孩子很特别，似乎一来到这个世界上，那颗小脑袋里就盛有各种各样的奇思怪想。今天，或许是被大孩子们哄了（他天真单纯得要命，常被大孩子们欺骗），或许小脑袋里又冒出了什么神经兮兮的念头，竟脱得一丝不挂，赤条条暴露在空旷的雪野上。

亮子像一颗闪光的肉团儿滚过来了。

"亮子！"我扔下网，"快穿衣服！"

他把小手合在胸前，歪着脖子仰望着我："黑他们说我不敢光身子！"说完，他撒腿就在雪地上欢跑，被寒冷冻得紧绷绷的皮肤闪着缎子般的光泽。他一会儿昂头直冲，一会儿把头勾到胸前，斜着身子兜圈儿，一双粉嫩的小脚溅起一路银色的雪屑。

孩子们在雪地跳跃着，拍着手："嗷——！嗷——！"

我本想抓住他，却莫名其妙地兴奋、躁动起来，混在那堆孩子中间，完全失掉一个大人应有的矜持，也手舞足蹈地喊叫起来，快活、激动地看着他在雪地上尽情地撒欢。

他向漫无尽头的雪野远方跑去。一支由孩子们和我组成的庞大队伍拉成一个巨大的半圆形,就尾随着他向远方推进。

宁静的原野一片欢声雷动。

雪如同一条柔软洁白的羊毛毯,覆盖着整个田野。他细嫩的皮肤冻得鲜红,像温暖的红光在雪地上划过,平滑的雪面上留下他一行小小的、深浅不一的脚印。

他忽然扑倒在雪地上,随即,像一只刚下水的毛茸茸的雏鸭,在雪地上"游动"起来,并把雪一把一把地往身上、脸上撒。后来,索性在雪地上无比快乐地滚动,并把头钻到雪里。

孩子们围成圈,活像一群小疯子,跳,叫。

他站起来——一个纯白的孩子。

他一阵抖动,又是一个粉红色的孩子。

一阵大风吹来,雪野顿时雾茫茫一片。亮子朦胧了,消失了。听见他欢叫了一声,随着风去,又渐渐显露在远处的雪地上。

他累了,站立在那儿。

我们跑过去,静静地望着他。

他头发上沾的雪已被热汗溶化,头发黑泽闪闪,在白雪映衬下,显得格外的黑。他的两个小屁股蛋儿冻得尤其红。那张湿润的小嘴在喘息,嘴边散发出淡蓝的热气。两腿间,那个小宝贝疙瘩冻得收缩起来,像一只刚出壳的小鸟儿,让人爱怜。他浑身冒着似有若无的淡蓝色热气。那双充满好奇和幻想的眼睛,心满意足地眨巴着。在这冰天雪地之间,他却没有一丝寒冷的感觉。

他的母亲赶来了,扑过来用条大被子把他捂走了。他在被窝里快乐地挣扎着,终于挣出黑黑的小脑袋,并挥舞着小手……

十多年过去了,而今,他已长成一个如此英俊的小伙子。

"是亮子!"我认出来了,赶紧说,"进屋里去坐。"

他站着不动:"我给你寄过信,收到了吗?"

"信?没有呀!你寄哪儿啦?"

"北京中文系。"

"你应该写北京大学中文系。"

"噢……"他知道自己写错了,不好意思地点点头。

"进屋吧。"

他依然不肯,从怀里掏出一沓香烟纸来:"轩哥,我知道,你现在是作家了。前天,我还看过你的小说……"他变得局促起来,说话结结巴巴,光用眼睛呆呆地盯着我,"轩哥……我……我也想做……做作家,早就想了。这……这是我写的小说,你能帮我看……看一看吗?"他把那沓香烟纸递给我。

我便接过来。

他显出很过意不去的窘样,搓着手,一个劲说:"水平不行,让轩哥发笑呢……"

这时,父亲走过来,在我身边轻微地说了一句:"他脑子有问题了。"

我的心猛一收缩,再看他那对眼睛,就觉得确实有点儿不太对头:眼珠儿发涩,很不灵活,老是定定地驻在那儿;目光呆滞,老是看一个地方。

"我还有部长篇,马上就要写完了,叫《崩溃》,三十万字……"他絮絮叨叨,声音很低,像是这些话根本没有从他的脑子里经过,只是嘴唇发出的一些他自己毫未觉察到的声响。

我随手翻一页他做的小说——

……我们为什么会生病呢？因为我们有很多机器，感冒机、高血压机、脑炎机、疟疾机、心肌梗死……

前不久，我的弟弟竟遭到了感冒机的迫害。

这些机器掌握在国家安全部后院一个首长的一个叫小蜜蜂的小孙女手里。小蜜蜂非常可爱……

我根本无法看懂这些令人费解的荒诞呓语。我想笑，但却笑不出来。望着两眼空大无光但长得绝对英俊的亮子，我说："你轩哥一定好好地看。"

亮子用眼睛僵直地望着我，浑身颤抖起来，越颤越厉害。他张嘴想对我说些什么，但思路似乎被紧紧地堵塞了，欲说无言，最后，朝我鞠了一躬，走了……

他走后，我从父亲那里知道了关于亮子的一切。

亮子的病跟那座祠堂有关。

祠堂矗立在村前的河岸边，它是这地方上最高大的建筑。这地方的村民所居，基本上是泥墙草盖的屋子；阔绰一点儿的，也不过是檐口盖几片瓦，但墙依然是土坯垒就，屋顶的中央依然还是草。唯独这座祠堂，墙是用一色的青砖砌成，是现在的砖窑根本不烧的小砖，而且还是扁着砌成；上面盖的都是半圆形小瓦，少说也得上万片。进去看，大梁粗一围有余，椽子也是上等的木料破成的方木。这祠堂许多年前就矗立在这条大河的岸边了。

除了一年一度的清明祭祖、烧香进供外，祠堂还有其他若干用处,如：抓住私奔的男女,它便是关押并对之拷打的地方。听人说,对那些私奔者的惩罚,往往是不分男女,剥光了衣服,令其赤裸着身体跪在列祖列宗的牌位前。有许多人来围观,甚至有人还给以侮辱性的动作。再如：有人触犯了族长或家长,就会被缚到这里,同样令其下跪,让其忏悔,并由族长在一旁当着列祖列宗的牌位对其进行教化。

据讲,历史上这里曾死过不止一个人。

后来,祠堂被征来用作小学校的办公室了。

关于祠堂,这个地方有许多令人毛骨悚然的传说。凡在里面睡过觉的老师差不多都说到这样一些情况：在祠堂里睡觉,夜里总会被魇住,喊,喊不出声,动,动弹不了,醒来时,只觉得自己冷汗淋淋,衬衣都被粘在了身上；将近五更天时,屋顶上就会有声响,如人掷石子于屋顶,石子就顺了瓦垄往下骨碌骨碌地滚动,你就会在床上等那石子往下落的那一声,但却总也等不到,这里你好不容易要睡着了,那屋顶上的石子声又再度响起,依然没有石子落地的声音。

有一年冬天,一个女教师在食堂吃完晚饭,惦记着一大堆作业未改,先端着罩子灯走向办公室,拐弯到了祠堂门口,只见门口站一位个头矮矮的白胡子老头,浑身穿一套雪白的衣服,便尖叫一声,灯落于地跌得粉碎。全体男老师闻声一齐冲出,问："怎么啦？怎么啦？"女老师僵在那里不作声,半天,才说："白胡子老头！门口站一个白胡子老头！"说完就抱着头往食堂跑。男老师们一边寻武器,一边心惊肉跳地大叫："白胡子老头！"不一会儿,把村里的人都引来了,无数支手电筒划来划去,像前沿阵地的探照灯一般,然而,屋里屋外、上上下下一通寻找，连白胡子老头的一根胡须也未找着。

从此，"白胡子老头"就成为这里的人们经常谈论的话题。一伙人夜里走在路上，忽有一个促狭鬼一声喊："白胡子老头来了！"大家就大呼小叫地跑起来，漆黑的夜空下就会响起一片混乱的"吃通吃通"的脚步声，有摔倒的，"哇"的一声惊叫，慌张地爬起来继续跑；还有跌到烂泥塘里的，就成了个泥人，泥人忘了自己是个泥人，拼命往前抢，弄了许多人也一身的泥。其中那些喊声最大的人，实际上并不完全害怕，他们虽然也感到有些恐怖，但同时也领略到了一种令心头战栗的快感。

"白胡子老头"还常被大人们用来吓唬小孩子："再闹，把你送给白胡子老头！"于是，那些孩子便立即安静下来，变得异常老实。

我的父亲是这所小学校的校长。我的家就在校园里，距祠堂很近。受"白胡子老头"困扰与折磨的机会也就比别人多。尽管父亲当着很多人的面，也在晚上点一盏罩子灯走向祠堂，然后告诉大家，那"白胡子老头"可能是灯光穿过屋前的一棵梧桐树的枝叶照在白墙上而形成的错觉，但没有人相信他的话，我自然也不相信。就是在白天看到那座黑灰色的祠堂，心里都有一种恐慌。天黑后，我就不太敢从它门口经过了。心里老想着那个白胡子老头，就觉得他真的站在祠堂门口，还笑嘻嘻的。若碰到去远处看电影，深夜才回来，我就一定会绕过一个池塘，不从它的门口走，即使这样，我满脑子还是祠堂与"白胡子老头"，为了壮胆，我就大声地唱《智取威虎山》中最昂扬的一段：打虎上山。

这个学校的一些老师对学生所采用的最严厉的惩治办法，就是罚他们独自一人站在祠堂里,并关上大门。

当然,这个办法一年里也用不了一两次,不到万不得已、怒不可遏时绝对不用。即使用,也一定是限制在白天。

亮子的班主任是黄老师。这地方上,除学生们称老师外,大人们还沿用旧时的叫法,称老师为先生。黄先生排行为三,于是就叫"三先生"。三先生在旧社会是教私塾的,对《三字经》《百家姓》能倒背如流,绝不打一个磕巴。自然而然地过渡为"人民教师"后,但每每露出旧时的痕迹。如读书,他不读,而喜欢唱,并且配以摇头晃脑。他的裤子至今还是一条缅裆裤,裆很肥大,里头好像装了一只兔子。学生们不太尊重他,常在背后取笑他的裤子,而他却又是很讲尊严的,并要求学生们绝对听话。

亮子那孩子,天性活泼,并有无穷无尽的奇特念头,常常上课时提一些让三先生根本想不到也根本无法解答的问题。既然三先生老也答不出所以然来,亮子也就失望了,便常常偷空做他的小说。对此,三先生有很大的不满,极不喜欢他"这个东西",常想收拾"这个胡思乱想的家伙"。这天,一个喜欢讨好的学生告诉他:"亮子又写小说了,并且写的就是祠堂。我看了。亮子还说,他要推倒这座祠堂呢!"

于是,三先生把亮子关进祠堂:"你也想写小说?还要推倒这座祠堂!能耐不小哇!推吧,你就推吧!"说完,关上大门,气哼哼地走了。这大概是这所学校有史以来第一次放晚学后还把学生关在祠堂里。三先生自顾吃晚饭去了。

天黑得很。

父亲从镇上开会回来,路过祠堂门口,听见里面有断断续续的呻吟声，心一惊，手电一照，见亮子的脑袋正卡在窗条中间，进退不能。亮子的双手扒着外面的窗台，像是身后的黑暗里有什么东西在紧追他，他在拼命往外挣扎。父亲赶紧跑过去，使劲撑弯了窗条，并打开门。

亮子不说话，却赖在走廊里不肯走。

"你看见什么啦？"父亲见他满额头的冷汗，问他。

他不说，只是哭。

父亲好不容易把他劝了回去。

第二天，当他再上学时，父亲发现他的眼神就有点儿不对头了……

"他们家里没找学校闹？"

"没有。等他家里觉察到亮子的脑子出了毛病，话说已半个月过去了。有人对他父亲说：'你家新盖了一幢房子，当时也没叫阴阳先生来看看，会不会是房子盖得不是地方？'他父亲果真请来阴阳先生。那阴阳先生说房子确实盖错了方向。他家就立即拆了房子，可是，亮子依然没有好起来，还一天天地严重了。最后，只好不念书了。以后，他就成日带夜地写，也不知写些什么东西。怕他脑子更往坏处走，家里就收了他的纸，他就到处去捡烟盒。"

夜晚，我躺在床上翻阅着亮子的小说。尽管满纸荒唐言，并有无数的错别字，也没有标点符号，可我却像一只久饿不食的野兽忽然觅到猎物，穷凶极恶地咀嚼着那些奇怪而富有魔力的文字。我看得呼吸急促，粗浊地喘息起来。他的笔下是一个根本不存在的荒诞世界，像一架钢琴散了架，一个根本不懂音乐的人将它胡乱拼凑起来，音阶次序乱七八糟，发出杂乱无章的音响。但你又似乎不时被一种无形的、难忘的力量所猛击,心就像垂挂在风中的最后一颗柿子在抖索。一会儿,又起了一种妙不可言的情绪,觉得在这个物质世界以外,还有一个灵魂世界。他的小说使我惊讶地发现,原来在我身上还有不知多少未被唤醒的感觉。

我憋不住,把那些小说扔在床上,披着衣服在屋里来回走动。

这孩子的想象力大胆得让人的灵魂战栗,他的奇特和敏锐的感觉简直不可思议。

我自愧不如,为自己的想象力感到害臊和悲哀。成为小说家的应该是他而不是我。然而,我现在毕竟是一个思维健全的人,而他却是一个"二百五""十三点"、神经病患者,一具没有灵魂的躯壳。香烟盒上的文字毕竟是痴人说梦,绝非小说——他也许永远做不了小说。

我推开门,走到寒冷的夜空下,久久不肯入户……

年已过了,离开学也没几天了,我该回北京了。

黄昏,天下着雪,我拎着皮箱,走向轮船码头。远远地看见亮子站在河边上。他见了我,仍原地站着,呆呆地望着我。雪不大,但他的头发几乎已被雪所覆盖,肩上的落雪也足有两寸厚。可想而知,他已站在这里很久了。

"亮子!"

"轩哥。"

"你怎么站在这里?"

"等你。你说过今天走。"

我把皮箱放在雪地上,望着他。他眉毛上的雪已经冻结,脸冻得青紫,浑身在微微发颤。我替他拂去头发上和肩上的雪。他没有任何表示，仿佛他的灵魂也已冻僵。

"回家吧，亮子。"

他从怀里掏出一个厚厚的、用香烟盒装订成的本子，用双手捧着递给我："轩哥，长篇，《崩溃》，写祠堂的，你带到北京，请人家帮我发表，好吗？"

这种东西，谁会发表呢？但见他那种痴痴地乞求而又期望的眼神，我稍微犹豫了一下，将它接了过来。

"回去吧，亮子。"

他望望大河尽头："轮船还没来呢。"他固执地站着不肯走。

也许是因为这些日子他昼夜不分地抢写这部所谓的长篇小说，他消瘦了许多，身体十分虚弱；加之衣着又那么单薄，他越抖越厉害，后来牙齿干脆"咯咯咯"地敲打起来。

我又不禁想起那年的情景：茫茫的雪野上，一个裸体小男孩，在雪地上风一般地撒欢……那个亮子呢？那个清明如水的亮子呢？

轮船到了。我把围巾解下，围在他的脖子上。他一动也不动，仿佛我的围巾不是围在他的脖子上，而是围在一根枯干了的树干上。我匆匆地上了船。我向他招手，他也没什么反应。船离开了码头。我朝他看，觉得他仍然很漂亮。

轮船一拐弯，亮子被一片树林遮住了。而这时，矗立在河边的祠堂却出现在我眼前。在黄昏的暮色笼罩下，祠堂显得越发高大和森严，它已不知经历了多少个年头的风吹雨打，居然还是显得那么牢固……

阿雏

A CHU

一

阿雏坚决地记住:他的双亲亡于他六岁那年一个秋天的夜晚。

那天,有路人捎来消息:五里外的邹庄要放电影。路远,父母怕阿雏睡沉了骨头软,难抱,便掏给他五分钱买糖嗍,软硬兼施,终于将他哄住,跟老祖母待在了家中。

看电影的人很多,田埂上行人缕缕行行,互相呼唤着,黑空下到处是远远近近的人声和小马灯闪烁的黄火。

要过渡。

河边站满了急匆匆的人,船一靠岸,逃难一般都抢着上,船舷离水面只剩两三寸了,还又爬上两个大汉来。船离了岸,船上人一个挨一个,挺直了身子,棍子似的立着,战战兢兢,全不敢看水。船歪歪地行至大河中心,远处一艘轮船驶过,把波浪一层层地扩大过来,人一摇,船一晃,翻了。

各人顾各人,赶紧逃命,河上一片呼爹叫娘。会水的,自然不在乎。半会水的,呛几口水,也翻着白眼上了岸,直着脖子吐水。阿雏的父母皆是"旱鸭子",听见喊了几声,沉了。

上了岸的人忽然想起似乎该下河救人,无奈天阴黑得让人胆怯,几个下河的光在水面上乱喊乱抓,动作不小,却是虚张声势,没有一个敢往河水深处扎的。待有胆大的赶到,时间又太迟了。

出事后几日,大狗的老子在河边村头说,当时,船翻了,阿雏的父亲一把死死抱住他的胳膊,两人就一起沉到了河底。他又掐又拧,可阿雏的父亲任掐任拧死不撒手。他想自己小命这回要玩完了。吃了一嘴河底烂泥,他兀生一个大的智慧:拔出口袋里的手电筒,往阿雏父亲手里一塞!灵!阿雏父亲呛懵了,以为一定抓住了什么救命的东西,松了他,却抓住那手电筒。他趁机一松手电筒,摆脱了阿雏父亲,钻出水面,一人爬上了岸。

说这话时,大狗老子的脸很活,很有光泽,显得自己的智慧比别人优越许多。

而那些听的人都惊呼:"险啊!"很有些佩服大狗老子的聪明和狡猾。

"放在我,早就跟着去阴曹地府充军了。"

"那你就不能抱着你胖老婆睡觉了。"

"嗤嗤"的,有两个女人笑。

说到最后,大狗的老子不免有点惋惜,道:"那支手电筒,我是刚买的。"

夹杂在人群中的阿雏,一直无声无息地听着,后来就蹲在了地上。人群散了,也还蹲在地上。蹲不住了,就瘫坐在地上,用目光呆呆地看着河水,看着河上漂过一段朽木、一只死鸡、一朵硕大的菊花……天黑了,还看。

过了三年,老祖母不在了,阿雏就一人过,有时到外祖母家混几顿,有时就在村子里东一家西一家地吃。他固执地认为村里人都欠他的。他的吃相很凶,像条饿极的荒原狼崽,不嚼光吞,饭菜里一半外一半,撒一桌、一地,鼻尖上常沾着米粒在外面闲荡。

二

阿雏养得极壮实,比同龄孩子足高一头。天生一头又黑又硬的卷发,像一堆强力螺旋弹簧乱放着。眼睛短而窄,目光里总是藏着股小兽物的恶气。

村里的孩子都怕他,尤其是小他两岁的大狗。

他上学时,很气派,前呼后拥地跟着一大帮孩子。他让他们用一张凳子抬他走,这几乎成为一种嗜好。一到雨天,他越发地爱这样做。他要看那些小轿夫们在泥泞中滑得东倒西歪,滑得"嘟嘟"放屁。要是把他摔了,他就一定用脚踢他们的肚子或屁股。他很少亲自做作业,他指定谁代做,谁就得做。从一年级到四年级,他几乎就没在家里吃过一顿早饭。他把谁的鼻子一点,说声"你!"谁就得带煮熟的鸡蛋。那回轮到大狗带鸡蛋,恰好家里刚将鸡蛋卖掉,他便只好去偷,被人家抓住,连拍了三个后脑勺。

这里没有敢不听他话的孩子。不听?他会刁钻古怪地惩罚你:把你诓到麦地里,扒了你的裤子,让你露出"小茶壶",光腚儿蹲着,羞得没法出去;逼你沿着梯子爬上屋顶,然后一脚蹬翻梯子,让你去受太阳的烤晒。最狠的一招是让全体孩子都来冷落你,把你干在一边,让你尝一份孤单,并不时受到各种各样的捉弄和各种各样的疼痛。你一天坚持不到晚,准要去偷家里的东西低三下四地去讨好他。

谁也不敢告诉家里的大人,告诉了,除了他本人落个不自在,还有可能会殃及他一家。

大狗是阿雏的尾巴。

三

阿雏读五年级了,管他的是"杨老头子"——阿雏从不叫"杨老师"。杨老头子年纪大了,眼睛高度近视,在黑板上写字时,脸挨黑板很近,鼻尖差点擦着黑板了,像在嗅什么味道。阿雏叫他"杨老头子",甚至能叫得让杨老头子听见。杨老头子气了,要揪他的耳朵。可一般很难成功:阿雏只需溜出去十码开外,也就不在他视野之中了。

杨老头子梗着脖子,眼珠子鼓鼓地向校长韩子巷大声嚷:"不开除他,我不教了!"

于是,韩子巷就把阿雏叫了来,罚他半天站。

算起来,已罚站四次了。第四次罚站时,阿雏看见大狗在办公室门口晃过,眼睛里似乎有点嘲笑的意思。不是韩子巷拿眼盯住,他当时就想让大狗"吃生活"。

阿雏恨起杨老头子来。

杨老头子每天起得绝早,第一件大事就是抓张早过期的破报蹲茅房。这地方称解小便为"解小手",称解大便为"解大手",又称之为"出恭"。出恭一般都是坐着出,那凳子叫"恭凳"。杨老头子坐恭凳极有功夫,一坐能坐个把小时。茅房前后都是青翠的竹林,早晨,有鸟立竹梢上叫,其声如水滴落入静潭那般清脆。杨老头子一边愉悦地听,一边翻来覆去"嗅"那最终要做手纸的一角废报,觉得浑身疏通。天天如此,"恭"是出得十分的认真。

这天,他照常起早,照常做他的功夫,开头平安无事,中途大概是因为人老便秘,用足气力一蹬脚下的板子,"咔吧"一声,未及明白过来,恭凳的凳脚已断,人"扑通"跌落于粪坑。

这事倒也让几个年轻教师乐了好几日。

放鸭的老周五路遇杨老头子,也是多嘴,向杨老头子要了根烟抽,就向他耳语:"那天,我在河里放鸭,见阿雏拿把锯子猫在您茅房里。"

杨老头子掉头回走,察看了凳腿,果然为锯子所锯,顿时气得乱蹦乱跳,朝韩子巷大吼:"你去教!"

阿雏由人看着关押了一天。

杨老头子罢教一周,众教师像哄孩子似的,好不容易才把他哄上讲台。从此,杨老头子则以一种老人才有的冷目极讨厌地盯阿雏。

四

从此,老周五的鸭一惊一乍,时不时嘎嘎乱叫,扑着双翅在水上仓皇四窜,划无数条白练,像是被什么惊着了。

正是鸭踊跃下蛋的日子,这使老周五大伤脑筋。此时的鸭,只能在河坎的芦苇丛里安静地歇着,惊不得。惊了,肛门一松,蛋就都滑脱到水中。以往每天早上老周五要从鸭栏里拾溜尖一大柳篮子鸭蛋,乐得从嘴角流哈喇子。这几日早上,只能捡几枚,连篮底都不能被遮住。

他断定是黄鼠狼盯住了他的鸭。

当阿雏听到他狠狠地向人诉说黄鼠狼的罪恶时,乜他一眼,嘴角一撇，心里阴笑。此事当然是他所为：他抱了一只猫，悄悄潜在芦苇里，瞅准机会，突然地将猫往鸭群里一抛！

阿雏不想就此罢休，阿雏从没饶过人。

立秋了。此地有个风俗：立秋这天家家要吃瓜。至于为什么要吃瓜，谁也说不出道理，只知道立秋要吃瓜，吃就行。

早上，阿雏在河边钓鱼，见老周五搂着一个大西瓜回家去了。等人都下地干活了，阿雏便闪进老周五家。他用小刀在西瓜上挖了个小洞，寻来一把勺，掏那沙沙的红瓤一顿痛吃，直吃得肚皮西瓜一般溜圆。

阿雏认定：周五爷特别可恶！

他蓄了一泡尿，想撒去，转眼一瞥空了腹的西瓜，那对短而窄的眼睛恶恶地盯住了它……

晚上，老周五拿出做上人的慷慨派头，大声叫，把儿孙们都唤了来，说是请他们吃瓜。一刀劈去，瓜顿成两半，黄汤四溅，流一桌子。

老周五气疯了，冲进厨房，抓着切板和菜刀，冲到巷子里，用刀在切板上一下一下地狠剁！这是这地方上最恶毒的一种诅咒人的方法，轻易是不用的。据讲，作恶者的灵魂会被剁死。老周五并不像一般人边剁边骂，而是默默地，一步一步往前走。他脸色发灰，冰冷，高高的眉棱下，一对微黄的眼珠卵石一般凝着。每刀剁下去，总要在切板上留一道深深的印痕。有时刀尖入木太深了，竟然要摇动几下方可拔出。

阿雏一动不动地坐在门槛上，只将目光从眼梢上射出去，盯着老周五往前挪动的曲腿，用白得发亮的牙齿咬啮着指甲，直把指甲咬成锯齿一般。

几天以后，阿雏在一座木桥头与老周五相遇。当时，老周五正把一担粪撂在桥头喘息，打算待积蓄了力量后再挑过桥去。

"五爷，我帮你一桶一桶抬过去吧。"

这使老周五十分震惊：阿雏也肯帮人忙？阿雏！阿雏帮过谁的忙呀？！

"来吧，五爷。"阿雏抓住他的扁担了。

"我可独一份呀！"老周五有点受宠若惊了，感动得想哭，"哎！"

一桶粪抬过桥去，老周五屁颠颠地欲要转身返回把另一桶抬过来，阿雏却立住不动了，狡猾地一笑："是你告诉杨老头子的？"

老周五脑子一时转不过来，不知如何作答，眼眶里净有眼白。

"鸭还下那么多蛋吗？"

"你……！"

"西瓜好吃吗？"

扁担抡起来了。

阿雏并不躲让，侧身将两只胳膊交叉于胸前，双眼一闭。

老周五两脚后跟皆离地面，身体往前倾斜，脖子撑得很长，所有青筋都涨得又粗又黑，如一束管子，血往脑子里涌，那筋便突突地跳，眼角裂眦着，扁担在空中颤颤的："我劈死你！"

阿雏无一丝惧色。

只有老周五的喘息声，风箱一般响。

"劈呀？怎么不劈呢？"阿雏微闭双目，用脚一下一下打着节拍。

扁担落下了,却落在地上,打出一口小坑。

阿雏走了,走了十步远,突然把小屁股冲着老周五高高地撅起,继而用手在上面有节奏地拍——这是这地方上表示蔑视和"我怕你个老鬼"的一个专门性动作。

老周五本可以将一担粪挑过河的,现在粪桶一头一只,来去不能。他抓着扁担在桥上来回乱走了几趟,然后在桥中间呆呆地站住了。不知过了多久,他蹲下,望着河水:"不念他没娘没老子,我不劈死他!他知道这一点,这个坏种知道!"转而愤怒,"以为我不敢劈死他吗?不敢?"老周五的眼睛罩了一层泪幕,模糊起来。他这一辈子还未曾被人如此耍弄过。

五

阿雏守在路口:这是大狗放学回家的必经之路。

大狗从阿雏邪恶的眼睛里看出,阿雏心里起了什么念头。他像只小鸡子,探头探脑张望着往前蹭,见阿雏盘坐在路口,两条小腿发软了。他用求救的目光四下里寻找大人,可已近黄昏,人皆归家,路空空,田野空空。他想往后撤,却见阿雏已站起,一步一步地逼了过来。

大狗站住了,小脸黄叽叽的,眼睛里含着乞怜,望着阿雏。

"跟着我！"阿雏说。

穿过一块块田地，气氛越变越荒凉。一群白嘴鸦从暮空里滑过，发出翅膀摩擦气流的干燥寂寞的声音。暮色渐浓，天色暗淡下来。绿色的田野已在身后，出现于他们面前的是一片荒丘。荒丘上孤独地立着一株长得七丫八叉、扭扭曲曲的老树，天光阴晦，那老树变成黑色影子，竟像一只巨爪。东一座，西一座，荒丘上散落着老坟。

大狗寒冷起来，抬头望望天空，想寻一颗星星，然而天只光光的一片蓝。

"那天，我站在办公室里，你高兴了！"

"我……我没……没有……"

"没有？我瞧见你笑了。转过身去！"

大狗面对着朦胧莫测、似乎危机四伏的荒丘。

阿雏在田埂上坐下："你看见什么了吗？"

"没有。"

"没看见鬼火？我可看见了。蓝色的，有个绿莹莹的外圈，一跳一跳的，你没看见？"

大狗把眼睛闭得绝对严实。

"这里有鬼，村里的大人都这么说。老周五找鸭还碰到过，几个老鬼，都没面孔，光溜溜的一张板子脸。几个小鬼在坟上跳着玩……你听见了吗？"

"听……听见了……"大狗的声音跑调了，"阿雏哥，我们回……回家吧。"

"怕什么，我坐着陪你呢。"

大狗壮着胆偷看一下黑荒丘,又赶紧闭上眼睛。

夜风在荒丘上吹着,枯索的茅草瑟瑟抖动。一只野鸡在黑暗深处忽地鸣叫起来。这单调的声音,给四周又添了几分荒寂。

阿雏大概是累了,不说话了。时间一寸一寸地在荒野上走过。

"阿雏哥……"大狗觉得四下里空空的。

没人应。

"阿雏哥……"大狗觉得黑暗沉重地裹着他。

没人应。

大狗扭头一看,阿雏早没影了,顿时像一只受惊的兔子撒腿往回跑,一边跑,一边大声呼喊:"阿雏!阿雏!"呼喊了两声,觉着没有用处,又叫爹叫娘。恐怖的哭腔在夜空下传播开去……

六

大狗病了,连发两天高烧,才渐渐好转。

照理,大狗老子完全可以抓住阿雏把他揍出一裤兜子屎来。可他自己就是不明白,一见到阿雏那对喜爱盯人眼睛的眼睛,心里就空空地发虚。

大狗上学后,不再充当阿雏的尾巴,离他远远的,并且脸上少了以往那种见了他畏畏缩缩的神气,甚至敢拿眼睛瞪他,这使阿雏大为

《十一月的雨滴》

恼火。

"明天，该你给我带两只鸡蛋了！"阿雏说。

第二天大狗上学时，见了阿雏伸到他面前的手，却往开一拨，昂首挺胸大踏步地走了过去。

这回轮到阿雏吃惊了，那只伸出去就没空着回过的手，好像不是他自己的似的停在那里好一阵。眼见大狗就要踏进教室去，他连跑几步，揪住大狗的衣领，甩了几个浑圆，把他掼倒在地。

大狗爬起来，依然笔直地朝前走。

阿雏再度把他摔倒。

大狗爬起来，鼻孔流着血，一提裤子，还是朝前走，无比坚勇。

全体孩子都站立一旁看，一片寂静。

阿雏站到大狗面前，拦住去路。

大狗眼睛里噙着泪，眼珠灼灼地瞪着阿雏。他把书包掷出三米，没等众孩子反应过来，他已把脑袋往胸前一勾，牛一样对着阿雏冲过去。

阿雏一闪，大狗跌趴在地。半天，他慢慢抬起头来，嘴角流着血，歪着脸，狠巴巴地看住阿雏的眼睛。

阿雏站定了不动。

大狗从地上挣扎起来，再次反扑。这孩子不管不顾了，揪住阿雏的衣服，乱抓乱咬乱踢。

最弱小的大狗竟反叛了！

那些围观的孩子激动得脸红红的，心抖抖的，肩挤肩，手拉手，把圈子越缩越小。

阿雏恶狠狠一拳,将大狗打翻在两米外的地上。

许多老师来了。

大狗将脑袋高昂,满面尘埃的脸上两道泪流滚滚直下。

许多孩子跟着莫名其妙地哭起来。

这所小学校的全体老师一起走向校长办公室,向韩子巷正式宣布罢教——除非立即开除阿雏!

韩子巷走到廊下,望着阿雏,凄惨一笑。良久,他说:"把阿雏的作业簿找出来。"

一个老师去了。

"把阿雏自己带的凳子搬出教室。"

一个孩子去了。

他没有再看阿雏……

七

阿雏像一个幽灵,村里村外,成天游荡着。

跟随他的是无边无际的寂寞。

他百无聊赖地倚在柳树下,斜眼瞧一群蚂蚁来来去去,热热闹闹,顿生一股灭杀的欲望。他用瓦片刮起一层浮土,筑成土圩,将那群细腰小生灵全体囿在其中,然后站起,一拉裤带,让裤子一直掉到脚面。他把裤带晾在脖子上,随即,一泡又粗又急的尿一滴不落地全都注入圩中。他也不急着去将裤子提起,欣赏玩味着那些小生灵在水中翻滚挣扎的各种形象。他觉得它们很滑稽,太可笑。

他在柳树下似睡非睡地躺了半天,抓根树枝一边把空气抽得咝咝响,一边漫无目标地溜达。

不知是谁家准备砌房子,脱了满满一打谷场土坯,正一块块竖在那里晒。阿雏用脚一踢,一块土坯倒下去,压倒了另一块土坯,不一会,大约五十块一行的土坯就都"扑嘟扑嘟"倒了下去。这很有意思,阿雏很开心,又一脚,再一脚,一场的土坯皆趴在了地上。

他还是不能快活。

他甚至讨厌天上的太阳:"狗娘养的太阳,天天一样地晒人!"

不觉中,他已走到宽爷家院门口,往里一瞥,他又瞧到了墙上挂着的那面大铜锣。这几天,他老用眼睛瞟这面铜锣。

这里的规矩:锣是不能单敲的,尤其不能急促地单敲。因为这是这地方上的人一起确定下来的报火警的信号。这面锣是过去各家出份子钱铸的,一年四季挂在居于村中心的宽爷家。

他从宽爷家院门口走过去⋯⋯

不知过了多少日子,一天下午,在地里干活的人,忽听村里的大铜锣"咣咣咣"不停顿地响起来了,纷纷扔掉手中的工具。不知谁发一声喊"救火呀!"全体村民都呐喊起来,斜刺里穿过庄稼地,朝村里疾跑。

于是,邻近几个村子的铜锣也呼应起来。这里称"失火"为"走水",因此到处在嚷嚷:"前村走水了!"他们拿着水桶、盆子、铁桶、瓦罐，浩浩荡荡地漫过来，气势磅礴而壮观。

　　这里是芦荡地区，房子皆用芦苇盖就，一家"走水"，周围的村子都得来救的。每个村子里都有一种救火的大型工具，这里的人叫它为"水龙"。一个铜铸的喷水器安放在一个巨大的木桶里，由四个大汉抬着，到了"走水"地点放下，立即会自动地有一条从河边往上递水的队伍排成，水倒进大桶，八个大汉分站两边一递一下揿着水龙上的一根杠杆，杠杆带动活塞，水就从铜管里喷出，能喷出足五十米远。

　　现在，有四架水龙正往这里抬来，无数的人前呼后拥着它们。抬水龙的汉子打着昂扬的号子。

　　四下里一片足音。

　　一群"鼻涕猴"又惊又快活，到处蹦跳："嗷——！失火啦！失火啦！"像是盼得很久了。

　　阿雏早扔下铜锣，攀到村头那棵老银杏树的枝叶里藏着。他可以俯瞰一切。见人流滚滚，人声鼎沸，鸡飞狗跳，他感到一次被开除后从未有过的满足，一心想在树顶上哼支关于小媳妇什么的歌。

　　"谁家走水？"互相急促地问。

　　谁也说不清谁家走水。不一会，就证实了谁家也没有走水。

　　按迷信，水龙来了没喷水是不能抬回去的，必须让它意思一下，证明火已被它所救，不然，什么地方一定还要走水的。人们一听说这里并没有走水，神经一松弛，全然再没有兴致递水和揿杠杆了。村里的老人们出来作揖，这才一个个老大不快活地排列到水边去。

　　四架水龙开始意思了，对着房屋乱喷。外村人忽然觉着今天被耍弄了，几个揿杠杆的汉子大声嚷："上水！再上！"管水管的几个，闭着眼睛,任意改变水管方向,有时径直朝人群喷去,于是人抱着头四下里逃散,不是把某家栅栏挤倒了,就是把院门挤坏了。不一会儿,就有许多人被浇成落汤鸡,一些人家的屋里也进了水,巷子里一片水汪汪的。外村人这才肯罢手,全体喉结一上一下地错动,"呼呼"直喘息。

村里如同遭了一场洗劫。

望望村外被践踏的庄稼地,再望望水淋淋的村子,一个老头用拐棍戳着地:"是谁敲的锣?"

没有声音。

"是谁敲的锣?!"许多人大声地喊,样子要吃人。

从草垛上跳下大狗:"我知道!"

八

上游发大水了,村里人很紧张:大坝一旦决口,大水就会将整个村子淹没。各户人家都做了往高地上撤的准备,河边上拴了许多船。

那些孩子不想这些,照常玩。

大狗趴在船边上,放芦叶小船玩。

阿雏早就盯住了他,趁他玩得入迷,悄悄解了缆绳,紧接着操起竹篙,将船推向河心,又将竹篙在河边一点,纵身跃向空中,然后落在了船上。

大狗惶恐地："放我上岸！"

"上岸？跳水吧。你跳下去，我一定会像你老子当年一样！"阿雏说这话时，阴冷阴冷的，全然不像个孩子。

大狗不会水，只好听阿雏摆布。

阿雏闭口不言，将小船拼命撑出河口，进了无边无涯的芦荡。阿雏扔下篙子，盘坐在船头上，任小船随波逐流往芦荡深处漂游。

远离人群，独自一人处在阿雏面前，又是在小船上，加之四周是白茫茫的水泊和一块块黑苍苍的芦苇滩，大狗真是发怵了。

船离村子已经很远了。

阿雏躺在船上，说："是你，我被学校开除了。是你，告诉了他们，锣是我敲的，我被他们抓去关了两天半。他们用脚踢我！踢我的裤裆！"

"你想干吗？"

"送你到一个芦苇滩上去。也饿你两天半，然后我再来接你！"

"爸——爸——！"

"喊吧喊吧，他们听不见了。"

大狗的眼睛瞪得很大，充满了恐惧。

船又漂出去一段路，隐隐约约地听见远方有人喊："大坝决口了！"

阿雏站起来，只见天边一线白浪朝这里涌来，不一会，河水就开始摇晃小船。大狗蹲到船舱里，用手紧紧抓住船的横梁哭起来。

阿雏在鼻子里轻蔑地发一声"哼"。

船被涌浪又冲出几里路，被一块芦苇滩挡住。阿雏跳上岸，把缆绳拴在一把芦苇上:"大坝决口了,船顺浪回不去,今晚上陪你了,算你小子运气!"

大狗躺在芦苇滩上不停地哭。

阿雏火了:"你再猪哼哼,我把你推到水里!"

大狗就不再"猪哼哼",但还是小声啜泣。

第二天天亮,他们发现小船在夜里被风浪冲走了。

阿雏望着汪汪水泊,愣住了。

于是大狗更加用劲地"猪哼哼",并声嘶力竭地喊他的娘老子,声音很凄厉。

阿雏捂住耳朵,倒在芦苇上动也不动。

大狗的喉咙渐渐地没有了声响,可还是跪在水边上大张着嘴喊。

阿雏忽然从地上跳起,把他拖回来:"你喊,你再喊!"

大狗软软地倒在一堆芦苇上,眼睛里透出绝望来,望着阿雏。

阿雏走向芦苇丛。他头也不抬,一根一根地将芦苇使劲地撅断,撅了一垛,然后扎成捆,不停地干了一整天,黄昏时,已在荒无人烟的芦苇滩上搭成一个小窝棚。

九

一条船也没从这里经过,三天过去了。

阿雏和大狗每天靠苦涩的芦根充饥,脸瘦小了,眼睛却瘦大了,牙齿闪着白生生的光。

阿雏觉得心又慌又空,烦躁不安。

大狗反而显得无声无息。这孩子没有勇气和力量再去想心思。

"船!"阿雏叫起来。

卧着的大狗立即跳出窝棚。

远远的,有一叶白帆,在水天相接处滑行着。

他们竭尽全力呼喊,但饥饿使他们的声音过于微弱,白帆渐渐模糊,后来完全消失。

大狗浑身哆嗦起来,目光里充满哀怜。

"村里的人会来找我俩的。"阿雏望着朦胧的远方。

"会来找我俩吗?会来吗?"大狗往阿雏身边靠了靠。

"会来的,他们一定会来找我俩的!"

拂晓,阿雏把大狗摇醒了:"你听,你听!"

有人在很远的地方呼唤。

他们像狗一样爬出窝棚,跪在水边上,静静地听着。

"听见了吧,他们在叫我俩!"阿雏兴奋得攥紧双拳。

"大狗……!"

声音越来越大,而且分别是从几个地方传来的。

"大狗……!"

"大狗……!"

只叫大狗,没人叫阿雏。

空气里弥漫了"大狗"的声音,竟没有一声"阿雏"!

阿雏突然跌倒了。当他挣扎着抬起头来时,脸颊上是鲜血和泥土。

大狗站起来,欲要对呼唤声回答。

阿雏猛然将大狗摔倒。他的眼睛里发出两束饥饿而凶恶的光芒。

"大狗……"

其呼唤声哀切动人,使人想象得到呼唤者眼睛里含着泪花。

阿雏粗浊地喘息起来,继而猛扑到大狗身上,对他劈头盖脸一顿猛揍。

大狗闭着眼睛,不做丝毫反抗,任他打,泪珠一滴一滴从眼角往下滚。

阿雏眼里汪满泪水,扔下大狗,走到一边去,坐在一捆芦苇上。

秋很深了,芦苇一片惨淡的黄。灰灰的天空下,凋落的银白芦花在漫游。大雁一行,横于高空,发着寂寞的叫声,吃力地扇动着黑翅往南飞。

阿雏望着天空,望着无家可归的雁们,泪无声地流在腮旁。

大狗爬过来,久久地望着阿雏:"阿雏哥!"他虚弱地叫了一声,便晕倒了。

阿雏走了,走向芦滩深处。过了很久很久,他才摇摇晃晃地回来。他的衣服被芦苇撕豁,手、胳膊和脸被芦苇划破,留下一道道伤痕。他身后的路,是一个又一个血脚印——尖利的芦苇茬把他的双脚戳破了。

他双手捧着一窝野鸭蛋。

他跪在大狗的身边,把野鸭蛋磕破,让那琼浆一样的蛋清和太阳一般灿烂的蛋黄慢慢流入大狗的嘴中……

十

夜空很是清朗,那星是淡蓝色的,疏疏落落地镶嵌在天上。一弯明月,金弓一样斜挂于天幕。芦苇顶端泛着银光。河水撞击岸边,水浪的清音不住地响。

两个孩子躺在芦苇上。

"你在想你的娘老子?"阿雏问,口气很冷。

大狗望着月亮。

阿雏坐起身来,用眼睛逼着大狗:"他们都希望我死,对吗?"

大狗依然望着月亮。

"没说过?"

大狗点点头。

"你撒谎!"

夜十分安静。

有一只野鸭从月光里滑过。阿雏的目光追随着,一直到它落进西边的芦苇丛中……

天亮了,阿雏挪动着软得像棉絮似的双腿,拨开芦苇往西走,轻轻地,轻轻地……他从一棵大树后面慢慢地探出脑袋:一只野鸭正背对着他在草丛里下蛋。他把眼睛紧紧闭上了,浑身不由自主地抖索起来。

他抓了一块割苇人留下的磨刀砖,花了大约半个小时,才扶着树干站起来。他的双腿一个劲地摇着,那块磨刀砖简直就要掉到地上。有那么一阵,他一点信心没有了,甚至想大叫一声,把那只野鸭轰跑。他的眼睛瞪得很大,抓砖的手慢慢举起来。砖终于掷出去,由于力量不够,野鸭没有被砸死,负了重伤后,扑棱着翅膀往前逃了。

阿雏瘫痪在地上,望着五米外在流血的野鸭,无能为力。

野鸭歇了一阵,又往前扑棱着翅膀。

阿雏站起来跑了几步,眼见着就要抓住它,却又跌倒了。

下面的情景就是这样无休止地重复着:他往前追,野鸭就往前扑,他跌倒了,那野鸭也没了力气,耷拉着双翅趴在地上,嘎嘎地哀鸣,总是有那么一段似乎永远无法缩短的距离。

野鸭本想从窝棚这里逃进水里,一见大狗躺在那里,眼睛闪闪地亮,又改变了方向。

阿雏爬到已经饿得不能动弹的大狗身边:"等我,我一定能抓住它!"他自信地笑了笑,回头望着野鸭,目光里充满杀气。

大狗望着阿雏:他渐渐消失在芦苇丛里。

野鸭终于挣扎到水里。阿雏纵身一跃,也扑进水中……

村里的人找到了大狗,他还有一丝气息。醒来后,他用眼睛四下里寻找:"阿雏哥!阿雏哥呢?……"这个孩子变得像个小老太婆,絮絮叨叨,颠三倒四地讲芦苇滩上的阿雏:"我冷,阿雏哥把他的裤衩和背心都脱给了我……"他没有一滴眼泪,目光呆呆,说到最后总是自言自语那一句话,"阿雏哥走了,阿雏哥是光着身子走的……"

世界一片沉默。

人们去寻阿雏。

"阿雏!"

"阿雏——!"

"阿雏——!"

"阿雏……!"

男人的、女人的、老人的、小孩的呼唤声,在方圆十几里的水面上,持续了大约十五天时间。

      1988年1月10日于北京大学21号楼106室

妈妈是棵树

MA MA SHI KE SHU

　　平原的黄昏是宽广坦荡的。西垂的巨幅天幕上，烂漫着夏季落日的余晖。似乎疲倦了的乡野，静静地躺在这暗玫瑰红色中，等待着湿润的夏夜来临。远处水塘边的芦苇丛中，露出几弯牛背，驮着暮色，在缓缓移动。稀稀落落几座茅屋，正在模糊成黑影。空气里有了让人舒适同时也让人惆怅的清凉。

　　一驾马车沿着大路，从浑然了的天地相接处朝这边驶来。

　　马车越来越近，后来逐渐减速，在大路边停下。

　　从车上下来一位年轻女子。她的穿着以及身材、面容和一举一动，皆与这乡野，这茅屋，这些荷锄归家的农人形成一个鲜明对比。她文静而优美，眼神中含着几丝激动、几丝忧伤。她用那双眼睛，亲切而又陌生地四处打量着这片土地。当她看到那棵老柳树时,身体和嘴唇皆在这清凉的空气中微微颤动起来。

车夫将草帽扣在脸上,闭目打发颠簸的劳累去了。

树丫上,有一只似乎衰老了的喜鹊,发出一声苍凉的鸣叫,随即扇动沉重的翅膀朝她飞来。

她仰脸朝它张望,心禁不住一阵阵颤抖,举起两只细长的胳膊,把张开的十指映上天幕。她朝它摇动双手。

喜鹊扑着翅膀,一路将她引到老柳树跟前。

老柳树向前倾斜着树干,似乎要跌倒在她身上。

她伸开双臂抱住它粗糙的躯干,两股泪水早已顺着鼻梁流向嘴角。她呜咽着,叫着:"妈妈……妈妈……"她用细嫩的手在它的裂开一道道缝隙的躯干上,无休止地抚摸着。

远处的村子里,有人在暮色里传着话:

"大路边停着一辆马车。"

"好像有一位姑娘朝那棵老柳树走去了。"

于是,有三五个人在朦胧暮色中朝老柳树下张望。

夜色如潮,从四面八方弥漫过来,终于将一切淹没……

秀秀的生命是恶毒的,当她在人世间发出第一声响亮的号啕时,母亲便永远地沉默了;两岁时,父亲为给她摘一枝漂在水面的花朵而失足落水,三天后,村里人在二十里外的下游水域才将他捞到。

舅舅和舅妈将一份像样的遗产连同她一起收留。

她并无一丝悲哀,一样地张开小手嚷嚷着要吃的,一样地把一颗水果糖吮得"吧唧吧唧"响,一样地为空中一只飞鸟而欢呼鼓掌。她还太小。可大人们却从这种快乐里看出了几分阴险和潜伏着的危机。四岁时,她已隐隐约约地感觉到了四周人目光中的异样和陌生,她瞧见了一种隔膜。她无忧无虑的笑容开始减少,那明澈的眼睛里,过早地生出淡淡的忧伤。她有一种习惯:怯生生地看人的眼睛。她变得越来越敏感,像一头走出林子来到草地上的小鹿,小心翼翼地听着四周的声音,看着四周的变化。她渐渐地喜欢独自一人做事了:独自一人在草丛里扑蚱蜢,独自一人在林子里捉柳花,独自一人到水边去把水浇到小鸭们的身上……

她甚至对自己感到陌生。她坐到池塘边,心中充满疑虑,警惕地望着水中自己的面容。

五岁那年夏天,她被舅舅和舅妈领到村前地头的一棵柳树下。

舅妈说:"你命硬,得认它作妈妈。"

那是一棵健壮的大柳树。粗硕的树干在笔直地长了一丈高后,潇洒地打了一个弯儿,回旋来,又笔直地向上长去,然后分开几臂,臂生丫,丫又生丫,丫生无其数,便形成一个巨大的树冠。丈余长的柳枝,千条万条地垂挂下来,宛如一层层绿茵茵的帘子,把夏日的阳光筛簸着。微风轻轻一拂,那丝丝柔韧的柳条,飞扬起来,飘逸动人。

树丫上静默地站着一只美丽的喜鹊。它高贵地昂着闪着紫光的颈子,两只眼睛在闪着锐利的光芒。

好多年以前的一个夏日的黄昏,正是它口衔一根柳枝飞过空中,落在地头,将柳枝插在土里。从此,那柳枝便生了根,长成眼前这棵大柳树。

秀秀看到这棵树,心便微微发颤,并微微有点胆怯。她用乌亮的眼睛望着它。她似乎觉得她与它之间有一种温暖的交流。她升起一种渴望。她觉得它更有一种渴望,并且十分急切。她与它好像对这一见面都已等待了许久。

喜鹊叫起来,声音在碧空下、原野上,袅袅飘去。

很多人来观望。

秀秀没有觉察。此时此刻,她觉得这个世界里,只有她、树和那只喜鹊。

并无风吹,那大柳树却把绵绵的柳条撩动起来,在秀秀的整个身体上抚弄着。她的面颊上感受到一种前所未有的温柔和舒适。这些柳条将她与大柳树联结在一起了,在循环往复地感应着。

喜鹊展开翅膀在树顶上盘旋。

人们全都退去。

秀秀久久地站在这棵慈祥的大柳树下。

喜鹊升向无尽的高空,在消失于云层一段时间后,又突然从云层中出现,然后徐徐落下,一直落到秀秀的脚边。

那喜鹊的眼睛里有一种神性。

每当秀秀看到飞扬的柳条,总会觉得,那很像一个妇人的头发在空中飘动。于是,她便情不自禁地走向它。

大柳树酿成了一方湿润的世界。秀秀一来到树下,从头到脚就有了一种不可言说的舒适。她喜欢它的躯体散发出的清爽而微带苦涩的味儿,喜欢它用枝条千百次抚摸她的脸,喜欢倚在它宽厚坚实的身上,喜欢仰望枝头那只常常凝神不动的喜鹊。她觉得这里是一座房子,一座高大的房子,树冠就是屋顶,那些枝条组成的长长的绿幔,便是墙。

她在大树下游戏，在大树下唱歌，在大树下幻想，在大树下尽情显出傻样来。她记不得那是一棵树。她觉得它的生命在树干里流动，一直流到每一根枝条的梢头。她能听见它安详的喘息和春风一样的细语。

秀秀最喜欢做的一件事就是纵身一跳，双手抓住十几根柳条，在空中飞荡。她很奇怪，自己并没有加力，柳条却带着她"呼啦啦"飞向空中。她的身体似乎变得轻如一只燕子。当她上升时，她只觉得自己在飞向白云飘飘的蓝天，心中充满惊喜。当她下落时，她领略着一种让她兴奋的恐怖。还未等体味透彻，她又飞向了空中。

每当这种时刻，喜鹊就会飞到她的肩头。

她在高空里往远处一瞥，村庄、河流、牛羊和鸭群便都收在眼底。天地在旋转，整个世界在运动。她会在高空里大声地"咯咯咯"地笑起来，或像小疯子一般惊呼乱叫。

于是，就有一群嫉妒她的半大小子来占领这方天地。

"这是我的地方！"秀秀怀着排斥的心理，阻止他们的到来。

像所有无赖惯用的一个无赖的道理，他们振振有词："你能叫答应了，就算是你的地方。"

秀秀紧紧抱着大柳树，向他们射去畏惧和厌恶的目光。

他们将一条浑身上下沾满屎粑粑的大公牛拴到了大柳树上。那牛就用犄角野蛮地搓擦大柳树的树皮。

"你们解开牛绳！"秀秀叫道。

"你自己解吧。"他们中间的那个小秃子，一脸的嘲弄。

秀秀生性胆怯。但，当她看到公牛用犄角尖尖划破树皮时，她却走上前去。

公牛喷着响鼻。

秀秀吓住了。

那帮小子就笑得没了人样，其中小秃子笑得最为夸张。

秀秀再也不怕，上去一拉绳扣，将牛绳解开了。

解脱了的公牛便掉头奔走了。

那帮小子赶紧追赶。

公牛狂奔乱窜。

小秃子很恼火，牛也不管了，拿着割草的刀回来了。他走到大柳树下，一边笑嘻嘻地望着秀秀，一边将锐利的刀尖插进树皮，然后慢慢地往下拉。

秀秀觉得那刀尖在自己的身上冰凉而锋利地拉着，她用哀求的目光望着小秃子。

小秃子正沉浸在残忍的快感里，把刀尖拔出，又一次更深地插进树皮然后极用力又极缓慢地往下拉。

老柳树痉挛似的抖动着，只听见树枝索索响。

喜鹊惊叫起来。

秀秀扑过去，一低头，撞开小秃子，随即伸开双臂，用身体护着大柳树。

小秃子举着亮霍霍的刀，咬牙切齿地走过来。

秀秀竟无一丝畏惧，把头昂得高高的。

小秃子的刀就在秀秀眼前来回晃，像要削掉秀秀挺直的鼻子。

秀秀的眼睛眨都不眨。

只听见"噗嗒"一声，喜鹊将一泡屎不偏不倚地拉在了小秃子亮闪闪、光溜溜的秃头上。

"啊，啊，头上落鸟屎要倒霉的！"围观的那帮小子叫道。

小秃子直往水边跑。

大柳树在往外流着绿色的汁水。

秀秀觉得那是大柳树在流血，伸出细嫩的手去抚摸伤口，并脱下褂子，小心地把它的伤口包扎起来。

柳条飘过来，纷纷拂着秀秀。

喜鹊仰望长空，又恢复了神鸟的样子。

寒风把田野吹出一派荒凉。

天空下的田野显得寒酸而丑陋。灰白的土地很寂寞地听着稀疏的枯草发出的沙沙声。乌鸦在细长的田埂上，摇摆着走，寻觅着食物。天空本身也单调得乏味。

秀秀的心情也常常阴着。

她不能常常来到大柳树下了，因为她不能长久地抵御长驱直入的寒风。冬风也无情地扯去了大柳树的叶子，使它赤条条地立在天空下。她觉得，每当自己来临时，它总竭力要给她一点温暖，然而它终于不能，于是显得痛苦万分，到处布满皱纹。

喜鹊几乎整日整夜地蹲在枝头，仿佛是从树上长出来的。

这天暮色即将降临时，她又来了。

她现在不能回家去。

她捡了一天柴禾才捡了几根。她到处寻找，然而满眼干干净净，地上再也没有什么可捡。她多么想捡一大捆柴禾啊！她可用它们换得一份温热而珍贵的自尊。她很失望，觉得世界是那样的苍白和无趣。

她累了,坐下,将背靠在大柳树上。

喜鹊落下,站在她面前,歪着脑袋,与她对望着。

"能告诉我,什么地方有柴禾吗?"

喜鹊飞回树顶,无奈地用喙敲打着树枝。

一根枯枝落在地上。

沉默着的大柳树忽然抖动起身体,先是三两根枯枝落下,随即,秀秀听到一片犹如除夕夜晚的爆竹的声响,眼前的情景,使她目瞪口呆:长长短短、粗粗细细的枯枝条,"咔嚓咔嚓"断裂,"噼噼啪啪"地掉在地上。那急促,那稠密,那壮观,像是一阵倾盆大雨。转眼间,地上已是一大片枯枝。

喜鹊飞下,衔起一根,丢在了秀秀面前。

秀秀如梦初醒,望着寒风中越发单薄清瘦的大柳树,泪流满面。

喜鹊还在往她跟前衔枯枝。

秀秀弯下腰去,一根一根地将枯枝捡起来。

当月亮升起时,秀秀已背着一大捆几乎要将她压垮了的柴禾,走在回舅舅家的路上。她不时艰难地回过头来望那大柳树。透过朦胧泪幕,她见到它的枝枝丫丫被月光镶上了一层清凉而又光明的银边。

秀秀忽然对书如痴如醉。她悟性又好,刚读完二年级,就差不多能看大人们看的书了。她就呆呆地、忘我地投入其中,沉浸其中,一会儿眉开眼笑,一会儿泪水莹莹。一旦空手,她就变得焦躁不安,像一只走在池边觅鱼的猫一样,到处寻觅着书。那双眼睛饥渴而贪婪。一旦获得,就迫不及待地跑到大柳树下"吞食"。她把凡在村里能找到的书全都看了。书将她带向扑朔迷离的远方,带向虚无缥缈的天国。

她的心灵惬意万分地在暖流中飘浮。她很自足。

　　这天，她从语文老师那儿借来一本很精彩的书。正当她随着书中那个男孩来到幽静的林间水泊准备驾一只小帆船时，忽从身后伸过一只大手来，将她手中的书夺去了。她抬头一看，是舅妈。

　　"你把鸭子赶到河里了吗？"

　　"你是一个好吃懒做的孩子！"

　　"你是一个很让人讨厌的孩子！"'

　　"你是一个很不知羞耻的孩子！"

　　"我让你看这些勾魂儿的书！让你看！"

　　书在舅妈的手中撕碎了，随即被她一抛，雪片般落在秀秀的身上。

　　望着舅妈远去的背影，秀秀慢慢低下头，肩胛便随着痛苦的哭泣而如风中的秋草在颤动。

　　柳条纹丝不动地低垂着。

　　喜鹊的形象是一个复仇者的形象。

　　秀秀突然抱住大柳树，眼泪抢着滴进树皮的缝隙里，慢慢往下潮湿着。

　　秀秀觉得大柳树也在微微发颤，并瞧见那些枝条像注满了力量，像钢丝一样斜横在空中。她有种预感，这里将发生神奇的现象。神态宛如一个军师的喜鹊，使她更加深了这种预感。

　　第二天清晨，不知是谁第一个大声惊叫起来："你们看呀，那树！"

　　简直不得了！仅仅一夜，那大柳树的树冠蔓延开来，几乎遮天蔽日！村里人都涌出来观望,觉得那枝头仿佛如决堤的大水的水头,还在往前"唰唰"游动。天空下这片绿色的浮云,把它身边的一块稻田严严实实地覆盖了。

那是秀秀舅舅家的稻田。

阳光、雨露都被树冠遮住,而此时的秧苗正急切地需要它们的照耀和滋润。

眼见着,眼见着,那一片秧苗枯黄下来了。

舅舅和舅妈一人找了一根长竹竿绑上锋利的镰刀,爬上树或站到地里去,拼命地将大柳树的树枝割削下来。他们"呼哧呼哧"地喘着粗气,与大柳树进行凶狠的作战。

喜鹊盘旋于空中,不时发出一声令人毛骨悚然的叫声。

割削下来的树枝,被拖到远处。阳光透过参差不齐的枝条,又照到了秧苗上。当舅舅和舅妈带着胜利的微笑、拖着疲倦的身子回到那三间茅屋时,大柳树却在夜幕下更加疯狂地生长着。那些树枝像一支义愤填膺又失去控制的军队,激荡着,翻滚着,向前膨胀和涌动,"咔吧咔吧"的生长声在夜空下清脆地响闹着。

舅舅和舅妈不得不与大柳树再次作战。

喜鹊整日整夜不落枝头,展翅空中,为大柳树而高歌不息。

舅舅和舅妈终于无奈地瘫坐在田埂上。他们头发蓬乱,面容憔悴,两眼无神。

停顿三日,他们拿着一把大锯、一把板斧,一脸阴沉地来到大柳树下。

空气中充满冰冷的杀气。

四周一片沉寂。

舅舅往手上啐了一口唾沫，提着板斧走过来。

柳条忽然在飓风中纷纷翻卷起来，朝舅舅没头没脑地抽劈。有一些枝条三两根拧成一股，像鞭子一样，在空中抽得"叭叭"直响。

舅舅挥舞板斧，发疯似的劈杀，只见柳条"哗哗"掉在地上。

喜鹊从空中斜劈而下，狠狠打击舅舅的脑袋。此时此刻，它完全不像喜鹊，而像一只凶鹰，一只恶鹫。

板斧的长柄打到了喜鹊的身上。

一团羽毛在空中飘飞。

舅舅逼近大柳树，一斧头砍进了树干。

村里有人匆匆跑来告诉舅舅："秀秀举着一个火把，说你如不停手，她就烧掉房子！"

舅舅抬头望去，只见秀秀高举火把站在茅屋前的石磨上。

板斧掉在地上……

天下起大雨。

挨了舅舅耳光的秀秀，嘴角流出一缕殷红的血。仰脸望着大柳树，她觉得它这几年衰老了许多。

不知是雨珠还是泪珠，从树叶上纷纷落下，洗去了她嘴角的血迹，淋湿了她的全身……

秀秀的书读得越发出色。小学跳了两级，初中和高中又各跳了一级。身体瘦弱的她宛如一条小鱼，甩着尾巴，越过一群又一群同伴，当她读到高三时，她的头才与班上同学的肩齐。在同学堆里，她的眼睛里老带着一种迷惑和略带惊慌的神色。

这是六月的一个傍晚。

秀秀带着惶惑和紧张,来到大柳树下。第二天她就要参加高考。她对这件事的含义很模糊。它到底意味着什么,仅仅十五岁的秀秀很难深入地去思考。她只感觉到自己很渺小无力,心里有点害怕。此时此刻,她必须要偎依在大柳树的身旁。多少年就是这样,每当她感到忧伤、恐慌或对事情难以作出判断时,她就来到大柳树身旁。

她似乎感觉到大柳树在对她说:"秀秀,今夜你就宿在这里吧。"

夜色从苍茫的田野上,慢慢地涌过来了。

一轮无限皎洁的月亮,从东面大河里升上来了。

秀秀爬上树,那里有一个大树丫,如同张开的大手。秀秀常躺在这里看书和睡觉。

秀秀立即平静下来。

平原的夏夜是迷人的。一望无际的稻田,在月光下泛着涟漪。一条条水渠,银蛇一样闪烁不定。稻叶摩挲,天空下到处是神秘而柔和的絮语。池塘里的青蛙,很清脆地响着蛙鼓。极远的地方,有一声半声野鸡含糊不清的叫声,将夏夜衬托得格外恬静。

秀秀闻着经露珠湿润后的树木花草散发出的植物清香,心情安恬而优雅地望着星空。天好蓝好蓝哟!秀秀第一回这么仔细地观察天空。原来它是这样的清明和高远。星星像被打磨过一般,一颗颗是那样明亮地闪耀着。夜间的云朵才是最令人神往的,它像一叶梦中的白帆,在向前飘移。它把秀秀的想象带到很远很远的地方。

秀秀侧过身子,把脸颊靠在树上。

不知为什么,她像婴儿一样蜷起身子,静静地哭起来。

喜鹊沐浴着月光，立在枝头，像一个预言者。

秀秀上大学之后，大柳树一日一日地衰老起来，成了老柳树。它的树皮越来越粗糙，柳条也越来越稀疏。在一次飓风中，它歪倒了，向前倾着身子，如同驼背老人在眺望漫漫大路的尽头。

秀秀走后的第四个年头的秋天的一个深夜，全村人听到一个从未听到过的炸雷。那雷似乎要把天和地都击成碎片，房屋被震得乱颤。第二天早上，人们看到，老柳树几乎被雷劈去大半，露着白生生的茬口，很凄惨地竖在地头，唯一的一根树枝上，那只喜鹊还忠贞不渝地护着它。

它就这样顽强地活着：每年春天，除了那一根树枝长出绿叶外，在残躯上，还直接冒出几朵绿芽。黄昏里，它在西天的反光中，其形犹如一头仰天长望的母狮。

这生命是难以熄灭的，因为它在等待自己的秀秀……

黄昏里来的马车就一直停在路边。

秀秀一直守护在老残的柳树跟前。

当年，她坐了两天长途汽车，又坐了三天三夜火车，到了她的大学。读完四年书，本想回来看看大柳树，无奈大洋彼岸的那所大学的录取通知书上规定的她的入学时间，根本容不得她实施这一计划，只好一路哭着飞渡重洋，去了异国他乡。

八年过去了。

如今的秀秀，已是一个戴着一副眼镜、身材苗条且又十分有教养的姑娘了。

她跪在老柳树面前很长时间，然后，用纤纤十指，在它的身体上一遍又一遍地抚摸。她似乎听见了大柳树的微弱的心声，感到它的身体在微微颤索。

喜鹊也老了，掉了不少羽毛，也没有当年那么神气了，低垂着脑袋。

一股酸楚之情漫上秀秀的心头，又不禁泪雨纷纷。

东方的天色告诉秀秀，天快要亮了。她要很快离开这里。她实际上并没有时间回来，是硬挤出来的空闲。她必须在上午九点钟之前赶到三十里外的县城坐上长途汽车，然后经过两日颠簸，再坐三天三夜火车，赶到首都，然后重又飞渡重洋。

太阳即将升起。

她匆匆跑向马车。上车后，她看了看前方的村子，转而泪眼朦胧地望着柳树。

马车启动了。

喜鹊扑着翅膀，一直飞在马车的上空，为她送行……

第二年春天，老柳树只冒出一根细细的绿枝。这是它攒足了全部生命才生出的绿枝。

也是在夏日的一个黄昏里，村里人看到，那只喜鹊用喙扭动了半天，终于把那根唯一的柳枝扭断，然后衔着它，吃力地飞过村子的上空，往西方飞去了……

1989 年 12 月于北京大学 21 楼 106 室

疲惫的小号

PI BEI DE XIAO HAO

一

音乐学院演出厅背后的树林是浓浓的黑暗。他无声无息地坐在黑暗中的长椅上。

乐队正在演奏。演出大厅在夜的天光下,更显出一番神圣与高贵。它像一座高高的城堡。它本身就是凝固了的音乐。

有一阵,他的灵魂从黑暗中起飞,回到了这座巨大而深邃的大厅里。

柔和的灯光照着舞台。紫红色的天鹅绒帷幕。黑色的演奏服里露出雪白的衬衫领子。观众的额头在半明半暗的光线中发亮。音乐把他们带入天国，带入净土，也把他们带入幽静和欢闹。音乐是一种精灵，它在诱惑和启迪着人们的灵魂。在片刻之中，尘世消失了，一切丑恶和邪念皆遁去。剩下的只是一片干干净净的天真。

他演奏的是小号。

小号在暗色的背景下闪着古朴的亮光。小号的声音悠扬明亮，小号的声音单纯宁静。

他是乐团唯一的小号手。他的演奏是真正的，地道的。

他聆听着从那座"城堡"溢出的乐音：如潮，如云，如风，如雨，如秋之天空那般高远……

他追忆着从前。近来，他总是沉湎于这种追忆。

小号声从"城堡"中流入了夜空。

他不由得一阵神经质的颤抖。这个位置，本属于他。他感到愤怒，并有一种深刻的妒意。随即，便被一种深深的失落感弄得心情一片悲凉。还有一丝纠缠不去的懊悔。

孩子寻过来了。

他看到了孩子。

孩子像盲人用脚尖试探路面一样慢慢地走过来。

"我并没有让你来找我。"

孩子尴尬地、畏畏缩缩地站在树下。

他站起来。他穿着一件过于宽松的风衣。

孩子的目光在夜色中黑亮黑亮地闪烁。

他走过来，拉起孩子的手，背对着演出厅，从黑暗走向黑暗……

二

那年那月那天的晚上，演出结束后，观众全都散去，他将小号放入盒中，和同事们一起走出了演出大厅。秋风中，他似乎听到了婴儿的啼哭声，同事们似乎也都听到了，纷纷停住了脚步。婴儿的啼哭声变得十分的清晰。他循着声音传来的方向看去，发现在半明半暗的台阶上有一个铺盖卷样的布包。他首先走了过去，同事们也都走了过去。他蹲了下来，看到了一张孩子的泪光闪闪的脸。他立即抱起了襁褓中的孩子，来到明亮的灯光下。孩子的眼睛在灯光的刺激下眯了一会儿，等终于适应了，便睁得大大的，天真无邪地转动着望着人们。

"谁的孩子？"他下意识地大声问。

"谁的孩子？"大家都在问。

鸦雀无声。随即，他和他的同事们都明白了：这是一个他的父母没有勇气向世界公开承认的产物。

人们沉默着，因为人们突然地面临着一种过于沉重的责任。

又沉默了很久。

他看了看众人，一声不言，抱着孩子，带着一种高尚的超人的感觉，以一副悲天悯人的神情，一步步走向自己的住所。

以后的许多天里，人们一直在诉说着他的高尚和德行。

一个男人毫不犹豫地收养了一个婴儿，比一个女人收养一个婴儿，更能产生崇高感。许多天里，他就沉浸在这种感觉的暖流之中。

当一位女性以她天生的母性动作帮着他给孩子重新整了整襁褓时,当一个男人逗弄了一阵他怀中的孩子,意味深长地拍了拍他的肩膀时,这种感觉便一下一下地撞击着他的心,使他的鼻头酸溜溜的。他认识到了自己的善良与仁爱。他向人们无声地表示:我要将这可怜的孩子抚养成人,为此,我不惜一切!在作这种表示时,他甚至会有一种美丽的悲壮感,仿佛在旷野上独自一人看到了一轮巨大的落日。

那段日子,他觉得自己的灵魂因为对这小小婴儿的收留而得到了激动人心的升华。

岁月漠漠流去,人们当初的那种目光渐渐黯淡下来,一切皆回到了尘土飞扬的庸常状态。人们对他一个大男人窝窝囊囊地拉扯着一个孩子,表现出无所谓的态度,并且从开始小声在背地里嘀咕他影响了演奏,发展到公开抱怨他耽误了大家。终于,在一次轮到他独奏并且已经报幕,他却因为孩子生病未能及时赶到演出厅而惹得台下一片口哨声,使乐团的名誉受到极大的损害后,他被合情合理地解职了。

三

他绝不怀疑自己的行为。

他蔑视他们,并且是深刻地蔑视他们。

随着突然地被人们抛入困境,那种悲壮与崇高感变得火一般燃烧着他的心灵。他看了看那些看上去都很高尚的同事,最后一次感受了一下那种似乎很神圣的氛围,毅然决然地拿起他的小号,义无反顾地与这所现在在他的心目中已是一片恶俗的音乐学府告别了。

一年后,他带着这个已经会走路的孩子离开了这座城市,因为,这座城市没有他的位置,他无法养活孩子和自己。

看着这可怜的孩子一天天地长大,特别是当他带着孩子挤在充满汗臭和烟味的五等舱中去寻找生路时,他仍然被自己的高尚所感动,甚至会流下泪来。

后来,在一位过去的朋友帮助下,他在一个走村串巷的三流马戏团谋了一个小丑角色。那时,孩子已经七岁,能记事了。

所谓马戏团,就是几只瘦猴、几条丑陋的狗,还有一只掉了毛的狗熊。他的任务,就是在它们表演之间,穿插一些让人发笑的小把戏。

他带着孩子,随着马戏团到处流浪。到底要走向哪儿,是从来没有定数的。夜里,他们或者是歇在人家的马棚里,或者与那些散发着膻味的动物挤在一间堆放草料的库房中。总是奔波,或在风中,或在雨里,或在旷野上,或搭乘一只小木船慢吞吞地往前去。这些时候,过去的那种感觉已经荡然无存了,剩下的仅仅是关于如何生存的心思。他甚至已经忘记了自己这一伟大的举动,忘记了自己所作出的巨大牺牲,仿佛他本来就应该养活这个孩子似的。一句话,只有现在,没有了过去。由于如此,现在所做的一切,所忍受的一切,皆变得非常平常,全在本来的意义上,没有任何令人激动和快慰的地方。

这个孩子在他眼中的特殊性也渐渐消失了。

但当孩子偶然从他与一位朋友的谈话中得知自己的来历时，却把他的一切行为都深刻地烙在了记忆里……

演出在一个打谷场上进行着。汽油灯发出颤抖却又刺人眼睛的白光。马戏团的到来，使无聊的乡村兴奋得发疯，人们从四村八舍呼呼涌来，一时间，人声鼎沸，烟嚣尘上。

那只瘦猴表演完毕，在台上撒了泡尿，引得土台下的观众笑得人仰马翻。

他出场了，戴了一顶可笑的小花帽，挤眉弄眼吐舌头，俗不可耐地朝观众进行滑稽表演。为了达到某种效果，他不惜自己的形象，甚至不惜侮辱自己。

观众一阵阵狂笑。

这正是马戏团的头头要求他达到的效果。

不知是谁将垫在屁股下的草把扔到台上，随即许多人都扔了起来，飞蝗一般，纷纷砸在他的脸上。他不能恼，还笑嘻嘻的，仿佛他是很欢迎这种胡闹的。

一个喝了酒的光着身子的年轻农民居然跳上台来了。

他笑嘻嘻地迎过去。

年轻农民用迷迷瞪瞪的眼睛望着他，突然一把将他头上的帽子抓了下来，戴在了自己的头上。

台下一片疯笑。

那年轻农民含含糊糊地说："它……它哪儿该……该戴在头上……"说着一把将帽子抓下来，夹在了裤裆里。

他追过来要夺回这顶帽子，年轻农民连忙将帽子抛到观众堆里。

于是这顶帽子被抛来抛去，最后，竟有一个恶作剧的坏小子往里头撒了一泡尿后又将它湿漉漉地甩回到土台上。

他站在台口，嘴唇哆哆嗦嗦。

台下人笑倒了一片。

他低下头去，一步一步走向后台。

台下的人在呐喊："小丑！小丑！"

孩子赶紧跑到台后。

他，一个中年汉子居然坐在黑影里哭了。

孩子很懂事地坐到他身边。

当天夜里，他带着孩子离开了马戏团，茫无目的地走向了他方。

四

又过去了三年，孩子十岁了。

他的头上已经过早地冒出白发，背也明显地驼起来，满脸皱纹，又深又乱，眼神显得很疲乏。他再也不去思考自己。他什么也不思考。他有点儿麻木，完全忘记了自己在做什么、为什么。

这年秋天，他又被人打了。

这天，他领着孩子路过一个水果摊，孩子见到刚上市的柿子，有点儿挪不动脚步，眼睛馋巴巴地盯着柿子看。他停下，摸索着口袋。

口袋里太羞涩,他好不容易才掏出几毛钱来。思量了半天,又把几毛钱放回到口袋里。

他和孩子坐到马路边上。孩子总用管不住的眼睛看那水果摊,而他总在考虑到底给不给孩子买那柿子。

"走吧。"孩子要抵挡那诱惑,说。

"你就坐在这儿,我去买两只柿子。"他说。

他一步一步地挨到了水果摊跟前。柿子刚上市,买柿子的人挤满了水果摊。他在一旁犹豫了好一阵,也挤了进去。

孩子很老实地坐着等他的柿子。

过不一会儿,水果摊那边好像发生了什么事情,只见买柿子的人慌忙闪开。孩子很快看到,那个年轻健壮且又凶狠的小摊贩一把揪住了他的脖领,大声喊叫着:"贼!"

孩子立即跑过去。

"把柿子掏出来!"小贩把他的脖领揪得更紧。

他满脸憋成猪肝色,眼珠暴突着,抖着手,从右边的裤子口袋里掏出一只柿子来,轻轻放回到水果摊上。

"还有一只!"小贩使劲地推搡着。

他只好从左边的裤子口袋又掏出一只柿子,直着脖子蹲下去,把它也放回到水果摊上。

孩子双手抱住他一只胳膊,用哀求的目光望着小贩。

小贩不理孩子,冲着他问:"你他妈的,怎么说吧!"

他的神情完全像个死人。

"你他妈的臭不要脸!"小贩勒住他的脖领,将他拖了一个圆圈。

"松手吧，松手吧!"孩子可怜巴巴地对小贩说。

"松手？松手可以，他必须买我两斤柿子，五块钱一斤!"

人们似乎很乐意发生这种事情，有人说："对，让他买两斤柿子，五块钱一斤!"

一个上了年纪的人，摆出很宽厚、很愿意看到事情得到解决的样子，对他说："你就买两斤吧。"

他低着头。

"买不买？!"小贩牵羊一般将他一直拽到水果摊跟前。

孩子还是使劲抱住他的胳膊。

他用双手抓住小贩的胳膊抵抗着："我……我没有钱……钱……"

"甭耍滑头!"小贩紧紧抓住他的脖领。

那个上了年纪的人仍是一副大好人样："那你就买一斤吧，谁让你偷了人家的柿子呢？"

"我真的没有钱。"

小贩一个冷笑松了手，随即在他身上毫不客气地搜索起来。当真的只从他身上搜出几毛皱巴巴的钱时，小贩恼羞成怒，"叭"地在他脸上扇了一个耳光："妈的，贱贼!"

他打了一个跟跄，摇摇晃晃地站住了。

孩子抱着他的胳膊哇哇大哭。

人们不声不响地散去。

他完全停止了思想，目光呆滞地站在那儿。

孩子拉着他的手，呜咽着，一步步往前走。

天将晚，秋风掀动着他干燥蓬乱的长发。

他们一直走到天黑,才在路边坐下来。孩子疲倦极了,伏在他的膝盖上不一会儿便睡着了。他还是茫然无所措。过了很久,他才慢慢地有了意识。半夜里,他把孩子推醒说:

"明天,我教你吹小号。"

五

"我要将这孩子培养成一个有出息的人。"这一意识忽然产生,并且是那样的清醒,犹如黎明前东方天空的那颗又明又亮的星。他又在一个新的层面上看到了自己当年所作出的选择所具有的价值,并因此陷入了亢奋。当他为孩子的未来勾画得越来越栩栩如生时,他从心底深处蔑视一切从前曾无视、曾嘲笑他的选择的人们,有了一种欲要洗刷这几年屈辱的渴望和快感。

总之,一切都在这孩子身上了。

然而,悲剧在于这个孩子并无太大的可塑性——对于这一点,当还未教孩子吹小号时,他并未意识到。

首先,这孩子过于老实。他很少言语,没有孩子的脾气,没有孩子的贪玩之心和令人讨厌的破坏欲望。他回答人的问话,只是点头和摇头,最多用一声"嗯"。你如果让他坐在那儿等着你,他就会托着下巴,将胳膊肘支在膝盖上,如果没有人来给他一个站起来的信号,他很可能就会永远地坐在那里。他永远不可能是那种被人称之为"有灵气"的孩子。他的目光是诚实的、憨厚的，也是纯真的，但没有孩子应有的机智和狡黠。他似乎很懂事，但绝不是那种一点就通的孩子。

其次，这孩子是一个没有力气的孩子。五岁之前，他的脖子细如灯草，细得似乎支撑不起脑袋，而使脑袋总是歪在一边。他的呼吸是那样的细弱，别人很难听到他的呼吸，就像听不到蚂蚁的呼吸一样。他走到哪儿，总喜欢随地瘫坐下来。力气是一个很要紧的东西。力气也是一种才能。人缺少足够的力气，必将一事无成。

还有，这孩子似乎有一种与生俱来的忧郁心态。这从他黄叽叽的小脸和缺少光彩的眼睛就可看出。这一点很要命，因为，它会压抑蓬勃跃动的生命力。

他现在却要把这样一个孩子教化成一位出色的小号手、演奏家。

他从盒中取出已尘封许久的小号，将它擦亮，然后手把手地教这孩子将它放到嘴边。他很耐心地教孩子如何使用气流、如何揿动气门。孩子很用力去学，但学得十分费劲。在孩子看来，这小号是如此之沉重，如此之难以把握，简直要他的命了。他将脸憋成一只小小的气球，也不能将它吹响。几根细软的手指，既无力量，也很不听使唤，过不一会儿，额头上就汗淋淋的了。

"别急别急。"他抹去孩子额上的汗水，说。

孩子抓着小号，垂挂着胳膊，沮丧而又负疚地望着他。

"一点儿也不能着急。"他帮孩子擦去汗水，说。但他心里是恨不能孩子一夜之间便能圆满而漂亮地吹奏出一首小号乐曲，就像他当年一样。

孩子将小号又凑到嘴巴上去。在孩子用了吃奶的力气之后，小号终于发出了"噗噗"声。那声音完全像老水牛的叫唤。孩子自己憋不住傻笑起来。

"你怎么这样笨哪！"他长叹了一口气。

孩子一副手足无措的样子。一想到刚才小号发出的声音时，又"扑哧"一声笑了，因为他突然地想到了放屁的声音。

他也笑起来，但很快又变成了一副很难看的脸色。

孩子垂着头，脑瓜发木地望着手中的小号。

一连好几天，他紧紧抓住孩子不放，坚决地、毫无回旋余地地要孩子吹小号。他的心情焦急烦躁，无法使自己冷静下来。该吃饭了，他不让孩子吃饭。该睡觉了，他不让孩子睡觉。他自己也不吃不睡。他毫无要领、心烦意乱地教着孩子。他使孩子无所适从。他把孩子弄得傻呆呆的，并且常常含着眼泪。

"算了吧！"这天，在孩子终于没有将他要求的一个音符吹响时，他一把将小号从孩子手中夺回来，将它扔回到盒子里。

可是五更天，他却又将孩子轰醒了："走，到河边练去！"

孩子迷迷瞪瞪地跟了他。

天很凉，灰白的天幕上，几颗星星寒冷地闪着亮光，四周的景物皆在一片朦胧之中。

孩子提着小号，哆嗦着跟在他身后。此时，困倦的孩子没有任何心情，只是觉得很木然。他对小号这玩意没有兴趣，但也说不上讨厌。

"吹吧！"

于是孩子就吹。

"哆——来——咪"

孩子机械地吹出这三个音符后停住了,等着指令。

"你是属算盘的呀?不拨不动!你倒接着吹呀!"

吹什么呢?孩子不知道了。

他摇了摇头,裹着衣服坐下了:"你说,你还能学下去吗?"

孩子不知道怎么回答。因为他本来就不会去考虑这个问题。

他已经看出这一点:这是一个平常的甚至平庸的孩子。认识到这一点,他并不悲伤,但觉得心中一片空白,无边无际的空白。

又过了半个月,当孩子终于没有能将七个音符一气吹出时,他一点儿也没有发脾气,甚至连一点抱怨的神色也没有,将小号重又锁进了盒子。

六

再次打开这只盒子,已是在他离开曾供职的那座城市十五年以后。

颠沛流离,他又回来了。一位当年的朋友去美国定居,便将一套住宅让给他与孩子暂时居住。

孩子已断断续续地念完小学,勉强上了初中。

他回到这座城市之后的一个强烈感受便是空空落落。白天，孩子上学去了，就他一人守着几乎没有任何家具的空屋，光光的白色墙壁，使他心烦意乱。他便到街上去。一张张陌生冷漠的面孔、热闹喧哗的市面、川流不息的车辆……对于这一切，他都无动于衷。他已两手空空，连心都是空的。冷落感不时地咬住他的灵魂，就像一只饿坏了的狗死死咬住一根骨头。

他开始怀疑生存的必要性。

他不时地遇到往日的同事。他们总是匆匆忙忙、风风火火，仿佛被无数的欲望烘烤着。而他呢？心如死灰。

无名的烦恼老来纠缠着他。

孩子与他一起生活，总是小心翼翼。

恰在这时，一位现在大权在握的朋友来看他，临走时说："你完全可以再回乐团嘛，只要你的小号吹得还像从前那般嘹亮。"

几天的犹豫与彷徨之后，他打开了盒子，取出了那支已经发乌的小号。

他跑到河滨公园，将那荒废了十五年的小号吹响了。但是，还未把一首曲子吹奏完毕，一种深刻的悲哀便已袭上他的心头。他觉得自己已经伤了元气了。从前那股从丹田袅袅升起的让人兴奋不已、豪迈不已的圆浑有力的气，似乎已耗散得差不多了，总也拢不住股，连不成线，稀稀薄薄、软软沓沓、吞吞吐吐的。嘴唇的肉质变得僵硬，像豁口的玻璃瓶，把通过的气流划破了，发出"哧哧"的杂音，再也不能像过去那样圆圆滑滑地吹进小号。手指也失去了从前的弹性和灵敏，变得麻木，难以调动。从前，那手指是像活泼的小耗子一样在上面跳动的呀!他甚至把一首演奏烂了的曲子的节奏都忘了——他居然没有了与生命的律动相呼应的节奏感。

望着小号,他黯然神伤。

他不服气。这种不服气使他蛮横了好几日。他使劲地吹,就像乡下一个送葬的吹鼓手,把腮帮子吹出两个大鼓包。他简直不像是在吹奏一首曲子,而仅仅就是想将它吹响。那股气呢?多么宝贵的气呢?没了,逸出体外了,所剩的只是一副骨架。音乐的感觉也无影无踪,怎么找也找不着。他真正地茫然了。后来,他简直气坏了,旁若无人地在公园里跟小号赌气,把小号吹得像猪嚎一般。

一群老头天天在这里拉京胡吼京剧,对于他的噪音干扰,已经宽怀大度容忍好几日了。

"这人神经病!""二百五!"老头们窃窃私语。

终于,老头们一起围过来抗议了:

"你胡吹什么东西呢!"

"也不嫌炸耳朵!"

"要吹别处吹去!"

他这才意识到自己的不合适行为,冷冷地向老头们作了一番道歉后,抓着小号离开了公园,一直走到护城河边。其时,夕阳西坠,西方天空镀了一片金色,对岸的芦苇在闪闪发亮。

他看着夕阳一点点消失,把小号轻轻地遗弃在河边。最后一片残阳无声无息地照了过来,小号在草丛中宁静地闪耀着温暖迷人的亮光。

七

他进入了深刻的孤独。

他的脾气开始变得古怪和尖刻。

孩子是这种脾气唯一的受害者——似乎这种脾气就是专对孩子的。平时,他与孩子很淡漠地相处着。而有些时候,他就会克制不住地为难孩子。事过之后,他也无一丝歉疚之情。

这天,他从演出厅背后的树林回到家后,显得烦躁而冷酷。

孩子一直在门口等他。

他在椅子上坐下后说:"帮我倒杯酒行吗?"

孩子连忙给他把酒倒上。

他只是喝着,沉默不语。

"唱支歌好吗?"他说。

对这一要求,孩子毫无准备,况且孩子并无这方面的才能。孩子为难地望着他。

"你连一首歌都不肯为我唱,是吗?"

孩子连忙摇头。

"那就唱吧。"

孩子局促了一阵,便唱起来。歌是从其他孩子那里听来的,只是一种记忆,孩子自己并未唱过,一开头音就发高了,很快便爬不上去,只好又突然跌落下来,给人一种一落千丈的感觉。孩子唱得很认真,但总是找不准音调,唱得战战兢兢、歪歪扭扭、怪腔怪调。滑稽可笑的是这孩子唱着唱着还真动了感情,唱得很起劲,两只眼睛还透出很少见的活力来。

他大笑起来,摇了摇头:"这也叫唱歌!"

孩子停住。

"怎么不唱了?唱吧唱吧!"

孩子又唱起来,但已没了刚才的信心。

"你这孩子的嗓音怎么这样难听!"他的眉宇间略显出厌恶之神色。

孩子的声音慢慢低落下来,直到无声。

"你不能再换一首吗?从哪学来的?那是痞子唱的。"

孩子很羞愧,脸一阵阵发烧。

"怎么,就只会唱一首歌?"

孩子立即唱起另一首歌。他却倚在椅背上睡着了。

孩子唱着唱着哭了,但还是在反复地唱。

他醒来了,厌烦地:"你怎么还在唱?"

孩子的眼泪像断了线的珍珠,簌簌落在了手背上……

八

秋天,他生病了。

他说不清楚自己得的是什么病。他固执着,不肯去医院看病,只是整日躺在床上。他对自己的病痛并无明晰的感觉,只是觉得自己的病一定是很沉重的。于是,他便呻吟——只要孩子在他身旁,他便呻吟。

他忽低忽高忽长忽短地呻吟着,呻吟着……

孩子一听到他的呻吟声,就跟着痛苦起来,并且神经紧张,不知所措,手忙脚乱,而当孩子终于知道自己无能为力时,便又陷入深深的负疚。

"你怎么不到我床边坐一会儿呢?"

孩子连忙搬一张椅子坐到他身旁。

似乎没有什么话好说,他将脑袋歪在枕头上。

孩子看着他苍老无望的面孔,想哭。

"倒杯水好吗?"

孩子连忙去倒水。

"太烫。"

孩子把水杯放在凉水中冷却了一会儿再端上来。

"又太凉了。"

孩子又往水杯中加了些热水。

他摇摇头,叹息了一声:"放在那儿吧。"

"把窗子关严,有风。"

孩子关好窗子,又重新坐下。

"你连一句安慰人的话都不会说吗?"

孩子局促地扭动着身体,满脸发烧,欲说无言。

"去吧去吧。"他说完,把身体转过去呻吟起来。

孩子不知自己站了多久,然后走出门去。

他慢慢地停止了呻吟。

窗外,秋很深了,天蓝得让人发凉,梧桐树开始落叶了,棕色的叶子一忽一忽地飘下去……

他觉得这一刻自己的心灵和身体都很安静,像泡在秋天林中的池水里。

很久,门"吱呀"响了。

"你上哪儿啦?"他问孩子。

"我就坐在大楼门口,我哪儿也没去。"

孩子就这样在他没完没了的呻吟中一寸一寸地挨着。到了学校,坐在课堂上,这呻吟声也不能放过他,仍不断地响在他的耳旁。期末考试,他各门功课都考得很糟。他没哭,心里也没有悲哀。这孩子有点儿发木。

他的病真的加重了。呻吟声一日一日尖厉起来,仿佛他的灵魂都被痛苦缠绕着。它震颤着孩子的耳膜,惊扰着孩子的心,使孩子一刻不得安宁。孩子捂住耳朵,可这呻吟声具有不可阻挡的穿透力,使孩子烦躁,心绪如麻。孩子只好钻进里屋,将门关上。

"人呢?"孩子离开他不一会儿,他就查问。

孩子只好走出来。

这天,孩子终于忍受不住呻吟声的折磨,像逃犯似的逃出屋子,一口气跑到城外河边的草地上。孩子躺下,望着清纯的天空,张大嘴巴,大口大口地呼吸着野外湿润的空气。不一会儿,便睡着了。

孩子醒来时,天快晚了。

他见到孩子,什么也没问,脸上却浮起一丝慈爱的笑容。

孩子内疚地走到他床边。

他抓着孩子的手,让孩子坐下。他没有呻吟,仿佛病痛已如潮水退去。

他已很瘦了,颧骨突兀着,眼窝又深又大,鼻梁像退潮时露出的石脊,没有血色的嘴唇疲倦地下垂着。

孩子望着黄昏中他的面孔,忽然哭了起来。

"哭什么呢?"他拍拍孩子的手背。

夜里,他催孩子去睡觉。孩子不肯,坚持着要陪伴他。他没有拒绝孩子。

后来,孩子趴在他床边,一直睡到天色发白。

他一夜未能入睡。此刻,才似乎有了点儿倦意,问孩子:"快天亮了吧?"

孩子揉了揉惺忪的眼睛,点点头……

九

他去世后不久,孩子考上了外省一所很多人听都没听说过的三流大学。

在离开这座城市之前,孩子将所有的家当全部变卖,买了一支很不错的小号,供在他的像前。

从此,孩子再也没有回这座城市。

1989 年 1 月 1 日于北京大学 21 楼 106 室

蔷薇谷

QIANG WEI GU

一

  她平静地走向悬崖……

  末春,蔷薇花开了,红的、白的、黄的、深紫的、粉红的,花光灿烂,映照着峡谷。刚经一场春雨,花瓣上还沾着亮晶晶的水珠,湿润的香气,从峡谷里袅袅升起,在空气里流动着。

  太阳渐渐西沉,在幽暗的远山背后,它向天空喷射出无数光束,犹如黄金号角在天边齐鸣。后来,它终于沉没了,橘红的流霞染红了整个蔷薇谷。几只投林的倦鸟在霞光里扇动着翅膀,样子剪纸似的。近处的山顶上，几只觅食的狐狸，也正返回沟壑间的巢穴。

霞光渐淡，天地间渐转成灰白色。寂寞的山风，已轻轻地吹来。

她垂下眼帘，只听见风声在耳边流过……

一个老人沉重的咳嗽声阻止了她的行动。她回过头来，见老人在暮色里站着。她看不清他的脸，但能感觉到他的目光——一对真正的老人的目光。

"要跳，到别处跳去，别弄脏了我的这片蔷薇！"老人只说了一句。

她哭了，哭得很文静，含着温柔的忧郁。她用令人爱怜的目光一直望着老人。她感觉到老人在用目光呼唤她："跟着我。"

老人转身走了，她跟着。他们之间被一根无形的线一拉一扯地牵着，走向峡谷。

幽静的小径穿过蔷薇丛，一间茅屋出现在月下。老人不回头，推门进去。不一会儿，油灯亮了，老人的身影变得像一张十分巨大的船帆，投在墙壁上。

她走进阴暗而温暖的小屋，坐在凳子上。她双手合抱，安静地放在胸前。她的眼睛一直跟随着老人。她的神态很像是一只翅膀还很娇嫩的雏鸽，迷途了，被收留它的主人用柔和的灯光照着。

老人在她面前的小桌上摆上吃的，就去里屋支铺。支好了，老人抱来被子，又把身上披着的棉衣脱下加在被子上，对她说："夜里，有风从山谷那头来，凉。"

他走出茅屋，坐到一块岩石上，烟锅一红一红地亮，仿佛夜在喘息。

深夜,她听见了山风从静静的蔷薇谷流过的声音。风声里,舒缓地响起老人的歌声。那歌没有唱词,只是一种调子,在寂寥的山谷里,像湖上的水波,往漫无尽头的远方慢慢地荡开去……

二

她给老人披上衣服,在他身边坐下。

夜,一切宁息着。金黄色的淡月,照着蔷薇谷,照着影影绰绰的远山。烟树里,几声山鸟含糊不清的啼声,衬出一番空虚,一番惆怅。

"你从哪儿来?"

"那边的城。"

"出来几天啦?"

"从昨天晚上走到今天晚上。"

"为什么想从那儿跳下去呢?"

"……"

"我也曾想在那里跳下去过,那是二十一年前。"

"你吗?"

"我。"

"为什么?"

"不为什么。后来,我看见这个蔷薇谷,看见那片花,我在岩石上坐到天亮,在这里留下了。"

她托着下巴,望着纯净的天空。

老人又唱起来,一个音符与另一个音符之间的距离拉得很长,好似一辆沉重的马车从这个驿站到另一个驿站,充满着艰难……

她把一切都告诉了老人。

她很爱她的爸爸。

爸爸曾担任过一家乐团的首席指挥。那时,她还小,常和妈妈去参加由爸爸指挥的音乐会。爸爸穿一身黑色的礼服,头发闪闪发亮。爸爸的体态和动作十分动人。钢琴、提琴、黑管和长笛……一切乐器随着他的暗示、召唤和交流,奏出各种奇妙无比的声音。乐声在大厅里盘旋翻舞着,忽高忽低,忽快忽慢。一会儿,声音像一只黑色的燕子在静寂的空中优美地滑动;一会儿,声音像镀了金子一般,一片光明灿烂,满世界金泽闪闪;一会儿,声音暗下去,像夜空下的远处有一眼清泉一滴一滴地跌落在松间的黑潭里;一会儿又像星空下的荒野上有万马奔腾。音乐魔力无边。她有时觉得浑身热烘烘的,嚷嚷着要妈妈给她脱去毛衣,可一会儿,又觉得凉阴阴的,仿佛走在凉气逼人的浓荫下,禁不住要往妈妈怀里钻。神奇的音乐竟然唤起她各种各样的联想:毛茸茸的酸杏子、蓝晶晶的冰凌凌、娇嫩的六角形雪花、山坡上有座红色的小房子、六楼阳台上飘下了一条蔚蓝色的纱巾……

谢幕了,爸爸抬起头来,张开双臂。

她喜欢去听爸爸指挥的音乐会。

可是，在她十岁那年，爸爸却被指认为"犯了错误"，一夜之间被解职了。

爸爸待在家里一年，闭门不出，眼见着家中生活再也无法维持了，靠朋友的关系，做了一家毛笔厂的推销员。爸爸背着两大包毛笔，一出去就是几十天。他走到很远很远的地方，把毛笔卖给那些小商店。而大多时候，他是直接跑到小学校里，把毛笔兜售给那些正在上大字课的孩子们。他把毛笔摊在一块布上，蹲在学校门口，耐心地等待生意。她跟爸爸出去过一次，爸爸实在是太辛苦了。坐车坐船，有时还要十几里十几里地步行。饿了，跟人家要碗水喝，吃点儿干粮。走到哪里算哪里，天黑了，就跟人家借宿，或是在灶房里，或者是磨坊里。爸爸到处跟人家说好话。一天夜里，因为没有借到宿，他们露宿在人家屋檐下。月光清淡地照着，天很凉，他们都睡不着。爸爸问她："想妈妈吗？"她问爸爸："你呢？"爸爸把她的头拢到怀里，一遍又一遍地抚摸着她的头发。她知道，这个世界上如果没有妈妈，爸爸也许就不想活了。爸爸说："我们把这次挣的钱，给你妈买件好看的毛衣，好吗？"她点点头。

一年又一年，爸爸出去，回来；回来，出去……

爸爸又背着两个沉重的大包出去了。一天晚上，她到同学家温课，夜里回来时，她感到有点儿冷，想和妈妈睡一床。推开妈妈的房门，拉亮灯，眼前的情景立即使她捂上了双眼：床上，妈妈正睡在一个陌生的男人怀里！

她跑出家门，在空洞的夜街上发疯似的跑，最后跑到城外的小河边,抱着一棵梧桐树跌坐在地上。坐到天亮,又坐到天黑。

爸爸回来了。

她望着爸爸,爸爸老了:那头黑亮的头发变得枯涩,并且掺杂着白发;背也驼了,由于长期在一侧肩上背包,肩倾斜着,那样子总像一条侧身沉在水中的帆船;一双灵活的、富有魔力的手,变得粗糙、僵硬,没有一丝灵气,并且有一道道被野风吹出的皱纹和裂口;那双充满情感的像黑夜间两星烛光的眼睛,变得灰蒙蒙的,像长了翳。

她让自己笑起来,并撒欢:"爸爸!"

爸爸坐在沙发上,目光显得有点儿呆滞。

"我和妈妈真想你。"她说了很多妈妈想念爸爸的话。

爸爸变得有点儿不对劲了:天很黑了,才摇摇晃晃地从外面回来,浑身散发着刺鼻的酒气。

这天,她放学回家,家里静悄悄的。待她适应了屋中的昏暗,她双腿哆嗦起来:爸爸坐在沙发上,手里抓着一支双管猎枪!她用嘴咬啮着手指,紧缩着身体。她觉得自己的心忽然地变成了一团冰,一股彻骨的寒冷漫上全身。当她把咬破的手指拿出时,牙齿"格格格"地敲响着。

"爸爸,你想打死妈妈吗?"

爸爸木然地坐着,脸一成不变地凝固着。

"爸爸!……"她突然跪倒在爸爸的脚下,哭着,用双手抱住爸爸的腿,使劲地摇着。

爸爸像一个木偶一样晃动着。

她抬起头，仰望着他的眼睛："爸爸，你把我也打死吧！"

爸爸的猎枪掉在了地上……

第二天凌晨，当她坐在床上静静地等着一夜未归的爸爸时，远处的大河边上，传来一声沉闷的枪响。她赶到时，只见爸爸的脑袋流着血，倚在一棵老树上，像是很疲倦了，现在安静地睡着了……

老人把衣服轻轻地披在她的肩上。

蝉翼般的轻雾，在蔷薇谷里似有似无地流动。月亮歇憩在西方峡谷的枝丫上，像一只胸脯丰满的金凤凰在那里建了巢。雾渐渐地浓了，"凤凰"渐渐消逝了……

黎明像一只羽毛洁亮的玉鸟从东方的天边朝蔷薇谷飞来。

三

她到山下五里路外的小镇上接着读初中。

每天晚上放学归来，她老远就能看见老人静静地坐在峡谷口等她。巨大的落日就在老人的背后，老人像靠在一个圆形的富丽堂皇的金色椅背上。每每见到这个形象，她总感到一阵温暖和一股让她鼻头发酸的柔情。她向老人摇摇手，朝他跑来。

他们沿着山径，走向蔷薇丛中的茅屋。

夏日到了。晚饭后，她就爬到吊床上凉快去，让被路途和学习搞得发酸的身体软款款地躺着。吊床是老人用葛藤做的，吊在两棵大树中间。吊床上缀满五颜六色的鲜花，那是她采来的。睡在吊床上，望着大山之上的夜空，她的心感到从未有过的恬静。山风吹着空山。远处隐约有清泉叮咚作响的妙音。蔷薇开得很盛，香得醉人。浴在银绸般的月光里，她浑身舒展，觉得自己非常柔软、轻飘，把细长的胳膊垂在吊床边。

只有当老人又哼唱起来，她才侧着身，任无名的沉重漫上心头。

老人总是那副固定的面容：清冷、淡漠，眼睫毛有点儿倒伏的眼睛里透出一股坚韧，甚至是冷酷；偶尔刷地一亮，就在这如同电光石火稍纵即逝的目光里，显出了一种难言的焦灼和痛苦的渴求。

老人的额上有一块紫黑色的疤，使得脸上的表情还略带凶狠的意味。

有一天，她被老人的歌声唱得泪汪汪的："您怎么了，爷爷，老这样唱？"

老人忽然意识到自己的歌给她带来了什么，感到十分歉意和难过。

"那天，您说您也要从那里跳下去？"她久久地望着老人的眼睛。好奇、关切和不愿再让疑虑继续下去的心情，使她想立即知道这是为什么。

老人把头垂下又抬起："我有十个年头，是在监狱里度过的……"他没有看她，问，"你害怕了？"

"不，我不怕，爷爷。"

"你要问我这是因为什么？对吧？这无所谓，投毒、放火、做强盗，反正都一样，都叫犯罪……我得一辈子在心里为一个亡灵祝福。他曾和我同一个牢房。我敢断定他没有犯罪。他很年轻，很漂亮，是一个清白的人，甚至是一个伟人。我发现，他怀里总是一直藏着一朵蔷薇花。我猜想，那花是一位姑娘给他的吧？一直到最后，我也没有能够搞清楚。他终于被枪决了。临走前，他对我说：'早点儿出去吧，出去做一个好人！'……二十年的监狱，我十年就坐完了。想到自己马上就要回到妻子儿女身边，我激动得站立不起来，用手扶着监狱的大墙，走向大门，心里在想：他们在等我呢，他们在等我呢……我走出了大门，大门外一片空空荡荡，只有风吹着，监狱外的风就是大……后来，我像你一样，走呀，走呀，走到了那个悬崖上……夕阳照着峡谷，蔷薇花开得很美，我突然想起了他……我狠狠打了自己，就在岩石上坐下了……"

"您一个人住在这里，害怕吗？"

"怕鬼？这个世界上没有鬼。怕强盗？"老人摇摇头，"那他们可看错人了。可我真的害怕，害怕什么呢？这峡谷太静了……"老人忽然被什么沉重的东西压迫着，呼吸急促起来，眼睛里含着惶恐。过了好一阵，他才使自己平息下来，"有时，我憋不住了，对这大山拼命地喊叫，一直喊出泪来，喊到喉咙发不出一丝声音。除了种好坡上那片地，我就沿着山谷，拼命扩种蔷薇，恨不能让它长满这个世界。"老人望着她，忽然变得像一个孤立无援、软弱无力的孩子，甚至忘记了自己这个年岁的人应有的持重，问，"你……很快就会走吗？"

她摇摇头，又摇摇头。

一老一小,两颗寂寞的灵魂,面对着寂寞的大山。

四

太阳仿佛突然坠落下来。而在离地面很近的空中便又刹住了,无声无息地燃烧,露出一副要把地面上的最后一滴水珠也烤干似的狠劲。天铁青着脸,三十天里没飘过一丝云。干旱疯狂地笼罩着大山。方圆几十里,很难找到一瓢水。远处,那口清泉也已干涸,不再有流水的音响。空气干燥得似乎能摩擦出蓝色的火花。

她有点儿恐惧了,常用焦渴的眼睛瞧着头发蓬乱的老人。

"别怕,这些蔷薇还没有死呢!"

蔷薇依然顽强地在峡谷里生长着,叶子竟然绿油油的,一些很细的枝条,向空中坚挺,一簇簇白色或粉红色的花,硬是从容不迫地开放着。

于是,她真的不怕了。

隔几天,老人就从十几里外的河里挑回一担水。对于这些水,老人自己用得十分吝啬。渴得实在熬不住了,他就从灌木丛里采几个酸果放在嘴里咀嚼着。但,每天早晨,他起来的第一件事就是极其慷慨地盛半盆清水放在门口的石桌上——给她准备的洗脸水。

望着清凉的水,再望望老人爆皮的嘴唇,她固执着不肯洗。

老人却毫不动摇地坚持:"洗完脸才能去学校!"

那张细腻的、白皙得没有一丝杂色的脸,每天早晨如果不能保证清洗,对老人来说,心里是通不过的。只有当她额头上的头发挂着水珠,面孔因清水的滋润而变得活泛、纯净、散发出潮湿的气息时,他才会感到可心。

为这事,有一天老人发火了,差点儿没把盆子里的水泼进蔷薇丛中。他在嘴里不断地嘟囔着:"姑娘家不洗脸,姑娘家竟不洗脸……"

她一边洗,一边把眼泪滴在水盆里。

又过了些天,她放学回到蔷薇谷,老人显得很富有,并且夸大其词地说:"这些天,攒了很多水,今天,我又挑回满满一大担,你洗个澡吧。"老人蹒跚着,向峡谷口走去。

她没有违背老人的意愿,脱去衣服,赤着身体,用瓢把凉丝丝的水从头顶上倾倒下来。水像柔润的白绸拭擦着她的身体,十分惬意。夜晚的大山,显出一派静穆。浴在月光里,她显得几乎通体透明。她低头看看自己,觉得自己长大了,长得很好看,心里感到莫名的害臊和幸福。一瓢,一瓢,她尽情地挥霍着老人给她准备好的清水。她觉得自己的心都是湿润的。她忽然觉得想唱一支歌,就唱了。声音仿佛也被清水洗濯过了,纯净如银,在峡谷里响起来。这个已在世界上不知存在了多少年的峡谷,第一次接受着一种发自少女心灵深处的声音的抚摸,四周变得格外安宁。

老人倚在岩石上睡着了……

五

这天,老人照例坐在峡谷口的岩石上等待她归来——然而,今天直等到月上中天,她也没有回来。

她走了。

干旱不光搞得老人精疲力竭,而且给他的生活带来巨大的压力:庄稼几乎颗粒无收,茅屋角落上土瓮里的粮食已所剩无几。她并不太清楚这些,照样无忧无虑地吃着老人为她做好的饭菜。当她偶尔发现老人躲在岩石后面艰难地啃吃着一种苦涩的植物根茎时,她恨死了自己。

老人瘦得只剩一副骨架,颧骨突兀,面色发灰,下颏尖得有点儿可怕,她如果再在蔷薇谷住下去,老人就会像一盏油灯很快被她耗干的。

她回到了那个出走后就再也没回去过的城市。她想回那个家,虽然她不愿意见到妈妈。她来到了那个既熟悉又陌生的窗下。她不想立即进去,想透过窗子先看看墙上爸爸的相片。可是,她目光觅遍了墙壁,也没见到爸爸的相片。她像掉到一个无限深的冰窟里,浑身哆嗦起来,想哭,可欲哭无泪。

她失魂落魄,在街上茫然走着。路灯光里,梧桐树上,一片片残叶正向地面坠落。夜渐深,大街上空空荡荡的,只有落叶被秋风所吹,在发黑的路面上毫无目的地滚动。她不知道累,也不知道不累,就这么走,目光呆呆的。

路灯把一个人的巨大的身影一直铺到她的脚下。她抬起头来,看到老人双手拄着一根竹竿,稳稳地站在她面前。

她疯狂地跑过去。

"跟我回去,回蔷薇谷!我们现在有很多钱,有很多钱!有个人把我们的蔷薇花全都包了。他们要用它制蔷薇露。蔷薇露,你懂吗?洒在衣服上,那香味经久不衰。听说过古代有人接到亲友寄来的诗,要先以蔷薇露洗了手才开读吗?我们发财了,发财了!你要上大学,上大学……"

老人的眼睛像打磨了似的闪闪发亮。

六

五年以后——

老人躺在茅屋里的小铺上。人们惊奇这颗衰老的生命竟然那么顽强,几天滴水未进,却还把眼睛睁得大大的,望着门外。他在等她——那个已经是大学生的姑娘。

她日夜兼程赶回蔷薇谷,扑倒在老人的身旁。老人见到了她,便把眼睛永远地闭上了。

她采摘了无数筐蔷薇花,铺在一块很大很平的石头上,然后把已经变得很轻的老人抱到上面。深夜,她把老人的衣服脱去,用蔷薇露一遍又一遍地擦洗了他的全身,然后给他换上新衣,就默默地守着他……

以后,每年当蔷薇花开的时候,她必到蔷薇谷来小住几日。她觉得,老人孤独的灵魂一直活在这里。她无处不感受到他的存在。他需要她陪伴着他。

1989年6月10日于北京大学21楼106室

图书在版编目（CIP）数据

火桂花 / 曹文轩著. —北京：北京大学出版社，2020.1
ISBN 978-7-301-30126-5

Ⅰ.①火… Ⅱ.①曹… Ⅲ.①儿童小说 – 短篇小说 – 小说集 – 中国 – 当代 Ⅳ.① I287.47

中国版本图书馆 CIP 数据核字（2018）第 283434 号

书　　名	火桂花 HUOGUIHUA
著作责任者	曹文轩　著
责任编辑	张丽娉
标准书号	ISBN 978-7-301-30126-5
出版发行	北京大学出版社
地　　址	北京市海淀区成府路 205 号　100871
网　　址	http://www.pup.cn　新浪微博：@北京大学出版社　@培文图书
电子信箱	pkupw@qq.com
电　　话	邮购部 010-62752015　发行部 010-62750672　编辑部 010-62750883
印刷者	天津光之彩印刷有限公司
经销者	新华书店
	787 毫米 × 1092 毫米　32 开本　12.125 印张　260 千字 2020 年 1 月第 1 版　2020 年 1 月第 1 次印刷
定　　价	59.00 元

未经许可，不得以任何方式复制或抄袭本书之部分或全部内容。
版权所有，侵权必究
举报电话：010-62752024　电子信箱：fd@pup.pku.edu.cn
图书如有印装质量问题，请与出版部联系，电话：010-62756370